Jessica Bernett

Elayne – 1

Elayne (Band 1): Rabenkind

Eine Prophezeiung, der sie nicht entkommt. Eine Bürde, die sie kaum tragen kann. Eine Liebe, zart, zerbrechlich und bedroht von Lügen, Intrigen sowie dem Spiel der Macht.
Die junge Elayne von Corbenic wächst im Norden Britanniens in einer düsteren Festung auf. Ihr Vater, König Pelles, ist besessen von einer Vision, die Elaynes Mutter kurz vor ihrem Tod gehabt haben soll. Demnach wird Elayne die Mutter des größten Helden aller Zeiten. Dafür opfert der König alles: das Wohlergehen seines Volkes und die Liebe seiner Tochter.

Die Autorin

Jessica Bernett wurde an einem sonnigen Herbsttag im Jahr 1978 als Enkelin eines Buchdruckers in Wiesbaden geboren. Am liebsten würde sie die ganze Welt bereisen und an jedem Ort einige Monate verbringen. Aktuell lebt sie mit ihrem Mann, ihren beiden Kindern und zwei Katzen in Mainz.
Sie liebt starke Frauenfiguren, die sie in spannende Geschichten verwickelt, und tobt sich in allen Bereichen der Fantasy aus, von historischer Fantasy über Urban Fantasy bis hin zur Science Fantasy. Wenn sie nicht gerade mit ihren Kindern in Abenteuern versinkt, schreibt oder von neuen Geschichten träumt, tummelt sie sich mit Vorliebe auf Conventions, um sich mit Gleichgesinnten über Lieblingsserien, Filme und Bücher auszutauschen.

Jessica Bernett

ELAYNE

BAND I: RABENKIND

Historische Fantasy

www.sternensand-verlag.ch | info@sternensand-verlag.ch

2. Auflage, April 2018
© Sternensand Verlag GmbH, Zürich 2018
Umschlaggestaltung: Juliane Schneeweiss | julianeschneeweiss.de
Lektorat: Sternensand Verlag GmbH | Martina König
Korrektorat: Jennifer Papendick
Satz: Sternensand Verlag GmbH
Druck und Bindung: Smilkov Print Ltd.

Alle Rechte, einschließlich dem des vollständigen oder auszugsweisen Nachdrucks in jeglicher Form, sind vorbehalten.
Dies ist eine fiktive Geschichte. Ähnlichkeiten mit lebenden oder verstorbenen Personen sind rein zufällig und nicht beabsichtigt.

ISBN-13: 978-3-906829-77-7
ISBN-10: 3-906829-77-7

Für die traurige Seele

einer Dreizehnjährigen

INHALT

1 VEDA – Das Ritual der Bindung 9
2 HEN OGLEDD – Der Alte Norden 21
3 CYRHAEDDIAD – Die Ankunft 44
4 CENTENARIUS – Der letzte Feldherr 63
5 CANEUON – Die Lieder der Barden 81
6 UNICORNIS – Das Einhorn 95
7 NOS CALAN GAEAF – Die erste Winternacht 115
8 BRÂN – Rabe 141
9 MARWOLAETH – Tod 157
10 BYWYD – Leben 172
11 BRUMA – Wintersonnenwende 190
12 NOSAU DUON – Schwarze Nächte 207
13 IN ALTERA VITA, ET ALIO TEMPORE – In einem
    anderen Leben, zu einer anderen Zeit 226
14 GWIRIONEDD – Wahrheit 242
15 FFYNNON – Die Quelle 256
16 AEQUINOCTIUM – Tagundnachtgleiche 280
17 CYNHESRWYDD YR HAUL – Die Wärme der Sonne 294
NACHWORT 311
DANK 322
Bonusmaterial 324

1

VEDA

Das Ritual der Bindung

D er Nussbaum lächelte.

Elayne kniff die Augen zusammen und versuchte, genauer hinzusehen. Doch, sie war sich sicher: Er lächelte. Natürlich hatte er keinen Mund, keine Lippen, die sich wie die Sichel eines Halbmondes nach oben biegen konnten. Auch waren da keine Wangen, die sich zu kleinen Äpfeln formten, und keine Augen. Der Baum hatte kein Gesicht. Kein menschliches zumindest.

Sie legte den Kopf schief. Eine Strähne ihres schwarzen Haares fiel ihr in die Stirn und sie strich sie hinter ihr Ohr. Ja, auch so konnte sie es sehen. Wie zart sich die grünen Blätter im ersten warmen Hauch des Frühlings bewegten. Wie majestätisch sich der alte Baum über der Hochzeitsgesellschaft aufrichtete, die sich unter ihm versammelt hatte. Das Blätterspiel des heiligen Baumes ließ kleine Schatten und Sonnenstrahlen über das Paar tänzeln.

Elayne sah ihren Großvater an, der neben ihr stand. Ob er es ebenfalls sah? Doch sein liebevoller Blick galt allein dem Brautpaar, obwohl auch über sein bares Haupt und die buschigen Augenbrauen das Schattenspiel der Blätter zog.

Veneva und Ened hielten sich an den Händen, hatten nur Augen füreinander. Wie wunderschön Elaynes Ziehschwester aussah. Die grüne Farbe und die golden bestickten Borten ihres Gewandes passten sehr gut zu Venevas grüngelben Augen. Auf ihren langen rötlichen Locken trug sie einen Kranz aus Frühlingsblumen.

Ihr Bräutigam war ein zurückhaltender junger Mann von schmaler Gestalt. Die Farbe seines Haares ähnelte dem Braun der Baumrinde. Und mochte sein Äußeres auch keine Besonderheiten aufweisen, war der Blick seiner grauen Augen doch voller Güte und Wärme.

»Hebt nun eure rechten Hände«, bat die Dorfälteste Muirne und das Paar tat wie geheißen. Mit einem neuen roten Stoffband umwickelte sie die ineinander verschränkten Hände.

Ihre eigene Haut war alt und runzelig. Generationen von Dorfbewohnern hatte sie bereits das Band der Ehe umgelegt.

Dann hob sie lächelnd den Blick und sah über die Menschen hinweg, die sich im Halbkreis um das Brautpaar herum aufgestellt hatten. Alle Bewohner Glannoventas waren anwesend und auch die Eltern und Verwandten Eneds, die in einem Dorf weiter südlich wohnten, waren gekommen.

»An diesem heiligen Ort, bezeugt von all euren Freunden und Verwandten, bindet ihr euch heute aneinander. Für das Leben, in Tag und Nacht.« Muirne legte ihre Hand auf die der beiden. »Versprecht ihr, eins zu sein, euch treu zu sein und füreinander zu sorgen, für all die Tage, die euch noch bevorstehen?«

»Wir versprechen es«, sagten beide gleichzeitig, sich ansehend, als seien ihre Seelen bereits fest miteinander verbunden.

Muirne nickte zufrieden.

Venevas älteste Schwester brachte einen Steinkrug und einen Becher. Auch sie trug ihr bestes Gewand, dessen gelbbrauner Ton zur rötlichen Farbe ihres gewellten Haares passte.

Nachdem die Priesterin des Dorfes das Band wieder gelöst hatte, übernahm sie Krug und Becher, um sie feierlich an Veneva zu übergeben.

Die Braut schenkte den roten Met ein und hielt ihn dem Bräutigam entgegen. »Möge dein Durst stets gelöscht werden.«

Ihre Stimme klang so feierlich, dass Elayne eine Gänsehaut verspürte.

Der frisch angetraute Mann nickte, nahm den Becher und trank ihn in wenigen Zügen aus, ohne ihn abzusetzen. Venevas Schwester übergab ihm nun einen kleinen Laib Brot, den er teilte.

»Möge dein Hunger stets gestillt werden«, sprach er, während er seiner Braut einen Teil des Brotes reichte.

Elayne hörte den Magen des Großvaters knurren. Der alte Mann lächelte sie verlegen an. Sie nahm seine Hand, deren Haut von vielen Sommern gegerbt war und deren Knochen sich so dürr und hart anfühlten wie die abgefallenen Zweiglein des Nussbaums.

Dem Brautpaar wurde eine Schale gereicht, in der sich Getreidesamen befanden. Diese verstreuend, schritten sie um den Stamm des Baumes, während sie ihr Gelübde beendeten: »Möge unsere Verbindung fruchtbar sein und das Leben durch uns fortschreiten.«

Die Dorfälteste nickte Großvater zu.

»Ah, nun bin ich an der Reihe«, sagte dieser leise, tätschelte Elaynes Hand, als er sich von ihr löste, und trat vor, um Muirnes Platz einzunehmen.

Lächelnd sah er in die Runde. Er räusperte sich, doch als er sprach, klang seine Stimme kräftig und voller Überzeugung.

»Wir können unser ganzes Leben lang danach streben, Gutes zu tun. Wir können nach unseren Gesetzen leben, der treueste und ehrbarste Mensch werden. Doch was wäre all das ohne die Liebe? Es ist die Liebe, die dieses Leben erfüllt. Wir sehen sie in den Augen unserer Kinder. In den Herzen der uns Vermählten. Und in dem Stolz unserer Eltern. Wir sehen sie am ersten Frühlingstag, wenn die Sonne das Grau des vergangenen Winters durchbricht. Im Sommer in der Pracht der Blüten und der süßen Früchte. Im Herbst, wenn die Ernte eingebracht wird. In der ersten Schneeflocke des darauffolgenden Winters. Die Liebe ist das höchste Geschenk, das uns Gott geben konnte. Und sie ist das höchste Gebot. Dieses Geschenk gilt es, zu schätzen und weiterzugeben. Wenn wir in Liebe handeln, tun wir Gottes Werk und vollenden seinen Willen.«

Er atmete tief ein und breitete die Arme aus. Die Sonnenstrahlen, die durch das Blätterdach des Nussbaums fielen, bündelten sich in der Mitte seiner Handflächen.

»Halten wir dieses Geschenk in Ehren. Lasst uns danach leben. Lasst uns heute die Liebe feiern, die Veneva und Ened geschenkt wurde, denn sie ist wahrhaft göttlich.« Eine kurze Pause entstand, bevor er die Hände wieder faltete und dem Brautpaar lächelnd zunickte. »Meine Glückwünsche, ihr beiden, und Gottes Segen.« Er ging auf das frisch vermählte Paar zu und küsste zunächst die Braut und dann den Bräutigam auf die Stirn.

Veneva und Ened reichten einander erneut die Hände. Als sie sich endlich küssten, klatschten die anwesenden Gäste und riefen ihnen Glückwünsche zu. Einer nach dem anderen trat zu den beiden, um sie zu umarmen und zu küssen.

»Du siehst wunderschön und glücklich aus«, lächelte Elayne, als sie zu ihrer Freundin kam. Sie drückte sie fest.

»Vielen Dank, Elayne.« Veneva erwiderte ihr Lächeln freudestrahlend. »Danke auch für diese wunderschöne Tunika.« Sie strich ehrfürchtig an ihrem schlanken Körper hinab.

Sie wusste, dass es ein Kleid aus der Truhe war, in der die Habseligkeiten von Elaynes Mutter aufbewahrt wurden. Kein Mädchen aus dem Dorf hatte je einen solch kostbaren Stoff getragen.

»Ich werde sie wahrscheinlich sowieso nie selbst tragen. Und dir steht sie viel besser«, winkte Elayne ab. »Bitte behalte sie. Sie ist ein Hochzeitsgeschenk.«

»Ich danke dir so sehr.« Veneva erwiderte ihre Umarmung und zwinkerte ihrer Ziehschwester dann zu. »Ich werde sie zu deiner Hochzeit tragen.«

Jetzt lachte Elayne und hielt ihre Freundin an beiden Händen. »Falls ich jemals heirate, würde ich mich sehr darüber freuen«, flüsterte sie.

Danach umarmte sie auch Ened, der im ersten Moment schüchtern wirkte. Er wusste noch immer nicht, wie er mit Elaynes königlicher Abkunft umgehen sollte.

»Vielen Dank, hohe Dame. Danke für deine Anwesenheit und die Geschenke.« Seine wachen grauen Augen wechselten unsicher von ihr zu seiner Braut.

»Nenn mich einfach Elayne«, bat sie und sah ihn freundlich an. »Jeder im Dorf nennt mich so. Ich gehöre hierher, wie Veneva selbst, und sie ist wie eine Schwester für mich, da ihre Mutter meine Amme ist.«

Er lächelte und Elayne freute sich, dass Veneva einen so liebenswürdigen Mann gefunden hatte. Und noch mehr darüber, dass die beiden Corbenic als ihre Heimat gewählt hatten. Zwar würde Veneva nun nicht mehr in der Festung leben, in der sie gemeinsam aufgewachsen waren, aber sie blieb dennoch so nah, dass sie sich jeden Tag sehen konnten.

Elayne hoffte sehr, dass ihre Ziehschwester noch Zeit für sie haben würde, nun, da sie verheiratet war.

Sie vermisste schon jetzt jene kleinen Geheimnisse, die sie als Kinder geteilt hatten, wenn sie Gebäck aus der Küche stibitzt und sich im Wald Geschichten von Helden und Ungetümen ausgedacht hatten.

Elayne suchte ihren Großvater und fand ihn auf der anderen Seite des Nussbaums in ein Gespräch mit Venevas Mutter vertieft.

»Du kannst stolz sein, Brisen«, sagte er gerade. »Alle sechs Töchter sind nun mit guten Männern verheiratet.« Er legte sich seinen Umhang über die Schultern, da der Westwind auffrischte.

Elayne half ihm dabei, die Fibel zu befestigen, die zwei ineinander verschlungene Fische darstellte.

»Ob die Männer alle gut sind, wird sich zeigen.« Elaynes Amme lachte ihr tiefes, herzliches Lachen.

Trotz der acht Kinder, die sie geboren hatte, war sie von schlanker Gestalt. Ihre einzigen beiden Söhne waren verstorben, der eine bei der Geburt, der andere im letzten Winter, der so vielen im Dorf und in der Festung das Leben gekostet hatte. Brisens helle Wangen leuchteten und die Fröhlichkeit in ihrem Wesen wirkte ansteckend.

Elayne ging zu ihrer Amme und drückte sie fest.

Brisen küsste sie auf das schwarze Haar, das sie heute früh zu einem Kranz geflochten hatte. »Jetzt fehlt nur noch diese Kleine hier, dann habe ich mein Werk vollbracht«, bemerkte sie in mütterlichem Tonfall.

Nun war es am Großvater, zu lachen. In seiner Stimme klangen Güte und Erfahrung. »Kinder bleiben Kinder, egal wie groß sie werden und ob sie ihr eigenes Haus führen. Die Sorgen bleiben. Dein Werk wird nie vollendet sein.«

»Ich bleibe dir ewig erhalten, liebste Brisen«, meinte Elayne und löste sich von ihr. »Vater hat zum Glück überhaupt kein Interesse daran, mich zu verheiraten.«

»Gut so«, brummelte der Großvater. »Du bist noch ein Kind und wir wollen dich bei uns behalten.«

»Ich bin fünfzehn, nur einen Monat jünger als Veneva«, widersprach Elayne.

»Bist du sicher?« Großvater tat so, als müsse er nachrechnen. »Es kommt mir wie gestern vor, dass du mit Honig verschmierten Fingern in der großen Halle herumgerannt bist und auf meinen Schoß gekrabbelt kamst.«

Elayne hakte sich bei ihm unter. »Ganz sicher. Kommt, ihr beiden, sonst verpassen wir noch das Fest im Dorf.«

Die Hochzeitsprozession hatte sich in Gang gesetzt, um von den Hügeln hinunter in die Bucht zu schreiten. Einer der jüngeren Männer spielte Flöte, ein anderer Trommel, und so zog die Gesellschaft lachend und tanzend ins Dorf ein.

In der Mitte des Dorfplatzes war das Feuer errichtet worden, man hatte Bänke aufgestellt und die Häuser mit bunten Stoffbändern und Blumen geschmückt. Ein riesiger Kessel voller Eintopf wartete dort, aus dem es köstlich duftete. Eine Ziege war geschlachtet worden, das Fleisch köchelte mit Gemüse und wurde von Brisen, die sich selbst um das Festmahl gekümmert hatte, mit Schnittlauch abgeschmeckt.

Nach dem Essen überreichte der Vater des Bräutigams sein Geschenk, einen stattlichen Hammel, denn die Männer in Eneds Familie waren seit vielen Generationen Schäfer. Venevas Bräutigam würde die Tradition fortsetzen und eine eigene Herde aufziehen.

Elayne wusste nicht, welchen Preis man für ein solches Tier zahlen musste, doch die sprachlose Freude des jungen Mannes ließ sie ahnen, dass das Tier sehr wertvoll war.

Eneds Mutter, von der er ganz offensichtlich die hagere Figur und die grauen Augen geerbt hatte, überreichte einen eigenen Kessel für die junge Familie.

Brisen hatte die Aussteuer seit einigen Wochen zusammengestellt: Kleidung, Decken, Geschirr aus einfachem Ton. Dem Brautpaar würde es an nichts fehlen.

Elayne freute sich so sehr über all die Liebe, mit denen man ihre Freundin und deren Gemahl beschenkte. Nichts anderes hatten die beiden jungen Menschen verdient.

Umso lauter wurde jedoch jene kleine Stimme in ihr, die hauchte, wie bitter es war, dass Elaynes Vater nicht an den Feierlichkeiten teilnahm. Das Dorf versorgte die nahe gelegene Festung, in welcher König Pelles regierte, stetig mit Lebensmitteln und die Bewohner halfen ihrem Herrscher auch sonst, wenn Not am Mann war. Es wäre nur gut und recht gewesen, dass Elaynes Vater sich bei Hochzeiten seiner Untertanen blicken ließ. Zumal Veneva zusammen mit Elayne in der Festung aufgewachsen war und dem König treu gedient hatte, ebenso wie Brisen es heute noch tat.

Doch seit dem Tod von Elaynes Mutter trauerte der König. Seit acht langen Jahren. Deshalb nahm er an keinen Festlichkeiten mehr teil, sondern verschanzte sich in der Festung und lebte in seinen Erinnerungen.

Musik spielte auf und riss Elayne aus ihren Gedanken. Die Menschen erhoben sich von den Bänken und klatschten im Takt, während das Brautpaar in ihre Mitte schritt und begann, zu Flöte und Trommel zu tanzen. Wie es Brauch war, nahm der Bräutigam sodann die Brautmutter und anschließend Venevas Schwestern zur Hand. Elayne lachte erfreut, als er schließlich zu ihr kam und sie mit einer zaghaften Verbeugung zum Tanzen aufforderte.

Die Sonne blieb ihnen lange erhalten und sanfte Wellen wogten an den Strand der Bucht, in der das Fischerdorf lag.

Der Tag verging viel zu schnell. Bald näherte sich die Sonne dem Horizont und tauchte das Meer in goldenen Schein. Elayne begab sich zu ihrem Großvater, der auf einer der Bänke saß und nun zu ihr hochsah.

»Wir sollten uns auf den Heimweg machen«, sagte sie sanft und lächelte. Ihre Wangen waren vom vielen Tanzen und Lachen gerötet. »Sonst brechen wir uns in der Dunkelheit ein Bein in den Kaninchenlöchern.«

»Sehr umsichtig, meine Kleine.« Großvater tätschelte ihre Hand und ließ sich von Elayne aufhelfen. »Oh, ich hätte auch tanzen sollen«, ächzte er, während er sich an ihrem Arm abstützte. »Meine alten Knochen vertragen das Herumgesitze nicht.«

»Hm, die Großmutter des Schmieds ist im letzten Winter Witwe geworden«, grinste Elayne und hob vielsagend die Augenbrauen. »Sie hätte sich bestimmt gefreut, mit dir zu tanzen.«

»Wir gehen wohl doch lieber«, brummte ihr Großvater und zog sie von der Bank weg.

Elayne lachte und gemeinsam verabschiedeten sie sich von dem Brautpaar und den anderen Gästen, um in die Festung zurückzukehren.

Brisen blieb in dieser Nacht in Glannoventa. Die Verbindung ihrer jüngsten Tochter musste ausgiebig gefeiert werden.

Die Stimmen und die Musik des Dorfes hallten noch lange hinter Elayne und ihrem Großvater nach, während sie den Hügel hinaufliefen, hinter dem der Pfad begann, der sie zu ihrem Zuhause führte.

»Du bist so still, meine Kleine«, bemerkte er nach einer Weile und sah sie an. Sie befanden sich bereits auf Augenhöhe, da Elayne im letzten Jahr noch einmal gewachsen war. »Woran denkst du? Bereitet es dir Kummer, dass dein Vater keine Anstalten macht, einen Mann für dich zu finden?«

Elayne schüttelte den Kopf und seufzte leise. »Nein, nicht wirklich. Ich habe an die Zeremonie gedacht. Sie war sehr schön.«

Großvater nickte, während er ihr einen Arm um die Schultern legte. »Ja, das finde ich auch. Ein sehr schöner Tag für eine Hochzeit, die Freude der Menschen war allgegenwärtig.«

»Großvater?«

»Ja?«

»Ich glaube, Gott hat gelächelt, als er uns sah. Ich habe es in dem Baum gesehen.«

Er drückte ihre Hand ganz fest. »Das ist wirklich ein sehr schöner Gedanke, mein Liebstes.«

2

HEN OGLEDD

Der Alte Norden

Leichter Nieselregen fiel auf Elaynes rabenschwarzes Haar, als sie hinaus auf die Wehrmauer trat. Er machte ihr nichts aus, sie war ihn gewohnt, wie auch den Wind, der von ihrem Umhang Besitz ergreifen wollte. Sie schlang das ungefärbte Stück Wolle enger um sich und hielt Ausschau nach ihrem Vater.

Der König stand auf der Brüstung, gekleidet in eine alte blaue Tunika. Kein Umhang, keine Kapuze schützten ihn vor dem Regen. Sein Blick war stur auf die Ebene gerichtet, die sich vor seiner Festung ausbreitete. Jenseits der äußeren Mauer lagen

Wiesen und Haine, bevor das Gelände westlich zum Meer abfiel und sich nordöstlich tief bewaldete Hügel erhoben.

»Wir bekommen Gäste«, erklärte er knapp, als Elayne neben ihn trat.

Sie folgte seinem Blick, konnte aber im Dunst des Nieselregens niemanden ausmachen. »Komm mit rein, sonst bist du gleich ganz durchnässt«, bat sie sanft.

Darauf ging er nicht ein. »Gib Brisen Bescheid und suche deinen Großvater.«

Sie versuchte noch immer, in der Ferne die Besucher auszumachen. »Wen erwarten wir?«

»Ich weiß es nicht«, gestand König Pelles, ohne sie anzusehen.

Elayne hatte einen traurigen Verdacht. Ob ihre Mutter ihm wieder im Traum erschienen war? Es war nicht das erste Mal, dass ihr Vater etwas wusste, bevor die Situation eintrat. Dann rückte sein Blick in die Ferne, er war für niemanden ansprechbar.

Elayne eilte zurück in die große Halle. Sie hatte keine Ahnung, wann die Gäste eintreffen würden. Besser war es, sich direkt vorzubereiten.

»Brisen!«, rief sie und ihre Stimme hallte zurück.

Sie konnte sich an Zeiten erinnern, als Corbenic stets gut besucht gewesen war, von edlen Herren und ihren Damen, Kriegern, Dienstboten und Barden. Damals war sie ein Kind gewesen ... und ihre Mutter hatte noch gelebt. Seit ihrem Tod waren die Besucher ausgeblieben. König Pelles zog sich zunehmend zurück, er legte kaum mehr Wert auf Gesellschaft.

Heute aber schien er sich sogar auf die Besucher zu freuen, sonst hätte er sich längst in sein Gemach zurückgezogen und seiner Tochter und ihrer Amme den Empfang der Gäste überlassen.

Brisen kam aus einem Nebenraum in die Halle geeilt. »Kind, was schreist du so?« Sie hatte ihr blondes Haar zu einem wirren Knoten gebunden. Nur die Sorgenfalten in ihrem Gesicht ließen darauf schließen, dass sie älter war, als sie aussah.

»Vater sagt, es kommen Gäste. Wir sollen alles vorbereiten. Wo ist Großvater?«

Brisen seufzte. Sie hielt ein halb gerupftes Huhn in der Hand. »Dann brauchen wir wohl ein paar mehr hiervon. Der Alte ist am Fluss.«

Elaynes Großvater hatte sich auf einem Baumstumpf niedergelassen, hielt seine Angelrute über dem Wasser und ließ sich durch das Erscheinen seiner Enkeltochter nicht ablenken. Gehüllt war er in seinen ehemals roten Umhang, der nun nur noch dreckig-braun aussah. Die Kapuze hatte er tief ins Gesicht gezogen.

Elayne musste lauter sprechen, um das Rauschen des Flusses zu übertönen. »Großvater, Gäste nahen. Vater möchte, dass du in die Festung kommst.«

»Ich bleibe lieber an der frischen Luft.« Der alte Mann hob sein runzeliges Gesicht, betrachtete den grauen Himmel und nickte.

»Der Regen könnte schlimmer sein. Drinnen ist es mir zu stickig.«

»Beißen denn die Fische bei diesem Wetter überhaupt?«, wollte Elayne zweifelnd wissen, während sie auf die grauen Wellen des Flusses schaute.

Der Alte gab einen belustigten Laut von sich. »Die sind doch schon nass. Was soll ihnen der Regen ausmachen?« Dann lächelte er seine Enkelin gutmütig an. »Wer kommt denn? Der Ältestenrat des Dorfes? Ein Händler, der sich über See zu uns verirrt hat?«

»Vater weiß es nicht. Er ...« Sie biss sich auf die Lippe. »Er hatte wieder diesen Blick ...«

Großvater brummte. »Na, dann komme ich wohl besser doch mit.« Er reichte ihr einen Eimer, in dem sich zwei fette Lachse befanden, und stützte sich auf ihrer Schulter ab, damit er aufstehen konnte.

Elaynes Schritte verursachten schmatzende Geräusche, als sie langsam den Weg zur Festung zurücktrotteten. Fast hätte sie einen ihrer Stiefel verloren, weil er im Matsch stecken blieb. Sie waren ihr viel zu groß, weil sie ihrem Vater gehörten, aber sie hielten die Füße trockener als Bundschuhe.

»Was gibt's zum Abendessen?«, erkundigte sich Großvater, während sie sich der Festung näherten.

»Brisen hat ein Huhn gerupft.«

»Hoffentlich sind unsere Gäste nicht so anspruchsvoll.«

»Großvater!«

»Kind, glaube mir. Ich habe schon viel Besseres gegessen als den Hühnereintopf von deiner Amme.«

»Es gab aber auch schon Schlechteres.«

»Auch wieder wahr.«

Die Frau, die früher für sie gekocht hatte, war letztes Jahr am Husten gestorben. Wie auch viele andere Menschen in Corbenic. Seitdem hatte Elaynes Amme die Aufgabe des Kochens übernommen. Brisens Töchter, die unten im Dorf lebten, halfen ebenfalls aus. Und Elayne selbst versuchte, sie zu unterstützen, wo sie konnte. In ihren Diensten standen außerdem der alte und der junge Liam, Vater und Sohn. Sie halfen im Stall bei den Pferden, Ziegen und Kühen. Alle anderen Bediensteten hatten im Laufe der Zeit die Festung verlassen und sich neue Arbeit gesucht oder sich im Dorf niedergelassen, da es innerhalb der Mauern nicht genug zu tun gab und sie so den Launen des Königs aus dem Weg gehen konnten.

»Oh, wir sind zu spät«, stellte Großvater fest, als sie endlich beim weit geöffneten Tor des Schutzwalls ankamen. Pferde, Packesel, Bedienstete, Hunde, ein großes Wirrwarr aus Gepäck und Menschen erwartete sie hier.

Etwas unsicher drängte sich Elayne an ihren Großvater. »Wer ist das?«

»Erfahren wir sicher gleich.« Mit Bedauern fiel sein Blick auf die Fische im Eimer. »Den Lachs werden wir wohl doch teilen müssen.«

Durch das Durcheinander auf dem Hof gelangten sie in die große Halle. König Pelles hatte sich umgezogen. Er trug eine saubere rote Tunika und seinen schmalen Goldreif auf dem schütteren Haupt, so wie es sich für einen König gehörte.

Die Feuerstelle in der Mitte der Halle spendete wohlige Wärme und der Eintopf, der darüber kochte, verbreitete einen Duft, der Elayne das Wasser im Mund zusammenlaufen ließ. Von wegen, Brisen konnte nicht kochen – es roch verführerisch nach Rüben und Kräutern.

Ein Mann und eine Frau standen in durchnässter Reisekleidung vor König Pelles. In der Nähe wachte ein junger Krieger aufmerksam und ebenso durchnässt wie seine Herrschaft.

Neugierig musterte Elayne die Frau mit den feuchten dunklen Haarwellen. In diesem Moment drehte sie sich um und das Mädchen sah verlegen zu Boden.

Die Frau aber lächelte und kam zu ihr. Mit kühler Hand berührte sie Elaynes Kinn und brachte sie so dazu, wieder aufzuschauen.

»Wie heißt du, Kind?«, fragte die Dame. Ihre Stimme war melodisch und warm, der Blick aus den grünen Augen wohlwollend. Sie musste etwas jünger als Brisen sein. Zarte Linien lagen in ihren Augenwinkeln, doch ihre Haut war fest und rosig.

»Mein Name ist Elayne.«

»Sie ist meine Tochter«, beeilte sich König Pelles, zu erklären.

Elayne wünschte sich, sie hätte sich zurechtmachen können. So musste sie in ihrer farblosen Alltagskleidung und den matschigen, viel zu großen Stiefeln dem Blick der hohen Dame standhalten. Noch dazu hielt sie den Henkel des Fischeimers in der Hand.

»Ein hübsches Kind«, befand die Fremde. Dann fiel ihr Blick auf den alten Mann, der sich im Hintergrund gehalten hatte. Sie nickte ihm wohlwollend zu. »Es ist mir eine Ehre, Fischerkönig.«

Er kam langsam zu ihnen. »Ach, nicht doch, Morgaine. Hier bin ich einfach nur der Großvater«, meinte er belustigt.

Die Dame war genauso groß wie er, was nichts Ungewöhnliches darstellte, denn der alte Mann war eher klein gewachsen.

Elayne wunderte sich, dass sie den Großvater mit jenem Namen angesprochen hatte.

Fischerkönig war er einst genannt worden, hatte er seiner Enkelin einmal erklärt, da er für sein notleidendes Volk einen sehr großen Fisch an Land gezogen hatte, der die Menschen vor dem Hungertod bewahrt hatte. Doch nun war schon seit vielen Jahren ihr Vater Pelles König über das Reich und die Feste Corbenic.

»Elayne, dies ist Morgaine, die Schwester des Königs von Camelot«, stellte König Pelles die hohe Dame vor und Elayne vollbrachte eine Verbeugung, wie sie es vor langer Zeit gelernt hatte.

»Des *Rex Britanniae*«, wurde er durch den Mann berichtigt, der nun an Morgaines Seite trat. »Artus ist unser aller König, nicht nur der von Camelot.«

Elaynes Herz raste, als sie den groß gewachsenen Mann erkannte. Sein Haupt war bar und stand damit im Gegensatz zu seinem graubraunen langen Bart. Der Blick aus seinen haselnussbraunen Augen ruhte nun auf ihr.

Sie verbeugte sich vor ihm, wie es sich vor einem Mann seines Standes gehörte. »König Uryen«, sprach sie den Onkel ihrer verstorbenen Mutter ehrfürchtig an.

»Es ist lange her«, stellte er fest und musterte sie aufmerksam. »Du bist zur Frau geworden.«

Ihr Vater gab einen Laut von sich, den Elayne nicht deuten konnte. »Wohl kaum. Sie ist noch immer ein Wildfang.«

König Uryens strenger Blick traf nun seinen alten Freund, doch er sagte nichts dazu.

Stattdessen erklärte König Pelles seiner Tochter: »Du darfst deinem Großonkel gratulieren. Er und Morgaine wurden in Camelot vermählt und der König von Rheged führt seine Braut heim nach Caer Luel.«

»Möge Gottes Segen über euch und eurer Verbindung ruhen«, antwortete Großvater statt ihrer. »Seht, dort ist Brisen. Sie möchte bestimmt kundtun, dass die Gemächer für unsere Gäste bereit sind.«

Brisen, die in einiger Entfernung stehen geblieben war, nickte. Sie schien sich in der Nähe der hochgeborenen Gesellschaft unwohl zu fühlen. Doch als sie Morgaine erblickte, leuchteten ihre Augen erkennend auf.

Morgaine lächelte der Amme zu, dann wandte sie sich noch einmal an Elayne. »Ich freue mich auf das Abendessen und darauf, mich mit dir zu unterhalten.«

»Es wird mir eine Ehre sein«, brachte Elayne hervor, ohne zu stottern, doch ihre Stimme blieb ihr dennoch fast weg.

Brisen hatte ihre Töchter aus dem Dorf um Hilfe gebeten, die sogleich in die Festung geeilt waren. Elayne freute sich, dass auch Veneva unter ihnen war.

Sie hatten in aller Eile einige der leer stehenden Gemächer gesäubert, frisches Stroh und Wolldecken verteilt sowie Feuer entzündet. Die Gäste nahmen das Angebot gern an.

Später versammelten sich alle in der Halle, um gemeinsam zu speisen. Ein Barde begleitete die Reisegesellschaft. Er saß nah am Feuer und spielte auf einer kleinen Harfe Melodien, die Elayne an alte Zeiten erinnerten. Seine Lieder erzählten Abenteuer von Helden und priesen die Schönheit hoher Damen.

Auf den Bänken, die so lange nutzlos in der Halle gestanden hatten, saßen nun die Gäste zusammen mit ihren Bediensteten und ließen sich Brisens Eintopf schmecken. Der einzige Tisch in der Halle war dem König und seinen hochwohlgeborenen Gästen vorbehalten.

Elayne liebte es, wenn der düsteren Festung Leben eingehaucht wurde. Sie beobachtete König Uryen, der in ein Gespräch mit ihrem Vater vertieft war. Sie konnte nicht genau verstehen, worüber sie redeten, sah aber ihren Vater immer wieder die Stirn runzeln.

Elaynes Aufmerksamkeit wurde auf ihren Großvater und Morgaine gezogen, die sich angeregt über das Fischen unterhielten. Der Fischerkönig nickte immer wieder wohlwollend und warf ab und an einen liebevollen Blick zu seiner Enkelin, die diesen erwiderte.

Sie selbst versuchte vergebens, mit dem wortkargen jungen Krieger, der den König und die Königin von Rheged begleitete, ins Gespräch zu kommen. Er saß mit geradem Rücken zu ihrer Rechten und schien sich mehr für den Wein als für die junge

Frau neben sich zu interessieren. König Uryen hatte ihn als Accolon von Gaul vorgestellt und Elayne ging davon aus, dass er die Sprache hier oben im Norden Britanniens nicht sehr gut verstand. So speisten sie eher schweigend und Elayne war froh, als sich Morgaine zu ihnen auf die Bank setzte.

Accolon lächelte seine Herrin strahlend an und diese nickte ihm zu. Doch ihre Aufmerksamkeit galt Elayne. »Ich habe mich mit deinem Großvater unterhalten«, begann sie das Gespräch. »Er ist ein sehr weiser Mann.«

»Ja, das ist er«, stimmte Elayne zu. Sie fühlte sich unsicher. Wie sollte sie sich in der Gegenwart einer solchen Dame verhalten? Was sollte sie sagen? Sie war doch nur ein Kind, das die meisten Tage seines jungen Lebens in den Wäldern und bei den Fischern im Dorf verbracht hatte.

»Er hat mir ein wenig von dir erzählt«, fuhr Morgaine fort, während sie Elayne musterte. »Du bist gern draußen und hilfst ihm beim Fischen.«

Elaynes Wangen röteten sich, verlegen senkte sie den Blick. »Das sind wohl keine Tätigkeiten für eine Dame.«

Morgaine lachte leise. Sie legte ihre Hand unter Elaynes Kinn, damit das Mädchen sie ansah. »Du brauchst nicht verlegen zu sein. Mag sein, dass von der Tochter eines Königs andere Beschäftigungen erwartet werden. Doch du solltest dich nie für das schämen, was du bist. Es freut mich sehr, Cundries Tochter zu einer hübschen jungen Frau herangewachsen zu sehen.«

Elayne sah sie mit leuchtenden Augen an. »Du kanntest meine Mutter?«

»Natürlich«, nickte Morgaine und ließ ihr Kinn wieder los. »Wir verbrachten unsere Jugendjahre gemeinsam auf Avalon.«

Elayne bemerkte, wie grün die Augen der Dame waren. Es schien, als könne sie in die Tiefen ihrer Seele blicken.

»Du bist deiner Mutter Cundrie sehr ähnlich«, murmelte Morgaine. »Deine Augen sind zwar vom gleichen hellen Blau wie die deines Vaters, doch dein Haar und deine Gestalt hast du von ihr.«

Elaynes Herz füllte sich mit Wärme. Sie hatte schon so lange nicht mehr über ihre Mutter gesprochen. Und selten hatte jemand etwas über deren Jugendjahre erzählt. Brisen, die auch auf Avalon aufgewachsen war, hüllte sich oft in Schweigen. Als lägen die Jahre so weit zurück, dass sie selbst sich kaum noch erinnerte.

»Wie ... wie war meine Mutter als Mädchen?«, flüsterte Elayne und hing wie gebannt an Morgaines Lippen.

»Sehr vorlaut«, lachte diese und ihre Augen funkelten, als sie sich an Elaynes Mutter erinnerte. »Cundrie redete gern und war selten zurückhaltend. Aber das konnte sie sich erlauben, denn sie hatte außergewöhnliche Fähigkeiten. Wir waren eine kurze Zeit eng befreundet, da sie nur zwei Jahre älter war als ich.«

»Bitte erzähl mir mehr davon«, bat Elayne. »Ich weiß so wenig aus jener Zeit.«

Morgaine lächelte gutmütig und nahm ihr die Neugier nicht übel. »Aber hat Brisen dir nicht von Avalon erzählt? Auch sie wurde dort erzogen.«

»Sie spricht selten von damals. Aber ich weiß, dass man meine Mutter ›Rabe‹ nannte, aufgrund ihrer Fähigkeiten.« Elaynes Hand lag auf jener Stelle ihres Kleides, unter der sich der Anhänger befand, den sie von ihrer Mutter geerbt hatte. Ein kleiner Rabe, aus Knochen geschnitzt.

Morgaine winkte eine von Brisens Töchtern herbei und ließ sich Wein in ihren Becher nachfüllen, bevor sie erzählte. »Als meine Schwester Morgause und ich nach Avalon geschickt wurden, waren wir beide zunächst sehr traurig. Ich vermisste meine Mutter und konnte nicht verstehen, warum sie mich fortgeschickt hatte. Zum Glück fand ich schnell Freundinnen, die mich von meinem Kummer ablenkten. Unter anderem Cundrie.«

Morgaine lächelte bei der Erinnerung und Elayne verspürte ein warmes Gefühl in ihrem Bauch, während sie gebannt den Worten der hohen Dame lauschte.

Diese trank einen Schluck und sah in die Flammen der Feuerstelle, während sie weitererzählte. »Bald schon waren deine Mutter und ich unzertrennlich. Wenn wir nicht durch die Priesterinnen unterrichtet wurden oder unsere Alltagspflichten erledigen mussten, zeigte mir Cundrie die schönsten Stellen der Insel. Unser Lieblingsplatz war ein schattiger Fleck unter einem Apfelbaum. Er befand sich auf einem kleinen Hügel und von dort konnte man über das Wasser bis zum Festland sehen.«

Morgaine schüttelte lächelnd den Kopf und wandte den Blick vom Feuer ab und zu Elayne.

»Wir waren Mädchen voller Träume und Sehnsüchte. Dort, unter dem Apfelbaum, malten wir uns unsere Zukunft aus. Wie es wohl wäre, wenn wir selbst Priesterinnen wären und im Dienste der Götter lebten. Oder ob wir zu unseren Familien zurückkehren würden, um dort den Dienst der Götter als Heilerinnen und weise Frauen zu verrichten.«

Sie machte eine Pause, während ein Schatten über ihr Gesicht zog, der sich aber rasch wieder verflüchtigte.

»Ich litt damals oft unter Albträumen. Es war Cundrie, die mich in den finsteren Nächten in den Arm nahm und darauf wartete, dass ich wieder einschlief. Sie selbst hatte oft Träume, die ihr Angst bereiteten, und konnte daher gut nachvollziehen, wie es mir ging.«

»Waren es Träume … oder das zweite Gesicht?« Elayne traute sich kaum, es laut auszusprechen.

Morgaine lächelte geheimnisvoll. »Woher sollten wir das als Kinder wissen? Erst später lernten wir, simple Träume von dem zweiten Gesicht zu unterscheiden.«

Sie trank von ihrem Wein und sah zurück in das Feuer.

»Einer dieser Träume führte Cundrie fort von Avalon. Sie verließ die Insel, kurz bevor sie die Weihen der Priesterschaft erhalten sollte. Sie sagte, sie habe davon geträumt, dass ihr Schicksal nicht auf dieser Insel läge. Sie müsse Avalon verlassen, um ihre Bestimmung und damit den Willen der Götter zu erfüllen.«

Ein bedauerndes Seufzen entwich ihren Lippen, als sie sich an den Abschied ihrer Freundin erinnerte.

»Obwohl wir mittlerweile erwachsen waren, schmerzte mich ihre Abreise sehr. Wir sollten uns erst Jahre später wiedersehen.

Da war sie bereits mit König Pelles verheiratet und hatte eine kleine Tochter geboren.«

Elaynes Wangen glühten vor Aufregung. »Hat sie ... hat sie dir je gesagt, ob sie ihre Bestimmung gefunden hatte?«

»Nein, darüber sprach sie nie. Aber sie erzählte mir von ihrer hübschen kleinen Tochter, die ihr ganzes Herz mit Liebe und Freude erfüllte.« Morgaine sah sie an. »Wie könnte man da Zweifel daran haben, dass sich der Wille der Götter erfüllt hatte?«

Elayne wünschte sich sehr, sie könnte eines Tages die Insel Avalon mit eigenen Augen sehen. Obwohl sie als Christin erzogen worden war, verspürte sie das Bedürfnis, jenen Ort zu sehen, an dem ihre Mutter aufgewachsen war. So wie sie ihren Vater jedoch kannte, würde das wohl nie geschehen.

Gerade war zwischen ihm und König Uryen eine hitzige Diskussion entbrannt, die Morgaine und Elayne ebenso wie alle anderen Anwesenden in ihren Gesprächen innehalten und zu den königlichen Sesseln blicken ließ.

»Du kannst dich nicht für alle Zeiten hier oben in deiner finsteren Festung verstecken!«, warf Uryen Elaynes Vater vor. »Du trägst eine Verantwortung gegenüber deinem Volk und gegenüber Britannien. Die Sachsen ...«

»Ach, erzähl mir doch nichts von den Sachsen!« Pelles' Wangen waren vom Wein gerötet und er lehnte sich gesättigt in seinem mit Fellen belegten Thron zurück. »Sie kommen nach Süden und Osten. Was sollen sie hier oben bei uns? Hier gibt es nichts für sie.«

»Du irrst dich«, beharrte Uryen und untermalte seine Worte, indem er mit der Faust so fest auf den Tisch schlug, dass die Becher wackelten. »Ihre Schiffe landen auch an der Nordostküste. Sie überfallen die Dörfer, brandschatzen und stehlen. Sie nehmen die Frauen und Kinder und töten die Männer.«

»Das ist nicht mein Problem.« Elaynes Vater verbarg seine Nase in seinem Weinkelch und trank ihn mit einem Schluck leer.

Nun riss König Uryen der Geduldsfaden. Er sprang auf und fuchtelte mit den Armen in der Luft, als wolle er Fliegen verscheuchen. »Wie lange willst du noch hier oben sitzen und dich vor der Welt verstecken?!«

»Das geht dich überhaupt nichts an«, knurrte Pelles.

Uryen verschränkte die Arme vor der Brust und starrte auf seinen Freund hinunter. »Denkst du, Cundrie hätte das so gewollt?!«

Elayne stockte der Atem, als er den Namen ihrer Mutter nannte.

Ihr Vater richtete sich auf und sah seinen Gast an. Sein Blick hätte Eisen schmelzen können. »Hör auf!«, donnerte seine Stimme durch die Halle.

»Nein, das werde ich nicht tun«, erwiderte Uryen kopfschüttelnd und setzte sich wieder an den Tisch, während er Elaynes Vater musterte. »Ich habe dich schon viel zu lange in Ruhe gelassen. Du hattest genug Zeit, zu trauern. Lot und ich brauchen dich. Der Norden von Britannien braucht dich!«

Jetzt lachte Pelles laut auf, dann verfinsterte sich seine Miene und seine Stimme wurde grollend. »Was wollt ihr alten Männer denn ausrichten? Wir haben keine Armee, die wir aufstellen können. Unser Volk kann von dem, was die Erde ihm schenkt, gerade so überleben. Sollen wir es auch noch in einen Krieg mit Wilden schicken?«

So aufgebracht hatte Elayne ihren Vater lange nicht gesehen.

»Schließe dich uns an, Pelles«, bat Uryen eindringlich. »Nur gemeinsam können wir der drohenden Gefahr trotzen. Lass uns *Hen Ogledd* wieder stark machen.«

»*Hen Ogledd*, der Alte Norden«, seufzte Pelles und lehnte sich wieder zurück in seinen Stuhl. Mit einem Mal wirkte er erschöpft. Verdrossen starrte er ins Feuer, das inmitten der Halle für wohlige Wärme und Trockenheit sorgte. Für einige Zeit schwieg Pelles und hing seinen Gedanken nach.

Uryen trank von seinem Wein. Er hatte ihn selbst aus dem Süden als Geschenk für seinen Freund und Verwandten mitgebracht. Pelles hatte ihn natürlich für alle geöffnet, sodass der Abend gesellig und die Bäuche gut gefüllt werden sollten. Doch der Wein erhitzte auch die Gemüter.

Die eingetretene Stille zwischen den Königen bot dem Barden Gelegenheit, seiner Harfe besänftigende Laute zu entlocken.

Elayne lauschte den Klängen und der melodischen Stimme des Mannes. Sie hoffte, die beiden Herrscher würden sich nicht weiter streiten. Es war ein solch wundervoller Abend, wie sie ihn schon lange nicht erlebt hatte.

Morgaine unterhielt sich nun mit Accolon und Elayne beschloss, ihrer Freundin Veneva beim Ausschank des Weines zu helfen. Gern hätte sie noch mehr über ihre Mutter in Erfahrung gebracht, aber sie wollte nicht neugierig wie ein kleines Mädchen wirken.

Brisen bat Elayne zu später Stunde, noch einmal nach ihrem Vater und dessen Gast zu sehen und ihnen eine Karaffe Wein sowie Brot und Käse zu bringen. Sie hatten sich ins Arbeitszimmer des Königs zurückgezogen.

Trotz geschlossener Tür drangen aufgebrachte Stimmen auf den Gang.

Elayne hielt inne, unsicher, was sie tun sollte. Der Streit der beiden war eindeutig erneut entfacht und der Lautstärke nach zu schließen, würden sie sich nicht so rasch beruhigen. Sie überlegte, zurück in die Küche zu gehen. Andererseits konnte sie durch ihr Erscheinen womöglich den Streit unterbrechen, sodass die beiden Könige wieder zur Besinnung kamen.

Also stellte sie die Weinkaraffe auf den Boden, um eine Hand frei zu haben. Gerade als sie an das Holz der Tür klopfen wollte, fiel ihr Name. Sie hielt inne.

»Elayne wird deinen Sohn nicht heiraten! Das ist mein letztes Wort zu diesem Thema.«

»Du bist ein Narr! Ein alter Narr.« Die Stimme von König Uryen klang wenig freundlich. »Für wen willst du sie aufheben? Für einen König aus dem Süden? Für einen Sachsenhäuptling vielleicht? Denn wenn wir unser Bündnis und den Norden nicht festigen, werden es wohl die Sachsen sein, die bald hier regieren!«

»Meine Tochter ist für Höheres bestimmt!«, donnerte Pelles.

Elayne wurde flau im Magen.

Uryen wollte also, dass sie einen seiner Söhne heiratete. Vermutlich den ältesten, Ywein. Sie erinnerte sich an ihn als einen dunkelhaarigen dürren Burschen mit Sommersprossen und einigen frechen Flausen im Kopf.

»Und was genau meinst du damit?!«, fuhr Uryen ihren Vater an. »Ist mein Sohn und Erbe nicht gut genug für deine Abkömmlinge? Die beiden sind fast gleich alt. Sie haben sich immer gut verstanden. Sei doch vernünftig, Pelles! Oder willst du sie etwa deinem schwachsinnigen Neffen Percival geben? Das wäre wirklich Wahnsinn.«

»Ich sagte doch schon, dass sie für Höheres bestimmt ist.«

»Pelles!«

»Gut jetzt, Uryen. Lass uns das Thema wechseln.«

»Nein, wir werden das Thema nicht wechseln. Was hast du mit deiner Tochter vor?«

Jemand ging energisch im Arbeitszimmer auf und ab. Elayne hörte die Schritte. Sie wagte kaum, zu atmen.

Noch nie hatte sie ihren Vater über mögliche Heiratspläne sprechen gehört.

Sie hatte gedacht, er werde sich schon an sie wenden, wenn das passende Angebot kam. Worauf wartete er? Denn – so gern sie es auch abstreiten würde – einen Sohn Uryens zu heiraten, war die beste Aussicht, die sich ihr bieten konnte.

Mit den Nachkommen von König Lot war sie zu nah verwandt, da er ihr Großvater mütterlicherseits war. Für die Söhne der Oberhäupter der südlichen Familien war sie wenig interessant. Ihre Mitgift bestand aus einer finsteren Festung in einem feuchten, kalten Land. Auch verfügte sie über keine große Schönheit, welche den Mangel an Mitgift womöglich überstrahlt hätte.

Das Herz schlug in Elaynes Brust wie der Galopp eines Hengstes. Was sollte sie tun?

Die Vernunft sagte ihr, es wäre das Beste, hineinzugehen und ihre Zustimmung zum Vorschlag ihres Großonkels zu geben. Dann wäre ihre Zukunft sicher. Corbenic würde in der Hand der nördlichen Könige verbleiben und vielleicht konnte sie es gemeinsam mit ihrem Gemahl zu neuem Leben erwecken. Sie konnte für die Menschen sorgen, die hier lebten, und Krieger anwerben, um die Küste zu verteidigen.

Doch ein zartes Flackern ihres Herzens ließ sie zögern. Ihr Vater hatte Pläne für sie. Die wollte sie zu gern hören.

Würde er sie fortschicken? Nach Camelot vielleicht, sodass sie eine Zeit lang in der Halle des Königs verweilen konnte? Oder noch weiter nach Süden, fort aus Britannien? Nach Rom?

Elayne hatte alte Briefe gesehen, als sie das Gemach ihres Vaters aufräumte. Er hatte durchaus Kontakte nach Rom. Hoffte er auf deren Wiederbelebung?

Sie versuchte, leiser zu atmen, da sie nicht verpassen wollte, was im Inneren gesprochen wurde. Sie legte ihr Ohr an das dunkle Holz und schloss die Augen.

»Elayne ist rein und ohne Sünde. In ihr fließt heiliges Blut. Heiliges Blut der alten Religion genauso wie das des römischen

Glaubens«, erklärte Pelles und sie konnte den Stolz in seiner Stimme hören.

»Natürlich«, stimmte Uryen beschwichtigend zu. »Das Blut meiner Nichte und deiner römischen Vorfahren. Ich weiß, wie kostbar sie ist, Pelles. Eben darum möchte ich – ebenso wie du – das Beste für sie.«

»Nein, du möchtest nur deine Macht mehren. Ich habe keinen männlichen Erben. Wenn ich sterbe, erbt nach römischem Recht Elaynes Ehemann mein Hab und Gut.«

Uryen seufzte verzweifelt. »Bei Gott und allen alten Göttern, dann werden wir eben einen Ehevertrag aufsetzen, der die Erbfolge regelt. Elaynes Kinder werden erben.«

»Nein. Wie ich schon sagte, sie ist für Höheres bestimmt.«

Erneut ließ Uryens Geduld nach. Jemand schlug mit einer Faust auf einen Tisch. »Willst du sie nach Avalon schicken?! Dein Erbe den Fischen des Meeres überlassen? Du bist doch nicht bei Sinnen, Pelles!«

»Ich bin bei Sinnen. Abgesehen davon war es einst eine Ehre, eine Tochter auf der heiligen Insel zu wissen. Nein, auch das ist nicht mein Plan. Es ist überhaupt nichts mein Plan. Es ist Gottes Plan.«

»Gottes … Himmel, Pelles! Was redest du da? Hat dich der Tod deiner Frau so sehr mitgenommen, dass du selbst nach so vielen Jahren nicht klar denken kannst?«

»Ihr Tod war es, der mich mit Klarheit zurückließ. Du kanntest die Fähigkeiten meiner Frau.«

»Natürlich. Wir alle kannten sie. Nicht umsonst wurde sie auf Avalon erzogen.« Uryen sprach nun wieder ruhiger. »Genau wie Morgaine.«

»Kurz vor ihrem Tod hatte Cundrie eine Vision«, verriet Pelles. Elayne musste sich anstrengen, ihn zu verstehen, da seine Stimme leiser geworden war. »Ich dachte zunächst, sie spräche im Fieber. Ich wollte sie besänftigen, ihr mit einem nassen Tuch die Stirn kühlen, und bat sie, sie solle sich schonen. Doch sie packte mich so fest, als sei sie nicht schon seit Wochen dem Tode näher als dem Leben gewesen. Sie packte mich und zog sich an mir hoch. Ihr Blick hatte nicht das Glühen des Fiebers. Er war klar wie ein Wintersee. Und ihre Worte brannten sich in meine Seele. Eines Tages wird Elayne ein Kind gebären. Einen Sohn. Er wird der höchste aller Männer, der Fähigste und Reinste, geliebt von allen Mächten dieser Welt. Niemals wird unsere Welt wieder einen solchen Mann sehen.«

Stille.

Elayne konnte nicht mehr atmen, so sehr schnürten ihr diese Worte die Kehle zu. Leise stahl sich eine Träne über ihre Wange.

Niemals hatte ihr Vater ihr von dieser Vision erzählt. Warum nicht? Warum hatte er sich ihr nicht anvertraut? Was hatte er vor?

Auch Uryen schien sprachlos. Es dauerte eine ganze Weile, bis er fragte: »Und der Vater dieses Kindes? Wer soll das sein?«

»Keiner deiner Söhne. Das ist alles, was du wissen musst.«

Wieder knallte eine Faust auf einen Tisch. »Du bist nicht bei Sinnen, Pelles! Mit deinem Wahnsinn ziehst du uns alle ins Verderben.«

Die Tür wurde von innen aufgerissen. Elayne schrak zurück, stolperte über den Weinkrug und ließ den Teller fallen.

König Uryen sah sie wütend an. »Du tust mir leid, mein Kind. Du wirst in dieser Festung verrotten und dein Vater mit dir.« Noch einmal drehte er sich zu Pelles um und rief: »Diese Mauern werden verrotten! Unnütz und nur noch ein Teil der Erinnerung!« Dann stürmte er an Elayne vorbei in den Gang.

Pelles hatte sich auf seinen Stuhl sinken lassen. Er lächelte. Elayne konnte kaum glauben, was sie sah. Er lächelte in die Leere des Raumes. Ein kalter Schauer überlief sie. Hatte Uryen recht? Würde ihr Vater sie mit seinem Wahnsinn ins Verderben reißen?

Mit zitternden Händen sammelte sie Brot und Käse vom Boden auf und legte sie zurück auf den Teller. Die hölzerne Karaffe war noch zu einem Drittel gefüllt. Elayne brachte beides zum Tisch ihres Vaters.

Er sah auf. Die einst strahlend blauen Augen wirkten verschleiert und fahl. Traurig lächelte er sie an. »Ich hätte dir früher davon erzählen sollen. Aber ich hatte das Gefühl ... es würde dich verwirren. Du bist noch so jung. Wir haben noch viel Zeit.«

»Ich bin fünfzehn«, erwiderte Elayne. »Alle Mädchen in meinem Alter, die ich kenne, sind verheiratet.« Es sollte nicht vorwurfsvoll klingen, doch sie hatte einen dicken Kloß im Hals, als sie sprach.

Er tätschelte tröstend ihre Hand. Seine Haut war kühl und faltig. »Wir haben Zeit. Vertrau mir. Vertrau deiner Mutter.«

Sie wollte ihrem Ärger Luft machen. Ihren Vater zur Vernunft bringen. Ihn anschreien, weil er ihr nie etwas von der Vision erzählt hatte. Doch sie brachte es nicht übers Herz.

»Ich vertraue dir.«

König Uryen reiste am Morgen mit seiner Gefolgschaft ab, ohne sich von Pelles zu verabschieden. Für Elayne hatte er nur ein kurzes Nicken übrig.

Morgaine jedoch schloss sie in ihre Arme, bevor sie auf ihr Pony stieg. »Du kannst mich besuchen kommen. So weit ist es ja nicht.«

»Ja, das würde ich gern tun«, antwortete Elayne betrübt. »Sobald mein Vater und König Uryen wieder bei Sinnen sind.«

Morgaine lachte. »Wilde Eber sind selten bei Sinnen. Bis bald, kleiner Rabe.«

»Bis bald, Königin Morgaine.« Elayne lächelte traurig, während sie ihnen nachsah.

Sie hatte eine neue Freundin gewonnen. Doch der Streit zwischen ihrem Vater und Uryen bedeutete, dass sie sich eine lange Zeit nicht sehen würden.

3

CYRHAEDDIAD

Die Ankunft

Der verdammte Regen. Hörte er hier oben denn niemals auf? Seine Kleidung war feucht bis auf die unterste Schicht, der grüne Wollumhang hielt die Nässe längst nicht mehr ab. Er sehnte sich nach einem heißen Bad, um die Glieder von der langen Reise zu entspannen und die Wärme in seinen Körper zurückzubringen.

Doch darauf würde er noch lange verzichten müssen. Einen solchen Luxus erwartete er in dieser gottverlassenen Gegend nicht. Ein warmes Bier. Vielleicht konnte er wenigstens das bekommen. Und ein trockenes Bett. Sein Magen knurrte. Eine Mahlzeit wäre wohl auch nicht zu viel verlangt.

So kurz vor seinem Ziel sank sein Mut. Dabei hatte er sich schon in viel schlimmeren Situationen befunden. Wie oft hatte er seinem Feind gegenübergestanden, mit letzter Kraft den tödlichen Schlag ausgeführt? Wie oft hatte er Verletzungen davongetragen, die ihn in Fieber und Wahn versetzten?

Der Regen jedoch schien übler als alles. Er ging unablässig hinab, drang in die Kleidung, in die Haut, tropfte von Haarsträhnen auf Nasenspitzen und in Nacken. Und er konnte sich gut vorstellen, dass mancher Geist hier oben im Norden schon wegen des Regens gestorben war. Ödnis sah so grau aus wie der Himmel über diesem trostlosen Landstrich.

Alles war grau. Die Wolken, das Meer, auf dem er in kleinen Fischerbooten hierher gereist war, die Kleidung der Menschen, von denen er gerade mal eine Handvoll getroffen hatte. Sie saßen bestimmt in ihren Katen, am warmen Feuer, einen duftenden Fischeintopf vor der Nase.

Sein Magen knurrte schon wieder und er fluchte, während seine Stiefel im Matsch des Weges versanken.

Womöglich war es aber auch gar nicht das Wetter, das ihn so sehr quälte. Womöglich war es der Gedanke, dass er den weiten Weg ganz umsonst gekommen war und niemals finden würde, wonach er suchte.

Sein rechter Stiefel blieb mit einem laut schmatzenden Geräusch stecken. »So ein verdammter …« Er hielt inne, als er meinte, etwas gehört zu haben. Eine Stimme, ebenfalls fluchend.

Ein Echo konnte es unmöglich sein. Er war von Wald und Wiesen umgeben, nicht von den felsigen Höhen der Berge.

Er schob die Kapuze ein wenig aus dem Gesicht. Das Fluchen erklang erneut, direkt vor ihm. Aber da waren nur der Fluss, an dessen Ufer er sich seinen matschigen Weg entlanggekämpft hatte, und die Steinbrücke, die er ansteuerte.

Vorsichtig stapfte er weiter, die Augen offen haltend. Das abschüssige Ufer war rutschig, kaum eine Böschung bot Halt. Der Fluss war genährt vom Regen und toste gen Meer. Durch das Rauschen des Wassers hörte er wieder ein Fluchen.

Erst als er die Brücke erreichte, erkannte er die kleine Gestalt, die halb im Wasser stand und mit einem langen Stock herumfuchtelte.

»Hey, du da unten, brauchst du Hilfe?«, rief er und blinzelte gegen die Regentropfen an, die ihm an den Wimpern klebten und ihm die Sicht verschleierten.

Die Gestalt wandte sich erschrocken um. Auch sie trug einen Umhang mit Kapuze, die tief über die Augen hing. Genervt zog sie den Wollstoff nach hinten, um ihn ansehen zu können. Ihr schwarzes Haar hatte sich in feuchten Strähnen aus ihrem Zopf gelöst. Das Gesicht war blass und vor Anstrengung verkniffen.

»Ja, ich könnte deine Hilfe gebrauchen!«, rief sie ihm zu, um das Tosen des Wassers zu übertönen. »Aber gib acht, die Erde ist aufgeweicht und rutschig.«

Er zog die Kapuze ganz zurück, damit seine Sicht nicht eingeschränkt wurde, und legte sein Bündel auf der Brücke ab, bevor er sich vorsichtig zum Ufer vorarbeitete, Schritt für Schritt, den Boden unter seinen Füßen nicht aus den Augen lassend.

Als er nur noch zwei Schritte von der Gestalt entfernt war, sah er sie an. Ob Mädchen oder Frau, konnte er unter den nassen Strähnen des schwarzen Haares kaum erkennen. Ihrer Wortwahl beim Fluchen nach zu urteilen, stammte sie aus dem Dorf.

Sie stand bis zu den Oberschenkeln im Wasser. Anstelle eines Kleides, dessen Röcke sie behindert hätten, trug sie Hosen wie ein Junge.

Sie hatte gewartet, bis er bei ihr war. Jetzt streckte sie ihre Hand nach ihm aus. »Hier, halt mich fest.«

»Was hast du vor?«, hakte er nach, bewegte sich aber bereits einen Schritt auf sie zu.

Sie deutete mit einem Nicken auf ein Gebüsch, das einige Meter weiter ebenfalls halb vom Wasser bedeckt war. »Siehst du den Korb? Er ist mir in der Strömung abhandengekommen und ich komme allein nicht ran. Halt mich fest, dann kann ich es schaffen, ohne von der Strömung mitgerissen zu werden.«

Er hatte kein gutes Gefühl dabei. »Das könnte für uns beide ziemlich gefährlich werden.«

»Nur wenn du mich nicht festhältst oder abrutschst. Traust du dir die Aufgabe nicht zu?« Sie lachte ihn schalkhaft an und etwas blitzte in ihren hellblauen Augen auf.

Er grinste. »Stets zu Diensten, hohe Dame.« Er fasste nach ihrer Hand, die zwar schmal und zart wirkte, jedoch seinen Griff mit erstaunlicher Stärke erwiderte.

»Lass mich bloß nicht los.«

»Ich gebe mein Bestes.«

Sie nickte ihm zu, atmete tief ein, um sich zu sammeln, und fixierte den Korb, der sich in den Ästen des Gebüschs verfangen hatte. Sie ging einen Schritt in dessen Richtung, versicherte sich eines sicheren Standes und streckte die Hand mit dem langen Stab aus, an dessen Ende sich ein Haken befand. Mit diesem versuchte sie, den Henkel zu erreichen.

»Bärendreck! Ich komme nicht ran!« Sie drückte seine Hand entschlossen fester. »Noch ein Schritt.«

Er suchte am Boden nach sicherem Halt und machte einen Schritt vorwärts.

Sie tastete sich weiter voran und streckte sich nach dem Korb.

Ein Schweißtropfen löste sich in seinem Nacken und rann seinen Rücken hinunter. Der Inhalt des Korbes musste verdammt kostbar sein, wenn das Mädel sogar sein Leben aufs Spiel setzte, um ihn zu erreichen.

Er spürte, wie ihre Hand durch Regen und Schweiß in der seinen rutschiger wurde. »Ich kann dich nicht mehr halten.«

»Doch! Einen Moment!« Ein letztes Mal reckte sie sich und dann endlich erwischte sie mit dem Haken den Bügel des geflochtenen Korbes. »Na endlich!«, rief sie triumphierend und zog ihn durch das Wasser zu ihnen.

In diesem Moment rutschte er aus. Die Erde unter seinem rechten Stiefel gab nach, er verlor das Gleichgewicht und das Mädel mit ihm. Doch er ließ es nicht los und landete auf den Knien. Die Erde war feucht und glitschig, doch er schaffte es, das Mädchen durch das Wasser an sich heranzuziehen, bis er es mit beiden Händen packen konnte.

Mit aller Kraft zog er die Kleine aus dem Wasser und verlor erneut das Gleichgewicht. Nebeneinander landeten sie im Matsch, sie auf dem Rücken und er seitlich, sodass ein stechender Schmerz durch seine Schulter schoss. Er presste die Kiefer aufeinander und gab einen knurrenden Laut von sich.

»Oh nein, bist du verletzt?« Ihre Stimme war voll aufrichtiger Sorge.

»Jetzt ist der Korb doch verloren«, lenkte er ab.

Sie blitzte ihn triumphierend an. »Nein, ist er nicht.« Mit dem Zeigefinger deutete sie auf eine Stelle fünf Schritte weiter. »Ich habe ihn dorthin geschleudert, als wir beide gefallen sind. Aber leider habe ich meine Stange verloren. Sie treibt jetzt flussabwärts.«

Vorsichtig richtete er sich auf. Es fühlte sich an, als hätte jemand ein Messer in seine Schulter gerammt. Tatsächlich, der Korb lag dort. »Was hast du darin versteckt? Gold? Edelsteine?«

»Natürlich nicht. Ich habe mit dem Korb Krebse gefangen.«

»Krebse?!« Er sah sie fassungslos an, während er seine Schulter abtastete. »Wir wären fast wegen Krebsen ertrunken?!«

»Ach was, wir waren kaum im Wasser.« Sie lachte auf und setzte sich hin. »Vater wird sich freuen. Er liebt Krebse. Mit Butter und Pilzen sind sie ein wahrer Genuss.«

Sein Magen knurrte. »Gut, dann verlange ich die Hälfte seiner Portion. Immerhin habe ich seine Tochter gerettet.«

Sie schüttelte den Kopf und kleine Wassertropfen lösten sich aus ihrem rabenschwarzen Haar. »Hm, vermutlich wird er dich eher vor die Tür scheuchen.«

Nun war es an ihm, zu lachen. »Wie heißt du, Kleine?«

»Elayne. Und ich bin nicht klein.«

Ihre Worte ließen ihn ernst werden. Er hatte mit einigem gerechnet, als er diese Reise antrat. Ganz bestimmt aber nicht damit, die Tochter des Königs von Corbenic aus einem Fluss zu ziehen, während sie wie ein Fischweib fluchte.

Er beobachtete, wie sie aufstand und versuchte, sich den Matsch von den Beinen zu klopfen. Ihr Mantel war verdreckt und nass. Sie nahm ihn von ihren Schultern und schüttelte ihn aus.

Elayne war ziemlich groß, wie er nun erkannte. Ein junger weiblicher Körper zeichnete sich unter den Hosenbeinen und dem nassen, dreckigen Hemd ab. Sie sammelte die feuchten Strähnen ihres Haares und band sie im Nacken zu einem Knoten. Dann stemmte sie die Hände in die Hüften und sah ihn herausfordernd an.

»Willst du mir nicht deinen Namen nennen, edler Retter?« Ihre Stimme klang erneut schalkhaft und er musste grinsen.

Langsam stand er auf, hielt sich dabei jedoch die verletzte Schulter. Er beugte das Haupt. »Galahad.«

»Wolltest du zur Festung?«

Er nickte.

»Gut, da wollte ich auch hin. Komm.« Elayne deutete mit dem Kopf in die Richtung, in der Corbenic lag. »Wenn du Glück hast, darfst du dich am Feuer in der Halle wärmen und eine warme Mahlzeit zu dir nehmen. Aber erwarte nicht zu viel. Der Hausherr kann sehr griesgrämig sein.«

Sie schien es nicht für nötig zu halten, ihn darauf hinzuweisen, dass der Hausherr und König über diese Ländereien ihr Vater war.

Elayne ergriff ihren Korb und kontrollierte den Inhalt.

Zufrieden nickte sie und wartete dann darauf, dass Galahad ihr folgte.

Auf der Brücke sammelte er sein Bündel ein und versuchte, es sich über die linke Schulter zu werfen, doch seine rechte schmerzte trotzdem.

»Dein Gepäck sieht schwer aus. Was trägst du da mit dir?«, wollte Elayne wissen, während sie sein Bündel musterte.

»Meine Harfe. Ich bin Barde.«

Sie betrachtete ihn von Kopf bis Fuß. »Du siehst gar nicht aus wie ein Barde.«

Galahad zog amüsiert die Augenbrauen in die Höhe. »Ach, hast du schon viele Barden hier oben gesehen?«

»Nicht viele«, gab Elayne zu. »Aber die, die sich hierher verirrten, waren meist sehr gepflegt und … alt.«

»Verzeihung, dass ich deinen Ansprüchen nicht genüge«, scherzte Galahad und richtete seinen Blick wieder auf den Weg. »Ich habe eine lange Reise hinter mir und lange kein Bad gesehen. Aber wenn es dich beruhigt: Ich bin älter, als ich aussehe.«

Sie kicherte, was sehr mädchenhaft wirkte, und kehrte ihm den Rücken zu. »Wird es denn gehen? Oder soll ich dein Bündel für dich tragen?«, fragte sie über die Schulter, während sie losging.

Diesmal lag kein Schalk in ihrer Stimme, daher meinte sie es wohl ernst. Aber ein Mädchen sein Gepäck tragen zu lassen, würde er selbst dann nicht dulden, wenn er ohne Beine durch Britannien schlurfte. Daher folgte er ihr nun und biss die Zähne zusammen. »Zeig mir einfach den Weg, Kleine.«

Er hätte sie nicht so ansprechen sollen; er wusste, wer sie war. Doch ihr Verhalten amüsierte ihn zu sehr. Und je länger sie Förmlichkeiten vermieden, desto länger konnte sie ihn erheitern.

Sie blieb stehen und drehte sich zu ihm um, so abrupt, dass er fast aufgelaufen wäre.

Überrascht blieb er stehen.

»Da du über einen Kopf größer als ich bist, darfst du mich wohl ›Kleine‹ nennen«, meinte sie hoheitsvoll. »Du solltest jedoch auf Widerworte gefasst sein, alter Mann.«

Er presste fest die Lippen aufeinander, um nicht laut loszulachen und sie damit noch mehr zu ärgern. »Wo ist nun diese Festung?«, fragte er stattdessen.

Der Regen nieselte konstant auf sie nieder, auch als sie endlich den Hügel hinaufstiegen und den alten Bogen zum Innenhof der Festung passierten.

Sie war finsterer, als er es sich vorgestellt hatte. Moos wuchs an den meisten Steinen. Von außen sah sie beinahe verlassen aus. Kein Abzeichen wehte über dem Turm, keine Bediensteten kamen ihnen entgegen, um sie zu empfangen. Der Innenhof selbst war moosbewachsen und Grasbüschel wucherten zwischen den Steinen, mit welchen die Römer den Hof gepflastert hatten.

»Hier leben wohl nicht viele Menschen?«, bemerkte er, während er sich umsah.

Sie schüttelte sacht den Kopf. »Das war mal ein sehr lebendiger Ort. Doch das ist lange her.«

Sie führte ihn durch einen seitlichen Eingang in die große Halle. In der Mitte glühte ein Feuer im Boden und darüber hing ein Kessel, der einen angenehmen Duft verbreitete.

Selbstverständlich reagierte sein Magen sofort und gab ein lautes Knurren von sich.

»Brisen!«, rief Elayne in die Halle. »Brisen, wir haben einen Gast.«

Niemand reagierte auf ihren Ruf. Sie seufzte und bedeutete ihm, sich auf eine Bank in der Nähe des Feuers zu setzen.

»Ich bringe die kleinen Kerle hier schnell in die Speisekammer und bin sofort zurück.«

Seine Kleidung klebte an ihm und der Matsch festigte sich langsam zu einer unnachgiebigen Schicht. Er würde sich ganz gewiss nicht setzen und Gefahr laufen, an Ort und Stelle fest zu trocknen.

Stattdessen legte Galahad sein Bündel vorsichtig neben die Bank, breitete seinen Umhang darüber, damit er trocknen konnte, und begab sich zur Feuerstelle. In dem Topf, der darüber hing, erkannte er Linsen und Gerste.

Mit dem großen Schöpflöffel, der an einem Henkel befestigt war, rührte er durch den Eintopf.

Speck! Herrlich duftender Speck!

Sein Magen zog sich schmerzhaft zusammen. In Ermangelung einer Schüssel pustete er am Löffel, doch er konnte nicht mehr warten und setzte ihn an die Lippen.

Heiß! Und doch so gut.

Mit geschlossenen Augen wartete er genüsslich, dass die Suppe in seinem Mund abkühlte.

»Wer bist du und was suchst du in meiner Halle?!«

Als Galahad erschrocken schluckte, brannte sich das Essen seinen Gaumen entlang.

Aus dem Gang ihm gegenüber schritt ein Mann mit schütterem blonden Haar. Er war groß und schmal, einst vermutlich ein stattlicher Krieger. Nun jedoch saßen Beinkleider und Tunika zu locker, ihre Farben waren verblasst. Doch der Blick des Königs war ungetrübt. Seine Augen waren vom gleichen hellen Blau wie die seiner Tochter.

Galahad beugte respektvoll den Kopf, dabei hielt er die Suppenkelle noch immer in der Hand. Das machte bestimmt einen grandiosen ersten Eindruck.

Den Blick gesenkt haltend, sprach er: »Es tut mir leid, dass ich dir nicht angemessen angekündigt wurde, König Pelles. Mein Name ist Galahad. Ich bin ein Barde aus Dumnonia.«

Der König erwiderte kühl: »Wenigstens weißt du, mit wem du es zu tun hast. Und Manieren hat man dir wohl auch irgendwann beigebracht. Auch wenn du wie ein Wilder über das Essen hergefallen bist.«

»Es war eine lange Reise«, verteidigte Galahad sein – zugegeben unangemessenes – Verhalten.

Der König näherte sich der Feuerstelle. »Und warum genau hast du diese lange Reise angetreten? Für einen Barden gibt es gewiss gemütlichere Orte.« Er musterte ihn abschätzig.

»So mag es sein«, pflichtete Galahad bei. »Doch die Villen der Reichen und Festungen des Südens langweilen mich. So hoch im Norden war ich selten.«

»Gut, dann reise noch weiter nach Norden, denn hier gibt es nichts für dich.« König Pelles verzog seinen Mund, als würde er mit einer Kröte sprechen.

Von der nicht vorhandenen Gastfreundschaft des Königs von Corbenic hatte Galahad gehört. Sie selbst zu erleben, war geradezu niederschmetternd. »König Uryen hat seinen eigenen Barden.«

»König Lot und seine Gemahlin würden sich sicher über deine Musik freuen«, brummte Pelles. »Meine Halle benötigt keine Musik und keine Worte, die den Sommer und die Schönheit der Jugend besingen.«

»Vater!« Die mahnende und zugleich bittende Stimme erschallte irgendwo hinter Galahad. »Du wirst bitte etwas freundlicher zu unserem Gast sein.« Elayne kam zu ihnen und reichte Galahad eine kleine Holzschüssel und einen Löffel. »Hier, ich konnte deinen Bauch vor Leere knurren hören.«

Er lächelte sie dankbar an, nahm die Schüssel und schüttete den Inhalt des Schöpflöffels hinein. Dennoch wagte er nicht, vom Eintopf zu kosten, bevor der König seine Erlaubnis gegeben hatte.

Pelles sah seine Tochter grimmig an. »Hast du etwa diesen Streuner hier hereingelassen?«

»Natürlich«, erwiderte sie freiheraus. »Er half mir am Fluss mit den Krebsen. Ohne ihn hätte ich sie verloren und wäre womöglich selbst hineingefallen. Der Mann hat eine warme Mahlzeit, frische Kleidung und ein Lager für die Nacht verdient.«

»Nicht nur mein Essen, sondern auch meine Gastfreundschaft sind etwas viel verlangt«, empörte sich der König. »Soll ich ihm auch noch ein Bad bereiten?!«

»Er hat mich aus dem Wasser gezogen und sich dabei verletzt. Kannst du nicht ein klein wenig Freundlichkeit zeigen?« Elayne stemmte die Hände in die Hüften und sah ihren Vater streng an, als wäre er ein kleiner Junge, der einen Streich gespielt hatte. »Er ist ein Barde aus dem Süden und die schönen Häuser dort gewohnt. Willst du, dass er in seine Heimat zurückkehrt und ein Lied vom garstigen König Pelles singt? Und von der Kälte der Festung Corbenic?«

»Das Lied wird dort schon lange gesungen.«

Elayne gab einen knurrenden Laut der Verzweiflung von sich.

Wenn die Lage für ihn nicht so ernst gewesen wäre, hätte Galahad gelacht. Stattdessen bemühte er sich, im Hintergrund der Diskussion zu bleiben.

»Wenn du ihm kein Lager für die Nacht anbietest, werde ich ihn ins Dorf bringen.« Elayne sah den König herausfordernd an. »Dort wird man ihn gewiss aufnehmen.«

»Es wird dunkel. Du bist durchnässt … du könntest krank werden«, wandte ihr Vater ein.

»Ach, mit einem Mal fällt dir das auf?« Ihre Augenbrauen hoben sich, während sie auf Galahad deutete. »Sieh hin, er ist genauso durchnässt. Zeig ein wenig christliche Menschennähe, Vater!«

Pelles musterte Galahad angewidert. Der Barde fühlte sich wie ein räudiger Hund. Dabei war er genauso groß gewachsen wie der König. Und auch in seinem Blut floss das Erbe alter Linien.

»Bei Gott, dann soll er sein Nachtlager haben«, brummte der Herrscher widerwillig. »Und eine Mahlzeit und von mir aus auch ein paar trockene Lumpen. Aber morgen früh verschwindet er, noch bevor ich zum Frühstück in die Halle komme.«

Elayne ging zu ihm, um ihn zu umarmen. »Danke, Vater.« Dann kam sie zurück an Galahads Seite und nickte ihm auffordernd zu. »Lass es dir schmecken.«

Pelles fuhr in griesgrämigem Tonfall fort: »Wo zum Teufel steckt deine Amme? Sie soll dich baden, bevor der ganze Dreck fest trocknet, Kind.«

»Brisen ist in der Kammer und zählt unsere Wintervorräte«, erklärte Elayne.

»Der Winter hat noch ein paar Tage Zeit«, grollte ihr Vater und warf die Hände in die Luft. »Aber dein Bad nicht.«

Elayne nickte. »Ist gut, ich sage ihr gleich Bescheid.«

Der König drehte sich griesgrämig um und ging ein paar Schritte, bevor ihm noch etwas einfiel: »Der Barde bekommt kein Gemach! Er kann hier in der Halle am Feuer schlafen.«

»Ist gut, Vater, wie du wünschst«, sagte Elayne artig, grinste ihren Gast hinter Pelles' Rücken jedoch wie ein kleiner Lausbub an.

Galahad nickte ihr anerkennend zu. Dann endlich tauchte er den Löffel in den köstlichen Eintopf.

»Ein Gemach darf ich dir nicht geben und ein Bad auch nicht, aber das hier hat er mir nicht verboten.« Elayne stellte einen Eimer Wasser vor ihm ab. »Zum Waschen«, erklärte sie überflüssigerweise. »Es ist kalt. Aber wenn du mir hilfst, es über die Feuerstelle zu hängen, bekommst du warmes Wasser.«

»Dann wird der Eintopf kalt«, protestierte Galahad. »Das kann ich nicht zulassen.«

»Wie du willst«, meinte sie und wandte sich ab.

In dem Moment kam eine ältere Frau in die Halle, aus der Richtung, in der Elayne verschwunden war, als sie die Krebse zur Speisekammer gebracht hatte. Ihr Kleid war zwar alt, jedoch sauber. Ihre blonden Zöpfe trug sie hochgesteckt und ihr Blick war streng.

»Ist er das?«, fragte sie, während sie Galahad in Augenschein nahm. »Der junge Mann, der dich aus dem Wasser gezogen hat?«

»Ja.« Elayne faltete die Hände ineinander. »Ohne ihn hätte ich die Krebse verloren.«

»Und vermutlich auch dein Leben.« Die Frau trat an Elaynes Seite und musterte Galahad aufmerksam.

Er hatte keinen Zweifel, dass es sich um Elaynes Amme Brisen handelte. Daher neigte er nun höflich das Haupt. »Galahad, Barde aus dem Süden«, stellte er sich knapp vor.

»Ja, das hat mein Mädchen mir schon berichtet.« Brisens Blick wanderte prüfend über seinen Körper. »Und dass du dich verletzt hast.«

»Nur meine Schulter. Es ist nicht weiter schlimm.«

»Das werden wir sehen«, erwiderte Brisen und deutete auf seinen Oberkörper. »Bitte zieh deine Tunika und dein Hemd aus, sie müssen ohnehin gewaschen werden.«

Er zögerte und warf einen zweifelnden Blick zu Elayne.

»Ich bitte dich«, meinte die Amme belustigt. »Das Kind hat schon genug nackte Männer gesehen. Sie geht mir bei der Versorgung der Kranken zur Hand.«

»Sie ist ... die Tochter des Königs. Ich halte es für unangebracht«, beharrte er und verschränkte die Arme vor der Brust.

»Ach du liebe Güte, der Mann schämt sich«, rief Brisen aus, dann sah sie ihn herausfordernd an. »Sind alle Männer im Süden so prüde? Wenn ja, bin ich froh, dass ich im Norden lebe.«

»Ich bestehe darauf.«

Brisen seufzte. »Also gut. Elayne, ich bringe den jungen Mann in das Gemach neben das des alten Liam. Du gehst auf dein Zimmer und kümmerst dich um das Feuer, damit ich dich baden kann.«

Das Mädchen folgte gehorsam.

Brisen deutete auf den Wassereimer. »Den wirst du wohl tragen können, oder? Ich nehme deine Sachen mit.«

»Der König hat angeordnet, dass ich in keinem Gemach schlafe«, gab Galahad zu bedenken. Er wollte nicht, dass sie wegen ihm Ärger bekam.

»Du wirst dort nicht schlafen«, meinte Brisen lapidar. »Ich werde mich dort lediglich um deine Verletzung kümmern.«

Der Eimer war schwerer als gedacht und Galahad wunderte sich, wie Elayne ihn hatte tragen können. Sie schien die körperliche Arbeit gewohnt zu sein.

Brisen nahm ein Holzscheit aus der Feuerstelle und führte Galahad durch den Flur in eine finstere Kammer. Dort entzündete sie ein kleines Kohlebecken und bat ihren Patienten, auf einem Hocker Platz zu nehmen. Sie war ihm beim Ausziehen der Tunika und des Hemdes behilflich, denn die Schulter schränkte seine Bewegung mehr ein, als es Galahad lieb war.

Brisen ging einen Schritt zurück und betrachtete kopfschüttelnd seinen nackten Oberkörper. Sie nahm das Holzscheit aus dem Kohlebecken, um sich seine Schulter genauer anzusehen. Dann drückte sie ihm das Licht in die unverletzte Hand, um den Oberarm zu betasten.

Galahad atmete tief ein, als ihre fachkundigen Finger ihn genau dort berührten, wo es am meisten schmerzte.

»Du hattest Glück«, murmelte Brisen. »Die Knochen sind noch alle dort, wo sie hingehören. Und keiner scheint gebrochen zu sein. Es ist nur das Fleisch, das verletzt ist.«

Sie hatte einen Korb dabei, aus welchem sie einen kleinen Tiegel holte. Kurz darauf schmierte sie eine scharf riechende Salbe auf seine Haut, ehe sie seine anderen Verletzungen betrachtete.

»Für einen Barden hast du sehr viele Narben.« Sie berührte eine lange Linie, die unterhalb seiner rechten Rippe verlief. »Der

Schnitt hätte dich töten können, wäre er etwas tiefer gewesen. Doch die Wunde wurde gut versorgt.«

»Ein Sachsenschwert«, erklärte Galahad. »Sein Träger war ungeschickt. Das kostete ihn das Leben. Sicher habt auch ihr im Norden von den Sachsenangriffen gehört. Selbst ein Barde kann sich dem Kampf dieser Tage nicht verwehren.«

Brisen nickte und tastete weitere Verletzungen ab. »Diese hier«, sie deutete auf eine kleine Narbe an seinem rechten Oberarm, »ist sie von einem Pfeil?«

»Ja.«

»Sie sieht aus, als hätte sie sich damals entzündet«, bemerkte sie und legte den Kopf schief. »Schmerzt sie noch?«

»Manchmal. Der Pfeil war vergiftet.«

Brisen nickte wissend und schmierte auch auf diese Stelle etwas von der Salbe. »Ich lasse dir den Tiegel da. Trage die Salbe morgens und abends auf. Das stillt die Schmerzen.«

Galahad nahm das Tongefäß entgegen und bemerkte eine kleine Tätowierung auf der Innenseite ihres rechten Handgelenks. Er lächelte. »Du hast im Süden gelebt, nicht wahr?«

Brisen sah auf ihr Handgelenk und erwiderte sein Lächeln. »Das ist so lange her, dass es mir wie in einem anderen Leben vorkommt.« Sie seufzte und wandte sich von ihm ab. »Wasch dich und komm dann in die Halle. Vergiss nicht, das Kohlebecken zu löschen.«

»Danke, Priesterin.«

Noch einmal wandte sie sich zu ihm, doch diesmal lächelte sie nicht. »Ich war niemals Priesterin. Ich kam in den Norden, bevor ich geweiht wurde.«

Und doch war sie einst dort gewesen und hatte die Heilkunst gelernt. Galahad hatte die Tätowierung erkannt. Die Schlange und der Mond. Das Zeichen der Schülerinnen Avalons.

4
CENTENARIUS

Der letzte Feldherr

S eine Züge waren so ebenmäßig. Elayne hatte noch nie solch feine Linien im Gesicht eines Menschen gesehen. Sie erinnerten sie an die Büste des römischen Imperators, die ihr Vater in seinem *grapheum,* dem Arbeitszimmer, stehen hatte. Niemand wusste mehr, wem sie nachempfunden war. Der König hatte sie allein aus dem Grund dort stehen, weil sie den Betrachter an das römische Erbe des Hausherrn erinnern sollte.

Seine Kinnlinie war markant. Seine Nase gerade, vielleicht etwas zu lang.

Vom Feuer in der Halle war nur ein wenig Glut übrig. Die Kälte der Nacht hatte Einzug gehalten und ihr Gast lag eng in ein Wolltuch eingewickelt auf dem Strohsack, den Brisen ihm am Vorabend gebracht hatte. Der letzte Schein des Feuers erhellte sein schlafendes Gesicht.

Elayne war erleichtert, dass er noch nicht gegangen war. So konnte sie ihm etwas Proviant mit auf die Reise geben.

Nun, da er sich gewaschen hatte und frische Kleidung trug, sah er nicht mehr wie ein Streuner oder Bandit aus. Im Gegenteil. Er hatte das Haar, das von dunklem Braun war, wohl noch vor einiger Zeit kurz getragen. Jetzt jedoch hingen ihm wirre Strähnen in die Stirn und über die Ohren. Wenn er es noch länger wachsen ließ, konnte er sich einen Zopf binden, wie es die Stammeskrieger taten.

»Es ist nicht angebracht, einen Mann im Schlaf zu beobachten«, sprach das Objekt ihrer Betrachtung plötzlich.

Elayne hatte nicht bemerkt, dass er erwacht war, und wich einen Schritt zurück, als Galahad sich langsam aufrichtete und sich aus der Wolldecke befreite, um sich zu strecken. »Ich … ich wollte nur schauen, ob du noch etwas benötigst, bevor du abreist«, meinte sie mehr als verlegen.

»Hm, das ist sehr freundlich.« Schalk lag in seinen dunklen Augen. Er schien ihr ihr Benehmen nicht übel zu nehmen.

Sie ergriff ein Holzscheit, um in der Glut herumzustochern.

»Wer schaut sonst nach dem Feuer? Ist das eine deiner Aufgaben?«, erkundigte er sich und strich sich das wirre Haar aus der Stirn.

Sie sah rasch wieder in die Glut. Es war ihr peinlich, dass er sie erwischt hatte, wie sie ihn betrachtete. »Nein, das ist die Aufgabe von Liam. Dem jungen Liam. Aber er hat sich vor drei Tagen den Arm gebrochen, als er vom Pferd fiel. Brisen hat ihn in einer Kammer untergebracht und ihm verboten, auch nur eine Arbeit zu verrichten, bevor der Arm heile ist.«

»Das kann lange dauern«, bemerkte er und hob eine Augenbraue.

»Ja, das stimmt.« Sie stand auf und wischte sich die rußigen Hände an der Tunika ab. Langsam ging die Sonne auf. Durch die hohen Fenster wirkte der Himmel nicht mehr finster. »Komm mit mir in die Küche. Ich hole ein paar Holzscheite und du kannst dir deinen Proviant aussuchen.«

Die Küche und die Vorratskammer waren die einzigen Räume, die östlich der großen Halle lagen. Elayne nahm sich drei Holzstücke. Es waren nicht mehr viele übrig. Auch das Holzhacken gehörte zu den Aufgaben des jungen Liam.

»In der Speisekammer haben wir noch Brot, Käse, geräuchertes Fleisch, gesalzenen Fisch«, erklärte sie ihrem Gast, ohne ihn anzusehen. »Nimm dir, so viel du magst. Wir haben reichlich.«

»Dabei arbeiten hier kaum Menschen«, bemerkte er. »Habt ihr keine Sklaven?«

»Nein. Hatten wir mal. Vor langer Zeit.« Sie ließ sich von ihrem Tun nicht ablenken und sammelte weiter Holz ein. »Aber wir werden durch das Dorf gut versorgt. Brisen hat sechs Töchter. Sie und ihre Männer helfen uns, wenn wir Hilfe brauchen. Und die anderen Dorfbewohner auch. Sie sind der Festung verbunden, auch wenn sie lieber direkt am Meer wohnen. Die meisten von ihnen sind Fischer.«

»Dann sollte vielleicht einer von Brisens Schwiegersöhnen aushelfen, bis der junge Liam seinen Arm wieder benutzen kann«, schlug Galahad vor.

»Sie müssen im Dorf arbeiten. Auch dort müssen die Wintervorräte angelegt werden.«

Elayne brachte die Holzscheite in die große Halle, um das Feuer wieder in Gang zu bringen.

Es dauerte eine Weile, doch als sie es geschafft hatte, strich sie sich zufrieden eine Haarsträhne, die sich aus dem Zopf gelöst hatte, hinters Ohr. Gleich würde sie den Haferbrei für das Frühstück ansetzen.

Als sie sich umdrehte, verpackte der Barde einen Laib Brot und Schinken in seinem Bündel. Sie bedauerte sehr, dass er schon gehen musste. Ihr Vater hatte am vorigen Abend nicht einmal erlaubt, dass Galahad etwas auf seiner Harfe vortrug.

»Bleibst du noch zum Frühstück?«, fragte sie hoffnungsvoll. »Wir haben eine Kuh im Stall. Mit ihrer Milch schmeckt der Haferbrei einfach am besten.«

Galahad schwang sein Bündel über die unverletzte Schulter. »Das hört sich verlockend an, doch ich gehe lieber, bevor der König aufwacht.«

»Es tut mir sehr leid, dass er so ungastlich ist. Seit dem Tod meiner Mutter ist er nicht mehr derselbe«, versuchte sie, ihren Vater zu entschuldigen. »Wenn du nach Nordosten reist, kommst du an König Uryens Hof. Dort wird man dich sicherlich gern aufnehmen. Königin Morgaine liebt Musik.«

»Ja, das tut sie.« Ein Lächeln trat auf sein Gesicht.

»Du kennst sie also?«

»Natürlich. Aus Camelot. Aber dort war ich nur einer unter vielen.«

Elayne seufzte. Jetzt bedauerte sie noch mehr, dass er gehen musste. Er hatte so viel von der Welt gesehen. Zu gern hätte sie seinen Liedern und Geschichten am abendlichen Feuer gelauscht. Doch wenn ihr Vater einmal eine Entscheidung getroffen hatte, konnte man ihn nur sehr schwer umstimmen.

Sie klopfte sich die Hände an den Röcken sauber. »Komm, ich bringe dich nach draußen und beschreibe dir den einfachsten Weg nach Caer Luel.«

Der Morgen war frisch und der Himmel leuchtete dort, wo die Sonne aufging, wie Feuer. Wenigstens würde es heute nicht so bald regnen.

Elayne verschränkte die Arme vor der Brust, da sie ihr Schultertuch vergessen hatte. Aus den Stallungen links des Vorhofes waren das Wiehern der Pferde und ein derbes Fluchen zu hören.

»Das ist der alte Liam«, erklärte sie. »Er kümmert sich um die beiden Pferde, die wir noch haben. Und um die anderen Tiere. Eigentlich geht ihm sein Sohn dabei zur Hand.«

»Verstehe. Vielleicht kann ich ihm noch kurz helfen?« Galahad legte bereits sein Bündel ab.

Elayne hob skeptisch die Brauen. »Weißt du denn, wie man mit Pferden umgeht?«

Der Barde ging in Richtung Stall. »Wir werden sehen.«

Innen war es warm und es duftete angenehm nach frischem Heu. Einst hatten hier viele Pferde gestanden.

Der Stall war noch von den Römern erbaut worden. Später hatten Corbenics Krieger ihre Pferde hier untergestellt. Doch Krieger gab es hier schon lange nicht mehr. Niemand brauchte ihre Dienste. Sie waren in ihre Dörfer zurückgekehrt oder hatten sich anderen Herrschern angeschlossen.

Das Fluchen kam vom anderen Ende des Stalls. Als sich Elaynes Augen an das dämmrige Licht gewöhnt hatten, folgte sie Galahad zu Liam.

Der Mann, der nur wenig jünger war als ihr Vater, jedoch weit rüstiger, stand vor der letzten Box und rieb sich seinen Oberschenkel.

»Liam? Bist du verletzt?«, erkundigte sich Elayne besorgt.

»Ach, das ist nichts«, meinte der treueste Diener ihres Vaters beschwichtigend. »Centenarius hat ausgetreten. Ich hätte besser aufpassen und rechtzeitig ausweichen müssen.« Die ruhigen Augen des Mannes, dessen Haut von vielen Jahren Arbeit unter Sonne und Wind gegerbt war, wanderten zu ihrem Gast.

»Das ist Galahad, ein Barde aus dem Süden«, erklärte Elayne. »Er wollte gerade abreisen, als wir dich hörten. Galahad, das ist Liam. Er arbeitete schon vor meiner Geburt für meinen Vater.«

Der ältere Mann stemmte die Hände in die Hüften und sah Galahad amüsiert an. »Hm, ein Barde in den Stallungen? Möchte er unseren Tieren etwas vorsingen?«

Galahad grinste. »Wenn es sie beruhigt, warum nicht?« Doch dann wandte er sich der Box und dem braunen kräftigen Hengst zu, der darin stand. »Das ist ein sehr schönes Tier. Gut gepflegt und gefüttert.«

»Ich gebe mein Bestes«, entgegnete Liam mit ein wenig Stolz. »Vielleicht kommt ja doch noch der Tag, an dem unser Herr wieder auf ihm reiten wird. Dann kann ich ihm schlecht einen alten Klepper unter den Hintern schieben. Aber leider ist wohl ein böser Geist in das Tier gefahren. Seit Tagen benimmt er sich wie ein sturer Bock. Erst wirft er meinen Jungen ab und dann tritt er aus, lässt mich nicht mehr in seine Nähe. Wenn das so weitergeht, müssen wir ihn schlachten, bevor er uns alle umbringt.«

Galahad beobachtete das unruhige Tier aufmerksam. »Können wir ihn nach draußen bringen? Ich möchte ihn mir gern genauer anschauen.«

Der alte Liam sah Elayne zweifelnd an, doch sie nickte ihm zu. Sie war gespannt, was Galahad vorhatte. »Wir können ihn auf die Koppel lassen«, meinte er also und öffnete das Tor an diesem Ende des Stalls.

Galahad sprach leise auf den Hengst ein, der noch immer nervös in der Box tänzelte. Er öffnete die Tür und stellte sich so in den Gang, dass Centenarius nur in die Richtung der Koppel laufen konnte. Der Hengst schnaubte und galoppierte los. Auf der noch feuchten Erde buckelte er und begann, unruhig den Rand der Einzäunung abzulaufen.

»Du solltest lieber sicheren Abstand halten«, riet Galahad Elayne, bevor er langsam auf die Koppel ging.

»Was hast du vor?« Ihre Stimme klang besorgter als beabsichtigt.

»Herauszufinden, was mit ihm passiert ist«, erklärte er knapp, ohne sie anzusehen, ganz auf Centenarius konzentriert.

Elayne trat hinaus, schloss das Stalltor hinter sich und setzte sich neben Liam auf die hölzerne Einzäunung.

Galahad begab sich in die Mitte der Koppel und beobachtete, wie der Hengst weiter im Kreis lief. Nach einer Weile beruhigte sich das Tier, lief langsamer und blieb schließlich stehen, um den Menschen zu beobachten, der seelenruhig in der Mitte der Koppel stand.

Dann, zunächst leise, begann Galahad, zu singen.

»Bei Gott, er singt dem Tier tatsächlich etwas vor«, raunte Liam Elayne belustigt zu.

Das Pferd lauschte den Worten des fremden Menschen. Galahads Stimme klang wie das Summen einer uralten Kraft.

Gänsehaut breitete sich über Elayne aus. Und auch Liam hörte nun gebannt zu. Die Worte entstammten der alten Sprache Britanniens und erzählten die Geschichte der Geburt eines Gottes. Elayne hatte das Lied noch nie zuvor gehört. Es war von einer traurigen Melodie, die ihr Herz schwer machte.

Der Hengst ließ geschehen, dass Galahad langsam auf ihn zukam. Dieser wählte nicht den direkten Weg. Er wich etwas ab und näherte sich dem Pferd seitlich, sodass Centenarius ihn stets im Blick behalten konnte. Erst als Galahad direkt bei ihm war, schnaubte das Pferd.

»Es ist alles gut, mein Junge. Lass mich dir helfen«, sprach Galahad und streichelte über die Nüstern.

»Woher kommt dieser Barde noch mal?«, erkundigte sich Liam erstaunt.

»Aus Dumnonia«, murmelte Elayne.

»Er muss seine Kunst auf Avalon erlernt haben, wenn selbst die Tiere dem Bann seiner Stimme erliegen«, vermutete er und faltete die Hände im Schoß, um das Tun des Fremden zu beobachten.

Galahad kam zu ihnen zurück und setzte sich neben Elayne auf das Gatter. »Über dem rechten Vorderhuf befindet sich ein Schlangenbiss. Man sieht ihn kaum, das Fleisch ist nicht geschwollen. Doch er hat Schmerzen.« Er sah hinüber zu dem Hengst und fügte leise hinzu: »Und Angst.«

»Pferde fürchten sich vor Schlangen. Schon ein leichtes Zischen im Gebüsch lässt manches Schlachtross vor Angst durchgehen«, bestätigte Liam.

Galahad warf einen Blick über die Schulter in Richtung Festung. »Eure weise Dame ... Brisen ... sie hat bestimmt eine Salbe, die die Schmerzen lindert.«

»Das hat sie gewiss«, nickte Liam und ließ sich vom Gatter gleiten. »Doch wer hält den Gaul still, während ich die Salbe auftrage?«

Der Barde hob die Schultern und sah dabei recht jungenhaft aus. »Ich.«

»Das traust du dir zu, Junge?«

»So hat mich schon lange keiner mehr genannt.« Galahad grinste, erklärte dann aber ernst: »Ja, ich traue es mir zu. Selbst ein Centurio der römischen Legionen verspürt Scheißangst, wenn er es mit seinem ärgsten Gegner zu tun bekommt. Euer Hengst wird den Schlangenbiss überleben, denn er ist ein kräftiger Kerl. Es sei denn, die Wunde entzündet sich. Und da er noch immer Schmerzen hat, ist das nicht auszuschließen.«

Elayne sah Liam fragend an. Es war seine Entscheidung.

Der wiederum sah hinüber zum letzten Schlachtross ihres Vaters, dann nickte er und wandte sich an sie. »Gut. Elayne, kannst du bei Brisen eine Salbe besorgen?«

Ein Rabe schrie hoch über der Feste auf. Als Elayne sich umdrehte, sah sie einen Schatten auf der Brüstung. Ihr Vater hatte sie beobachtet.

Pelles erwartete seine Tochter in der Halle.

Elayne wollte Galahad verteidigen. »Er hat Liam mit den Pferden geholfen. Deswegen ist er noch nicht fort. Wir sind ihm zu Dank verpflichtet.«

»Ich habe es gesehen.« Der König ließ sich auf seinem Thron nieder, der mit weichen Fellen ausgelegt war, und schloss für einen Moment die Augen.

»Wir könnten seine geschickten Hände gut gebrauchen«, fuhr Elayne fort. »Der junge Liam wird noch lange Zeit nicht arbeiten können. Und der alte schafft die Arbeit nicht allein. Warum sollten wir dem Barden nicht ein Heim für den Winter anbieten, wenn wir dafür nicht nur seine Musik, sondern auch zwei kräftige Hände bekommen? Er kann anpacken, das hat er bewiesen.«

»Seine Musik ist mir egal. Doch mit den Händen hast du recht.« Pelles richtete sich in seinem Stuhl auf und öffnete die Augen. »Gib mir etwas von dem Haferbrei, dann schick deinen Barden zu mir.«

An diesem Abend hörten sie zum ersten Mal Galahads Harfe. Es war kein großes Instrument, handlich genug für Reisen. Dennoch klangen die Töne ihrer Saiten wie lockende Stimmen aus der anderen Welt.

Sie alle saßen nach dem Abendessen um das Feuer: Pelles und Großvater in ihren Sesseln, Elayne mit Brisen und den beiden Liams auf den Bänken.

Galahad hatte in ihrer Mitte auf einem Hocker nahe beim Feuer Platz genommen und sang von der Schönheit des Meeres und seiner Lebewesen.

Nach diesem Lied verkündete Pelles offiziell seine Entscheidung. »Galahad wird den Winter hier verbringen und uns viele Abende mit seiner Musik erfreuen. Und an den Tagen geht er dem alten Liam zur Hand, bis dessen Sohn seinen Arm wieder benutzen kann.«

»Endlich kommst du zur Besinnung«, meinte Großvater und prostete dem Barden mit einem Becher Honigbier zu. »Willkommen in unserer heruntergekommenen Halle. Mögen die

Geister der Vergangenheit dich in Ruhe schlafen lassen und die modrigen herabfallenden Holzbarren deinen Kopf verfehlen. Ich freue mich, in meinen alten Tagen noch einmal einen Winter mit der Musik eines Barden verbringen zu dürfen.«

Elayne musste ein Lachen unterdrücken. Ihr Großvater schaffte es immer wieder, die Menschen in seiner Umgebung aufzuheitern.

So neigte auch Galahad belustigt das Haupt. »Vielen Dank. Ich werde mein Bestes geben ... sowohl an der Harfe als auch im Stall.«

»Auf, auf, spiel weiter«, bat der Großvater ihn.

Und als Galahad zu einem lustigen Trinklied ansetzte, legte Brisen einen Arm um Elayne und raunte in ihr Ohr: »Gewaschen sieht er gar nicht so übel aus.«

»Ist er nicht ein wenig jung für dich?«, flüsterte Elayne zurück.

»Vielleicht findet er Gefallen an den Erfahrungen des Alters«, meinte Brisen und trank einen weiteren Schluck aus ihrem Becher. »Obwohl er wohl doch eher Gefallen an der Unschuld deiner Jugend finden könnte.«

Elayne verbarg ihr erhitztes Gesicht hinter ihrem eigenen Becher. Das Fass, das sie heute geöffnet hatten, bescherte ihnen einen besonders starken Gerstensaft, den sie mit Honig hatten süßen müssen, damit er genießbar war.

Für einen Moment erwiderte Galahad ihren Blick.

Seine dunklen Augen vertieften die Hitze in Elaynes Wangen. Was auch immer die nächsten Monate bringen würden, Elayne war sich sicher, dass sich ihr Leben in diesem Winter verändern würde.

Am nächsten Tag wollte Elayne die Krebse zubereiten. Dafür benötigte sie Pilze. Also nahm sie ihren Umhang, außerdem einen kleinen Korb, und begab sich nach draußen.

Auf dem Hof wurde sie von Galahad abgefangen. Er trug eine Hose und darüber eine alte Tunika, die dem jungen Liam gehörte. Bei ihm saß sie merklich enger, gerade so, dass er sich noch darin bewegen konnte. »Guten Morgen. Wohin des Weges?«, erkundigte er sich gut gelaunt.

Sie sah lächelnd zu ihm auf. »Guten Morgen. Ich möchte Pilze sammeln. Hast du schon gefrühstückt?«

»Mein Magen ist noch voll vom Abendessen«, feixte er und hielt sich den Bauch. »Ich glaube, ich kann zehn Tage nichts mehr essen. Darf ich dich begleiten? Die Arbeit im Stall ist getan und Liam hat im Moment nichts für mich zu tun.«

»Du brauchst einen Umhang«, gab Elayne zu bedenken.

»Mir ist nicht kalt.«

Sie stellte den Korb ab, verschränkte die Arme vor der Brust und sah ihn so streng an, wie Brisen es in diesem Fall tun würde. »Im Wald ist es aber kälter. Also los, hol deinen Umhang.«

Er grinste, wobei er sehr jungenhaft wirkte, und verbeugte sich. »Wie du befiehlst, Prinzessin.«

Elayne kannte eine Stelle am Rande eines Hains, an der eine Vielzahl an Pilzen wuchs. Der Weg war nicht weit.

Galahad summte vor sich hin und unterhielt sich mit ihr über dies und jenes. »Teile eurer Festung scheinen schon sehr alt zu sein«, bemerkte er und warf ihr einen Blick von der Seite zu.

»Es heißt, dass früher die Stammeskönige hier gelebt haben«, erinnerte sie sich an die Geschichten ihres Großvaters. »Die Römer haben sich dann ihre eigene Festung daraus gebaut. Und als sie gingen, fiel sie an meine Familie. In uns fließt das Blut der Römer und der alten Stammeskönige.«

»Die Festung ist riesig. Verläuft man sich darin nicht?«

»Doch, wenn man sich nicht auskennt, kann das passieren. Und man sollte nicht im Dunkeln herumlaufen. Manche Mauer ist nicht mehr so hoch, wie sie mal war, und man fällt leicht in die Tiefe.«

»Gut, dann nicht volltrunken durch die Gänge irren. Werde ich mir merken. Ist das Bier immer so stark? Ich habe das Gefühl, mein Kopf dreht sich noch immer.« Er drehte sich spaßeshalber im Kreis und stupste sie versehentlich an.

Elayne kicherte. »Es hält uns in kalten Nächten warm.«

Galahad wollte darauf etwas entgegnen, denn er öffnete kurz den Mund, verkniff es sich dann jedoch.

»Was denn?« Elayne schaute ihn belustigt an. »Traust du dich nicht, in meiner Gegenwart zu sagen, was du denkst?«

»Du bist immer noch die Tochter des Königs«, entgegnete er etwas gemessener.

Elayne ging nicht weiter darauf ein. Sie waren am Wäldchen angekommen und sie begann, den Boden nach Pilzen abzusuchen. Sie fand ein paar Steinpilze und nahm ihr kleines Messer, das sie im Gürtel trug, um sie abzuschneiden.

»Alte Gemäuer beherbergen Geheimnisse«, fuhr Galahad fort. Nebenbei pflückte er Grashalme und schien sich nicht besonders für die Pilze zu interessieren, die genau daneben wuchsen.

Elayne dagegen ließ sich nicht davon ablenken, die köstlichsten Pilze zu finden und abzuschneiden. »Vermutlich. Mein Großvater kennt einige Geschichten aus alten Zeiten, manche davon hat er sogar selbst erlebt. Du solltest ihn danach fragen.«

»Das werde ich. Dennoch interessiert mich, was du weißt.«

Elayne richtete sich auf und sah ihn zweifelnd an. »Ein Mädchen wie ich hat noch nicht genug erlebt, um Geschichten erzählen zu können. Eigentlich weiß ich überhaupt nichts.«

»Das glaube ich nicht«, meinte Galahad leise und sah sie nachdenklich an. Dann fiel seine Aufmerksamkeit auf den großen braunen Pilz, neben dem er die ganze Zeit gekniet hatte. »Ist der genießbar?«

»Er schmeckt sehr gut ... verursacht aber Ausschläge und Atemnot. Lass lieber die Finger davon.«

»Ich konnte Pilze noch nie gut unterscheiden«, entschuldigte er sich.

Elayne schmunzelte. »Das macht nichts. Du könntest dich aber nützlich machen, indem du Feuerholz sammelst.«

»Wie du wünschst, holde Dame.« Erneut deutete er eine Verbeugung an und machte sich dann gehorsamst an die Arbeit.

Die Ausbeute an Pilzen war mehr als zufriedenstellend. Als Elayne genug für das Abendessen gesammelt hatte, richtete sie sich auf und klopfte die erdigen Finger an ihren Röcken ab.

Es war ein herrlicher Tag und als sie das Gesicht nach oben richtete, schien die Herbstsonne warm auf ihre Haut. Sie schloss die Augen und genoss den Duft des Waldes und der fruchtbaren Erde.

Als sie die Lider öffnete, stand Galahad nicht weit von ihr entfernt. Er hatte sie beobachtet und wandte nun schnell den Blick ab.

In Elaynes Magen tanzten kleine Schmetterlinge um die Wette. Die Sonne stand hoch am Himmel und tauchte Galahads groß gewachsene Statur in goldenes Licht. Für einen Moment sah sie eine andere Gestalt durch ihn hindurch. Ebenso groß, doch mit goldenem Haar und blauen Augen. Eine Wolke schob sich vor die Sonne und die Erscheinung verschwand.

Ihr fröstelte.

»Lass uns zurückgehen«, meinte sie, schloss ihren Umhang mit der verschlungenen Bronzefibel und nahm ihren Korb auf. Plötzlich fühlte sie sich unwohl in Galahads Nähe und wollte lieber nach Hause.

Der König stand an der Stelle der Brüstung, an der er den besten Blick über den Hof der Festung, die dahinter liegenden Wiesen, Weiden und Hügel bis hin zum Wald hatte. Ein kühler Lufthauch durchfuhr sein schütteres Haar, doch er störte ihn nicht.

Brisen, die hinaus auf die Brüstung trat, schlang ihr Schultertuch fester und verschränkte die Arme vor der Brust. »Möchtest du nicht hineinkommen und etwas frühstücken? Du hast noch nichts gegessen.«

»Sorge dich nicht um mich.«

Der gerunzelten Stirn nach tat sie es doch.

»Ich komme ja gleich«, beruhigte er sie. Dann richtete er den Blick wieder auf die beiden jungen Menschen, die sich der Festung näherten.

Brisen folgte seinem Blick. Die Furche auf ihrer Stirn wurde tiefer.

»Auch um Elayne brauchst du dich nicht zu sorgen«, kam er ihr zuvor. »Sie ist ein gutes Mädchen.«

»Das weiß ich, ich habe sie schließlich selbst erzogen. Nein, das Kind bereitet mir keine Sorge.«

Pelles ließ den Blick nicht von seiner Tochter und dem Barden. »Was ist es denn?«

Brisen war die engste Vertraute seiner Frau gewesen und gemeinsam mit Cundrie zu ihm in die Festung gekommen. Sie lebte schon so lange unter seinem Dach, kannte ihn und seine Gedanken.

So verwunderte es ihn nicht, als sie finster erwiderte: »Du erlaubst, dass er den Winter bei uns verbringt. Warum?«

»Hat man mich nicht von allen Seiten davon zu überzeugen versucht, dass seine kräftigen Hände in diesem Winter hier vonnöten sind?«, entgegnete er.

»Seit wann lässt du dich so leicht überzeugen?«

Ein Rabe stieß sich aus einem der nahen Baumwipfel ab, sodass die Äste nachschwangen. Er schlug kräftig mit den Flügeln, bis er hoch über der Feste war und über ihren Köpfen kreiste.

»Elayne langweilt sich«, stellte Pelles fest. »Etwas Gesellschaft und Musik werden ihr in diesem Winter guttun. Sie werden uns allen guttun.«

Brisen gab einen abschätzigen Laut von sich und beobachtete den Fremden und ihre Ziehtochter. Pelles dagegen sah zu dem Raben, der sich nun hinuntergleiten ließ, bis er ein paar Meter entfernt auf der brüchigen Steinmauer landete.

»Der Mann ist nicht der, der er vorgibt, zu sein.« Brisens Stimme war leise. Leise genug, damit Pelles sie überhören konnte.

»Ich glaube, mir steht nun doch der Sinn nach einer kräftigen Mahlzeit«, bekannte er gut gelaunt. »Wie steht es mit Rühreiern? Und ich glaube, es gibt noch Schinken in der Kammer. Und Bier. Heißes Bier für meine alten Knochen.«

Brisen stieß erneut einen verstimmten Laut aus und kehrte sich mit wehenden Röcken von ihm ab.

Pelles warf noch einen letzten Blick auf Elayne, die in Begleitung des Barden durch den Torbogen kam. Dann nickte er dem Raben zu und folgte Brisen ins Innere.

5

CANEUON

Die Lieder der Barden

Elayne bereitete die Krebse nicht in der Küche zu, sondern in der großen Halle, um Feuerholz zu sparen. Sie tauchte die Tiere nacheinander kopfüber in das sprudelnde Wasserbad, damit sie sofort tot waren. Danach schreckte sie die Krebse in einem Eimer mit kaltem Wasser ab, brach die Schwänze der Tiere ab, öffnete die Schalen und entfernte die Därme. Das kostbare Krebsfleisch legte sie vorsichtig auf ein Holzbrett, während sie die Panzer in einer Schale sammelte.

Von den Pilzen entfernte sie vorsichtig die Erde und schnitt sie in kleinere Stücke. Sie musste den schweren Wassertopf vom Haken nehmen, damit sie das Rost und die Pfanne über das

Feuer stellen konnte. Hinein gab sie ein gutes Stück Butter und röstete die Pilze mit dem Krebsfleisch an.

Der köstliche Duft lockte die Bewohner der Festung an und sie versammelten sich wie jeden Abend zur gemeinsamen Mahlzeit. Brisen war an diesem Tag im Dorf gewesen und hatte frisches Fladenbrot mitgebracht.

Galahad setzte sich zu ihr auf die Bank.

Elayne war nicht wohl bei dem Gedanken, in seiner Nähe zu sitzen. Das Bild des goldhaarigen Mannes ging ihr nicht aus dem Kopf. Was hatte es zu bedeuten? Wieso fühlte sie sich so merkwürdig, wenn sie sich an jenen Moment erinnerte?

Sie holte sich einen Hocker und setzte sich mit ihrer Schüssel neben ihren Großvater, nachdem sie jedem eine Mahlzeit gereicht hatte.

Das Krebsfleisch war köstlich. Sie aßen schweigend und genussvoll, bis mit dem Brot auch der letzte Tropfen des Suds aus den Schüsseln gewischt war.

»Gott hat dich gesegnet, mein Kind«, meinte Elaynes Großvater und tätschelte ihr schwarzes Haar. »Verhungern werden wir hier dank dir nie, egal wie kalt der Winter wird.«

Sein Lob machte sie stolz. Die Mühe hatte sich gelohnt. »Aus den Krebspanzern koche ich morgen eine Brühe, dann haben wir noch ein paar Tage etwas davon«, erklärte sie.

»Das ändert wohl nichts daran, dass wir bald auf die Jagd gehen müssen«, seufzte Brisen und streckte die Glieder.

»Spiel uns doch etwas vor, Galahad«, bat Großvater. »Ich gewöhne mich langsam an deine Musik.«

Der Barde stellte seine leere Schüssel zur Seite. »Hast du denn einen besonderen Wunsch, Hoheit?«

»Also zunächst: Nenn mich nicht Hoheit. Hier bin ich nur Großvater. Und dann wäre es sehr schön, ein paar neuere Lieder zu hören. Vom Hofe des Hochkönigs. Ja, das wäre schön.«

Galahad nickte höflich, schien jedoch nicht sehr begeistert über den Wunsch.

Während er seine Harfe holte, schenkte Elayne jedem heißes Honigbier ein. Mit ihrem eigenen Becher ließ sie sich wieder neben Großvater nieder und beobachtete die Vorbereitungen des Barden. Während er die ersten Töne spielte, fiel ihm eine Strähne seines dunklen Haares in die Stirn und berührte fast seine Nasenspitze.

Brisens Gedanken galten noch immer den Vorräten, die für den Winter anzulegen waren. »Die Männer im Dorf wollen kurz nach Samhain auf die Jagd gehen. Die Vorräte an Fisch und Muscheln sind gut gefüllt, sodass ein paar Tage Zeit dafür ist.«

»Ich habe gehört, dass ein großer Eber weiter nördlich in den Wäldern aufgetaucht ist«, merkte Großvater an. »Liam, hast du ihn gesehen?«

Der ältere Bedienstete richtete sich auf seiner Bank auf. »Nein, Herr. Aber das ist wohl das Tier, auf das die Männer Jagd machen wollen. Angeblich hat der Eber einen Wolf getötet. Johann hat den Kadaver mitgenommen und sich aus dem Fell einen Umhang gemacht. Darin waren Löcher, so groß wie mein Unterarm, die der Keiler mit seinen Stoßzähnen gerissen hat. Das muss ein riesiges Vieh sein.«

Elayne erschauderte, als sie die Worte vernahm. Die große Jagd war wichtig für das Dorf. Wichtig, um sie alle durch den Winter zu bringen. Doch sie war auch gefährlich. Elayne war im letzten Jahr dabei gewesen, um mit den anderen Frauen das Wild durch den Wald zu treiben. Sie hatten eine Sau auf die Männer zu scheuchen wollen, doch sie war ihnen entwischt und hatte dabei eine von ihnen umgerannt. Die junge Frau humpelte seitdem und konnte ihren rechten Arm kaum bewegen. Loreen war nur zwei Jahre älter als Elayne.

Der jüngere Liam wandte das Wort an sie. »Herrin, man wird dich bitten, meinen Bogen zu nehmen und die Männer zu begleiten. Ich kann ihn nicht selbst halten.«

»Ich soll mit den Männern jagen?« Elayne strich sich verlegen eine Haarsträhne hinters Ohr.

»Du bist geschickt«, bejahte er. »Und jede Waffe wird gebraucht.«

Liam war ein ernster junger Mann mit graublauen Augen und dunkelblondem Haar, das er nach römischer Art und wie sein Vater kurz trug. Er hatte sie niemals ohne Respekt behandelt, obwohl sie sich bereits seit Kindertagen kannten. Wenn er etwas sagte, meinte er es auch.

Elayne sah fragend zu ihrem Vater, doch der starrte versonnen in das Feuer in der Mitte seiner Halle. Er hörte wahrscheinlich kein Wort von dem, was gesprochen wurde.

»Ich kann ebenfalls mit dem Bogen umgehen«, wandte Galahad ein. »Oder mit einem Speer, wenn ihr einen übrig habt.«

Der junge Liam nickte. »Ja, natürlich. Ich werde dir morgen einen Speer bringen und dann kannst du mir zeigen, ob du wirklich damit umgehen kannst.« Er musterte den Barden skeptisch und Elayne sah zu Boden, um nicht laut loszulachen.

»Genug geredet, ich möchte nun ein Lied hören«, bestimmte Großvater. »Sing uns von der Schönheit der Hochkönigin. Man sagt, sie sei so schön wie ein Sommertag.«

»Das ist sie«, bestätigte Galahad leise. Dann begann er mit einer sanften Melodie. Seine Stimme klang weich und beinahe zerbrechlich.

»Meine Augen sahen einst eine Gestalt,
der Sonne gleich traf mich ihr Glanz.
Kostbar wie Gold erschien das Lächeln mir,
Von Ferne nur beobachtete ich ihren Tanz.

Die Zeit an ihr vergeht ohne Spur,
ihre Seele jedoch hat hundertfach gelebt.
Ohne Stolz ist ihre reine Natur,
ihr Geist noch immer nach Wahrheit strebt.

Und wenn die langen Nächte nur Kälte bringen,
denk ich zurück an die Wärme ihres Lächelns.
Die Erinnerung ist fern in jenen Nächten,
wie der letzte Schimmer der Sommernacht.«

Galahads Stimme trug Elaynes Gedanken zu einem Wesen, dessen Schönheit den Betrachter ebenso verzücken ließ wie die jener Frau. Es lebte zurückgezogen in den Wäldern. Sie war sich sicher, dass bisher niemand außer ihr es gesehen hatte.

Was würde mit ihm geschehen, wenn die Männer des Dorfes zur Jagd in den Wald kamen? Würde es einen Unterschlupf finden?

Ihr Herz wurde schwer. Was, wenn es verletzt würde? Oder die Männer es einfingen? Es war sehr scheu. Elayne hatte versucht, es mit Äpfeln und Hafer zu locken. Doch näher als fünf Schritte ließ es sie nie heran.

Sie musste es in Sicherheit bringen, noch vor der großen Jagd. Allein würde sie es nicht schaffen. Galahad aber, mit seiner Stimme, die Mensch und Tier gleichermaßen verzauberte, konnte sicher auch ein Einhorn bezirzen und es damit vor der großen Jagd retten.

So überraschend der Sonnentag gekommen war, so schnell ging er auch wieder. Brisen beschloss, während der nächsten regnerischen Tage drinnen zu bleiben und die Räumlichkeiten der Festung aufzuräumen und zu putzen, so gut es ging. Natürlich musste Elayne ihr helfen. Außerdem wollten sie eine Liste erstellen, welche Vorräte noch für den Winter benötigt wurden.

Elayne suchte nach einer Gelegenheit, allein mit Galahad zu sprechen. Doch entweder hatte sie selbst keine Zeit, da Brisen sie mit Aufgaben überhäufte, oder Galahad musste dem alten Liam zur Hand gehen.

Endlich ergab sich am dritten Tag eine Möglichkeit. Ihre Amme packte Obst, Gemüse und Fleisch in einen Korb, dazu eine

Tonflasche, die sie sorgfältig verschloss. Elayne sollte ihn zu Veneva bringen, da Brisen beschäftigt war. Sie wollte ihre Arzneien auflisten und sehen, was sie noch für den Winter brauchte.

»Dann werde ich im Dorf auch Fisch und Brot besorgen«, beschloss Elayne. »Ich nehme Galahad mit, er kann mir beim Tragen helfen.«

Brisen sah ihre Ziehtochter streng an, erhob jedoch keine Einwände. Elayne fragte sich, was ihrer Amme in diesem Moment wohl durch den Kopf ging.

Rasch holte sie ihren Umhang, nahm den Korb und eilte durch den Nieselregen zu den Stallungen. In deren Innerem war es wie immer angenehm warm. Sie wartete, bis ihre Augen sich an das dämmrige Licht gewöhnt hatten.

Galahad striegelte Centenarius' Fell. Der Hengst wirkte entspannt, stellte jedoch achtsam die Ohren auf, als Elayne sich näherte.

Der Barde sah auf und lächelte Elayne an. »Hallo, Kleine.«

»Ich bin nicht ...« Sie räusperte sich. Natürlich war es seine Absicht gewesen, sie zu ärgern. »Hör auf, so etwas zu sagen. So viel größer und älter als ich bist du auch nicht.«

»Uns trennen fast fünfzehn Jahre«, merkte er belustigt an.

»Du siehst jünger aus«, stellte sie fest und musterte ihn von Kopf bis Fuß. »Trotzdem bin ich alt genug, um nicht wie ein Kind behandelt zu werden.«

Sein Blick wurde ernst. »Das stimmt. Tut mir leid. Was kann ich für dich tun ... Große?«

Sie bückte sich nach irgendetwas, das sie nach ihm werfen konnte, fand aber lediglich einen langen Halm, der langsam zu Boden segelte, sobald sie ihn warf.

Galahad lachte auf und Centenarius schnaubte verächtlich. »Ist gut, mein Junge. Wir lassen dir deine Ruhe«, beruhigte der Barde das Pferd und klopfte ihm beschwichtigend gegen die Flanke, bevor er die Box verließ und das Gatter sorgfältig verschloss.

»Ich bringe einer Freundin ein paar Vorräte und möchte danach ins Dorf gehen. Begleitest du mich?« Ihr Herz schlug schneller, hoffentlich hatte er nichts Wichtigeres zu tun.

Er neigte leicht den Kopf. »Natürlich. Jetzt gleich?«

Sie nickte.

»Ich sage Liam Bescheid, dann komme ich.«

»Vergiss deinen Umhang nicht.«

Wieder lachte er, was ihr Herz für einen Moment aussetzen ließ. Sie mochte es sehr, wenn er lachte.

»Gewiss, Prinzessin. Wie könnte ich.«

Zunächst schwiegen sie auf dem Weg. Durch den Nieselregen war der Pfad aufgeweicht und Elaynes Stiefel gaben lustige Matschgeräusche von sich, wenn sie die Füße hob.

»Wohnt deine Freundin in der Nähe des Dorfes?«, erkundigte sich Galahad im Plauderton.

»Es ist nur ein kleiner Umweg. Sie wohnt bei den alten Römerhäusern.«

Der Barde hob interessiert die Augenbrauen.

»Genauer gesagt bei dem alten Badehaus der Römer«, erläuterte Elayne daher. »Großvater hat erzählt, dass sie dort damals heißes Wasser durch die Böden leiteten, sodass man niemals kalte Füße bekam. Und die Badebecken waren mit dampfend heißem Wasser gefüllt.«

»Da wäre man gern römischer Soldat gewesen.«

»Hm, wenn man nicht kämpfen müsste. Jederzeit konnten Pikten oder andere Stämme angreifen. Ich glaube, die meisten Römer waren froh, als Rom die Legionen abzog und sie in ihre Heimat zurückkehren konnten.«

»Vermutlich sind die meisten nie in ihre Heimat zurückgekehrt. Ich habe einmal einen Brief gelesen, den man in einem alten Skriptorium fand. In dem war ein Marschbefehl nach Germanien enthalten.«

Elayne zog ihre Kapuze etwas tiefer ins Gesicht. »Ob es dort wenigstens weniger regnet als hier?«

»Keine Ahnung, ich war noch nie dort. Das Bier soll da wohl besser sein. Und an manchen Orten kann man sogar Wein anpflanzen. Artus bekam zwei Fässer germanischen Weins zu seiner Krönung geschenkt. Sehr süß und sehr stark.«

Überrascht warf sie ihm einen Blick zu. »Du durftest davon probieren?«

Er hob eine Schulter. »Einer der Krieger ließ etwas in seinem Becher übrig. Er war wohl zu stark für ihn, denn er fiel rücklings von der Bank. Also habe ich den Rest getrunken.«

Ob sie selbst jemals die Halle des Hochkönigs betreten würde? Als Tochter eines Königs hätte ihr sicher ein Platz an der Tafel der Königin zugestanden. Doch da ihr Vater keine Anstalten machte, jemals wieder zu reisen, war dies ein ferner Traum.

»Erzähl mir von Camelot«, bat Elayne. Wenn sie schon selbst nicht hinkonnte, wollte sie doch von demjenigen, der dort gewesen war, alles hören. »Und vom König. Wie ist er so? Er soll sehr nett anzusehen sein.«

Galahad hielt den Blick auf den Weg gerichtet, als müsse er sich mehr darauf als auf seine Erinnerungen konzentrieren. »Artus ist von stattlicher Statur. Sein Haar hat die Farbe von glänzendem Kupfer. Und wäre er nicht König, wäre er doch der beste Krieger von ganz Britannien. Er ist geschickt mit dem Schwert und der Feder gleichermaßen. Wenn er lacht, lachen alle mit ihm. Wenn er zornig ist, beherrscht er sich. Er ist niemals ungerecht. König Artus ist das Beste, was Britannien passieren konnte. Er vereint die Weisheit von Aristoteles mit der Kraft des Herkules.«

Elayne sah staunend zu ihrem Barden auf. »Du bewunderst ihn sehr.«

Er lächelte sie an. »Jeder, der Artus persönlich begegnen durfte, bewundert ihn. Deshalb folgen sie ihm. Selbst diejenigen, die ihn nicht verstehen oder anderer Meinung sind, können sich seiner Kraft nicht entziehen. Jeder fähige Krieger Britanniens steht in seinen Diensten.«

»Die Tafelrunde, die zwölf Krieger Britanniens«, murmelte Elayne und ihr Blick rückte in die Ferne.

Galahad nickte. »Aus allen Ecken der Insel sind sie zu ihm gekommen.«

»Meine Onkel Gawain und Gareth sind unter ihnen«, bekannte Elayne ein wenig stolz.

»Zwei der besten«, bestätigte Galahad. »Dann ist da noch Artus' Ziehbruder Cai, der unserem König nie von der Seite weicht. Constantinus aus Dumnonia. Agravaine, dessen Haar so rot ist wie der Feuermorgen.«

»Auch einer meiner Onkel.«

»Bors von Benwick, sein Halbbruder Hector aus Aremorica, Lamorak, der Bruder der Königin, Caradoc, dessen Herz größer ist als sein Verstand, Osrin, der Sachse, und Lucan, der jüngste unter ihnen, dem es jedoch nie an Mut fehlt.«

»Lancelot«, warf sie ein. »Du hast Lancelot vergessen, den besten von allen.«

Er sah sie nur kurz an und schaute dann zurück auf den Weg. »Wie könnte ich ihn vergessen? Natürlich. Lancelot vom See. Aufgezogen von der Herrin vom See, Sohn des Ban von Benwick und seiner zweiten Frau Elayne.«

»Lancelots Mutter hieß wie ich?«, staunte sie.

Galahad lächelte milde. »Ja, sie soll eine sehr gütige Frau gewesen sein. Im Angesicht des Todes, verwundet durch die Axt eines Sachsen, schleppte sie sich an das Gewässer, das Avalon umgibt, und übergab ihren kleinen Sohn in seinem Körbchen den Geistern der Natur, in der Hoffnung, dass sie den Säugling retten würden. Sie taten es und das Körbchen trieb nach Avalon, wo es von der Herrin vom See entdeckt wurde. Elayne aber starb an den Ufern, ihr Blut färbte das Wasser rot und ließ die Wassergeister weinen.«

Kälte überzog Elayne. »Wie traurig.«

»In der Tat.« Er seufzte und trat einen kleinen Stein aus dem Weg. »Doch Lancelot ging es gut auf Avalon. Er wurde in allen Weisheiten gelehrt, welche die Priesterinnen und Druiden ihm beibringen konnten. Er wuchs zum Mann heran, doch etwas in ihm wusste, dass das Leben als Priester nicht für ihn bestimmt war. Er verließ Avalon, in der Hoffnung, in der großen, weiten Welt seine Bestimmung zu finden. Er war schnell und geschickt mit dem Bogen. Der Umgang mit dem Schwert war ihm auf Avalon nicht beigebracht worden. Das tat Bors, sein älterer Bruder, als sie sich endlich wiederfanden.

Lancelot kehrte in die Festung seines Vaters Ban zurück und wurde zum Krieger ausgebildet. Hier lag die wahre Bestimmung des Jungen. Keiner war besser als er. Bis zu jenem Tag, als er einem anderen jungen Burschen auf einer Brücke begegnete. Beide ritten zu Pferde und Lancelot, der mittlerweile sehr eingebildet auf seine Geschicklichkeit mit dem Schwert war, forderte seinen Gegner zum Kampf. Der andere stellte sich bereitwillig, denn sein Dickkopf war nicht minder groß als der von Lancelot. Sie kämpften zu Pferde, doch diese warfen beide ab. Das Gerangel auf der Brücke war ihnen zu ungestüm. Also kämpften die Burschen auf dem Boden weiter. Keiner war besser als der andere. Der Kampf dauerte Stunden, die jungen Männer wurden allmählich von ihren Kräften verlassen. Trotzdem gaben sie nicht auf.

Dann jedoch schoss ein Fisch aus dem Bach, über dessen Lauf die Brücke führte. Er sprang über sie, sein silbriges Schuppenkleid glänzte im Licht. Lancelot war für einen Moment abgelenkt. Sein Gegner nutzte die Gelegenheit und rammte ihn mit dem ganzen Gewicht seiner kräftigen Schultern. Lancelot landete rückwärts im Morast des Ufers und sein Widersacher auf ihm. Das war das erste und einzige Mal, dass Lancelot im Zweikampf besiegt worden war.«

Elaynes Haut kribbelte voller Ahnung. Sie hatte nicht gewagt, seine Erzählung zu unterbrechen. »Es gibt nur einen Mann, der Lancelot je besiegen konnte: Artus.«

Galahad nickte. »Der ungestüme Junge mit dem kupfernen Haar und den Schultern eines Ochsen. Er lachte, als er auf Lancelot landete, und meinte, dass er niemals einem besseren Krieger als ihm begegnet sei. Er habe nur Glück gehabt, dass die Wassergeister ihm eine Ablenkung geschenkt hatten, sonst wäre wohl Lancelot der Sieger gewesen. Artus erhob sich und half Lancelot beim Aufstehen. Von diesem Tag an waren sie die besten Freunde und kämpften nur noch Seite an Seite, nie mehr gegeneinander.«

»Aber was ist mit Gwenhwyfar? Stimmt es, dass die Königin in Wahrheit nicht den König, sondern seinen besten Krieger liebt?«

Galahads Blick wurde ernst und er blieb stehen. »Es mag Lieder darüber geben, doch es herrschte niemals ein Zweifel daran, dass Lancelot und Gwenhwyfar König Artus treu ergeben sind. Sie würden nie etwas gegen seinen Willen tun.«

Elayne bereute, ihn darauf angesprochen zu haben. Sie senkte betreten den Blick. Es waren doch nur Lieder, die sie irgendwo gehört hatte. Barden erfanden sie, um die Menschen zu unterhalten. Und wenn die Wahrheit nicht unterhaltsam genug war, wurden die Geschichten ausgeschmückt.

Sie fragte sich, wie viel von der Geschichte Lancelots ausgedacht war. In den Liedern waren die Helden der Tafelrunde stets stattliche Männer, denen kein Makel anhaftete, die kein Abenteuer scheuten und jede Prüfung, die Gott ihnen auferlegte, bestanden. Sollte das, was in den Liedern besungen wurde, wahr sein, brauchte sich Britannien niemals Sorgen um die Sicherheit der Küsten zu machen. Weder die skotischen Piraten noch die sächsischen Barbaren hätten je eine Chance gegen sie.

Elayne lächelte bei diesem Gedanken. Vielleicht waren die Lieder deshalb voller heroischer Taten. Sie schenkten Hoffnung.

6

UNICORNIS

Das Einhorn

Als sie über den nächsten Hügel schritten, tauchten am Wegesrand hinter den Bäumen die Mauern des römischen Bades auf.

»Wir sind da«, seufzte Elayne.

Gut, denn Galahads Stiefel fühlten sich an, als wären sie schon vom feuchten Matsch vollgesogen. Er hätte sie fetten sollen, bevor sie losgegangen waren, um die Feuchtigkeit abzuhalten.

Die Mauern des Bades reichten so hoch wie die Baumwipfel.

Galahad blieb stehen und bewunderte das Bauwerk. »Wie viele Römer waren hier stationiert? Es müssen zwei Kohorten gewesen sein, damit sich dieser Bau lohnte.« Er zog die Kapuze zurück, um das Gebäude besser betrachten zu können.

»Großvater meinte, hier war der wichtigste Hafen des Nordens. Die Versorgung der Legion, die den Wall bewachte, wurde durch ihn gesichert. Hier war außerdem ein Teil von Hadrians Flotte stationiert.« Elayne deutete auf die andere Seite des Weges. Dort verbargen sich weitere Steinwände hinter den Bäumen. »Dies war das Fort. Ein Großteil der Mauer steht noch, aber im Inneren befanden sich Unterkünfte aus Holz, die bei einem großen Brand zerstört wurden. Die Befehlshaber wiederum lebten oben in der Festung.«

»Dein Großvater weiß sehr viel«, stellte Galahad fest.

Elayne lachte. »Er redet, als hätte er die Römer selbst miterlebt. Aber einige der Soldaten und Handwerker sind tatsächlich in Corbenic geblieben. Sie hatten Familien gegründet und sind hier heimisch geworden. So wurden die Erinnerungen weitergegeben. Und mein Großvater ist ein sehr redseliger Mann, der sich gern mit den Menschen unterhält.«

Das hatte Galahad ebenfalls festgestellt. Er unterhielt sich am Abend gern mit dem alten Mann.

Das Bellen eines Hundes schien Elayne daran zu erinnern, warum sie hier waren. Der kleine schwarz-weiße Vierbeiner kam um eine Ecke der Mauern und rannte schwanzwedelnd auf sie zu. Sie beugte sich hinab, um den kleinen Kerl zu streicheln. »Pwynt, wie schön, dass du uns begrüßt. Ist deine Herrin auch da?«

»Sie hat sich ein wenig hingelegt.« Die Stimme gehörte zu einem jungen Mann, der ebenfalls um die Ecke kam. Er sah recht mager aus, doch seine Augen schauten freundlich und er schloss Elayne in eine herzliche Umarmung. »Schön, dass du da bist. Veneva wird sich über deinen Besuch freuen.«

»Es ist ebenso schön, dich zu sehen. Das ist Galahad, er arbeitet bei uns, solange der junge Liam sich von seiner Verletzung erholt, und bleibt den Winter über in der Feste«, erklärte Elayne rasch.

Der Mann begrüßte ihn mit einem freundlichen Nicken. »Mein Name ist Ened. Kommt mit ins Haus, da ist es wenigstens trocken, wenn auch nicht sehr ... aufgeräumt.«

Sie betraten einen Anbau des römischen Bades, der aus einem einzigen Raum bestand.

Nachdem sich Galahads Augen an die Lichtverhältnisse gewöhnt hatten, erkannte er die Kochstelle in der Mitte und eine Bank sowie einen einfach gezimmerten Tisch. Ein Bereich weiter hinten war mit einem Vorhang abgetrennt.

Elayne entschuldigte sich bei Galahad und ging zu jenem Bereich, der sicher die Schlafstätte des Hauses beherbergte.

»Mutter, bist du das?«, kam eine etwas gebrochene Stimme aus dieser Richtung.

»Nein, ich bin es«, antwortete sie sanft.

»Elayne!«

Galahad hörte die Freude in der Stimme und wandte den Blick ab.

»Es tut mir leid, wir haben hier nicht viel«, entschuldigte sich sein Gastgeber. Der Kummer stand in sein bleiches Gesicht geschrieben.

»Alles in Ordnung, Ened. Wirklich. Kann ich dir zur Hand gehen?«

Er seufzte und meinte: »Ich habe gerade die Schafe zusammengetrieben und in den Verschlag gebracht. Ich glaube, ich könnte ein Bier vertragen. Du auch? Siehst etwas durchnässt aus.«

»Da sage ich nicht Nein. Gern.«

Ened brachte ein kleines Fass und zwei Becher. Das Bier war stark und gut.

Galahad seufzte und nickte anerkennend.

»Eines der letzten beiden Fässer«, erklärte Ened. »Wir haben sie zur Hochzeit geschenkt bekommen.« Er trank ebenfalls genüsslich, bevor seine Augen leicht beunruhigt in Richtung des Vorhangs wanderten.

Galahad hätte ihm gern einen Teil der Last von den Schultern genommen. »Geht es deiner Frau nicht gut?«

Der junge Mann schüttelte betreten den Kopf. »Sie erwartet ein Kind. Unser erstes. Ihre Mutter sagt, es sei alles gut. Aber ich … Es geht ihr nicht gut.« Er räusperte sich. »So etwas sollte ich nicht mit dir besprechen. Es tut mir leid.«

»Ihr habt es euch hier sehr gemütlich gemacht«, lenkte Galahad vom Thema ab. »Doch wieso habt ihr euch ein so abgelegenes Haus gesucht? Wieso nicht im Dorf oder oben in der Festung?«

Ened richtete sich ein wenig auf. »Wir brauchen Platz für die Schafe. Ich möchte die Herde noch sehr viel mehr vergrößern. Und Veneva ... sie liebt die alten Römersteine.« Er lächelte, den Blick auf den Vorhang gerichtet. »Sie hat wohl als Kind schon oft hier gespielt, zusammen mit Elayne. Vielleicht schaffen wir es, noch ein paar andere Räume herzurichten, wenn das Kind auf der Welt ist.«

Sie hörten die leise Unterhaltung der beiden jungen Frauen hinter dem Vorhang. Beide Männer versuchten angestrengt, nicht hinzuhören.

»Und du verbringst den Winter hier?«, erkundigte sich der junge Mann rasch.

»Ich bin ein Barde.«

»Oh, das wird Veneva gefallen. Sie liebt Musik.«

»Und ich helfe dem alten Liam mit den Pferden und dabei, was sonst noch zu tun ist«, ergänzte Galahad.

Ened trank still von dem Bier. Sein Haar stand ihm wirr vom Kopf ab. Unter seinen Augen waren dunkle Schatten. Er schien sich wirklich Sorgen um seine Frau zu machen.

Der Vorhang wurde zur Seite geschoben. Elayne stützte eine junge Frau mit wundervollem rötlichen Haar, das zu einem dicken Zopf geflochten über ihrer Schulter lag. Unter ihrem weiten Hemd und dem warmen Schultertuch verbarg sich ein geschwollener Leib, der ihre Bewegungen sehr beeinträchtigte.

Galahad konzentrierte sich darauf, in ihr Gesicht zu sehen, und lächelte aufmunternd. »Ihr habt ein gemütliches Heim, Veneva. Und gutes Bier.«

Venevas Wangen röteten sich ein wenig, was ihr sehr gut stand. »Vielen Dank. Es freut mich, dass du dich wohlfühlst.«

»Das ist Galahad, ein Barde, der den Winter bei uns verbringt«, erklärte Elayne voller Wärme in der Stimme. »Er hilft außerdem im Stall bei den Pferden. Galahad, das ist Veneva, Brisens jüngste Tochter und meine Ziehschwester.«

»Ich würde zu gern deine Musik hören«, bekannte Elaynes Freundin mit sehnsüchtigem Blick. »Leider fühle ich mich derzeit kaum in der Lage, zwei Schritte vor das Haus zu setzen.«

Galahad bot ihr seinen Platz auf der Bank an und setzte sich auf den Boden. »Der Winter ist noch nicht einmal da. Wir haben noch Zeit. Du kannst sicher noch oft meine Harfe hören.«

Ihr trauriger Blick hellte sich auf. »Das wäre wunderbar!«

Sie blieben eine Weile. Elayne verstaute die mitgebrachten Vorräte und räumte ein wenig im Haus auf, wozu Veneva nicht mehr in der Lage war. Galahad half ihr dabei. Sie machte sich Sorgen um ihre Freundin, das konnte er deutlich spüren.

Bald brachen sie auf, mit dem Versprechen, sie wieder zu besuchen. Galahad würde dann auch seine Harfe mitbringen, um für die beiden zu spielen.

Sie hatten das Haus kaum verlassen, da atmete Elayne tief durch und blickte kopfschüttelnd gen Himmel. Der Regen war versiegt, das Grau hatte sich ein wenig gelichtet. Auf ihrer jungen Stirn hatte sich eine Denkfalte gebildet.

»Sie hätte noch acht Wochen Zeit«, murmelte das Mädchen. »Doch sie sieht aus, als könnte das Kind jeden Tag kommen.«

Galahad legte ihr tröstend eine Hand auf die Schulter. »Ihre Mutter ist eine Heilerin von Avalon. Ich bin mir sicher, dass sie genau weiß, was sie tut.«

Elayne nickte, dann sah sie ihn lächelnd an und das Blau ihrer Augen hob sich noch stärker von ihrem hellen Teint ab. Ihm fiel erneut auf, wie hübsch sie war. Es war eine Schande, dass König Pelles seine Tochter hier oben in seiner finsteren Festung versteckte. Die Art, wie sie lächelte, ähnelte aber in diesem Moment eher einem Jüngling, der etwas im Schilde führte.

Galahad schmunzelte. »Was ist los?«

»Wir haben noch etwas zu erledigen.«

»Stimmt, wir wollten ins Dorf gehen«, erinnerte er sich.

Sie schüttelte den Kopf und einige Strähnen ihres hüftlangen Haares lösten sich aus dem Flechtzopf. Ihre Wangen waren leicht gerötet, was sie noch hübscher aussehen ließ. Elayne atmete nochmals tief durch. »Wir gehen in den Wald.«

»Pilze sammeln? Bitte nicht«, lachte er. »Das wäre eher eine Schlammschlacht.«

»Komm mit, dann wirst du es sehen«, meinte sie geheimnisvoll und verließ den Weg, um an den römischen Mauern vorbeizugehen.

Es hatte zwar aufgehört, zu regnen, doch die Erde war aufgeweicht, besonders abseits des Weges. Im Wald bedeckte eine

Blätterschicht den Boden und er musste aufpassen, auf dem feuchten Untergrund nicht auszurutschen.

Während er sich unter dem nassen Zweig eines Nadelbaumes hindurchbückte, fragte er sich, was er hier machte. Hatte er nicht Wichtigeres zu tun, als einem Mädchen an einem regnerischen Tag in den Wald zu folgen? Und trotzdem war er gespannt, was sie vorhatte.

Ihr Verhalten und ihre Ideen passten in kein Muster. Er wusste nicht, wo er sie einordnen sollte. Sie benahm sich weder wie eine Prinzessin noch wie ein Mädchen vom Land. Sie war beides und doch keines von beidem. Außerdem war er gewiss, dass, was auch immer sie gerade im Sinn hatte, durchaus gefährlich sein konnte. Wer sich in den tosenden Strom eines vom Regen angeschwollenen Flusses stürzte, um das Abendessen zu sichern, stellte sich vermutlich auch einer Wildsau in den Weg, ohne über die Gefahren nachzudenken.

Nein, es war besser, bei ihr zu bleiben. Sowohl zu ihrem als auch zu seinem Schutz. Er wollte nicht dafür verantwortlich sein, dass die Prinzessin von Corbenic allein im Herbstwald von einem wilden Eber aufgespießt wurde.

»Hast du keine Angst?«, erkundigte er sich wie beiläufig.

Sie warf ihm einen belustigten Blick über die Schulter zu. »Warum sollte ich Angst haben? Hier gibt es nichts, wovor man sich fürchten müsste.«

Er sah sie herausfordernd an. »Was ist mit den wilden Tieren des Waldes? Keine Angst vor Ebern, Hirschen ... Wölfen?«

»Die Wolfsrudel halten sich weiter nördlich auf. Und Eber und Hirsche haben mehr Angst vor uns als wir vor ihnen. Sie werden nur gefährlich, wenn sie sich verteidigen müssen.«

»Natürlich hast du auch keine Angst davor, dich zu verlaufen?«, versicherte er sich.

»Ich bin hier aufgewachsen. Ich kenne die Wälder genauso wie die Feste.«

»Was ist mit Fremden? Banditen?«

»Hierher verlaufen sich nur wenige Fremde, abgesehen von neugierigen Barden selbstverständlich.« Sie warf ihm erneut einen schalkhaften Blick zu. »Wir befinden uns abseits der Nord-Süd-Route. Selbst Händler finden nur selten ihren Weg hierher.«

Das Krächzen eines Raben hallte durch den Wald. Galahad sah sich aufmerksam um, stets darauf bedacht, hinter dem Mädchen zu bleiben, das den Weg gut kannte. Es wusste, wo es hintreten musste, ohne auf dem nächsten Stein auszurutschen und sich irgendwo den Kopf aufzuschlagen.

Die Luft roch erdig, feucht und rein. Eine willkommene Abwechslung zu dem Rauch der häuslichen Feuerstätten. Er atmete tief durch.

Langsam zog Nebel auf. Einzelne Schwaden verteilten sich zwischen den Stämmen der Bäume. Wenn er von der unangenehmen Feuchte absah, war dies ein guter Ort zum Leben.

Was wusste man hier schon von den Angriffen der Angeln und Sachsen im Süden, die ganze Dörfer auslöschten, mit Gewalt die Frauen nahmen und Kinder versklavten? Was wusste man hier schon von den Intrigen am Hofe des Hochkönigs? Von der Politik der Unterkönige?

Galahad lächelte. Er wünschte, ganz Britannien wäre mit jenem Frieden gesegnet, den Gott diesem Ort geschenkt hatte. Oder waren es die alten Götter, die über Corbenic wachten?

Die Natur, jeder Baum, jedes Tier schien hier so lebendig und rein, dass man durchaus die alten Götter fühlte. Und als er Elayne tiefer in den Wald folgte, meinte er, auf den Spuren ihrer Vorfahren zu wandeln, die alles über die Natur und die alten Götter wussten. Die dem Lauf der Sonne und dem des Mondes folgten, die zu schätzen wussten, was die Götter ihnen geschenkt hatten, und ihre Umgebung respektierten, statt sie nach eigenem Willen umzuformen.

Selbst auf Avalon hatte er selten diese Ruhe gespürt. Aber damals war er ein Junge gewesen, der sich nach mehr gesehnt hatte, als die Insel ihm hatte bieten können. Was hatte er damals schon zu schätzen gewusst, außer seinen eigenen Willen?

Er schmunzelte. Als er Avalon verlassen hatte, war er nur wenig jünger gewesen als Elayne jetzt. Und doch kam es ihm vor, als wäre sie viel klüger, als er es damals gewesen war.

Galahad versuchte, durch die Baumwipfel den Stand der Sonne auszumachen. War es schon nach Mittag? Folgten sie dem Höchststand der Sonne oder gingen sie in die entgegengesetzte Richtung? Selbst das Moos an den Baumstämmen war ihm keine Hilfe, da es in alle Richtungen wuchs.

Galahads Neugier wurde stärker. »Möchtest du mir nicht sagen, wohin wir gehen?«

»Nach Norden«, antwortete Elayne knapp.

»Was gibt es dort?«

Hatte nicht der junge Liam davon gesprochen, dass die Jagd in den nördlichen Wäldern stattfinden sollte? Er konnte sich nicht vorstellen, mit welcher Absicht sie ihn hierherführte.

»Möchtest du die Wildsau vor den grausamen Jägern warnen?«, spottete er gutmütig.

»Nicht die Wildschweine. Etwas anderes.«

Nun war er wirklich neugierig. »Du sprichst voller Geheimnisse.«

»Das magst du doch.« Sie wandte sich zu ihm um.

Ein Fehler. Die feuchten Blätter glitten unter ihren Füßen davon, sie verlor das Gleichgewicht.

Galahad machte einen Schritt nach vorn und umschlang ihren Oberkörper, bevor sie auf den Boden prallte. Sie gab einen erschrockenen Laut von sich und er richtete sich langsam mit ihr auf.

»Ist alles in Ordnung?« Er hielt sie noch fest, um sicherzugehen, dass sie auch wirklich das Gleichgewicht wiedergefunden hatte. Unter all den Lagen warmer Kleidung fühlte sich ihr Körper erstaunlich zart an.

Unwirsch befreite sie sich von ihm. »Natürlich. Ich bin nur ausgerutscht.« Sie strich die oberen Kleidungsschichten glatt und wickelte sich enger in ihren Umhang. Dabei wich sie seinem Blick aus. Ein Lederband hatte sich aus ihrem Kleid gelöst, daran hing ein heller Anhänger.

»Das ist sehr hübsch«, stellte er fest.

»Ein Rabe.« Elayne beeilte sich, das Amulett wieder unter ihrer Kleidung zu verbergen. »Er hat meiner Mutter gehört.«

Er nickte.

Sie fühlte sich unsicher, deswegen war sie nun so kurz angebunden. Es war besser, ihr die Zeit zu geben, ihre innere Sicherheit wiederzufinden.

Der Anhänger erinnerte ihn daran, wer sie war. Nicht nur die Tochter eines Königs, sondern auch die einer Seherin. Von Cundrie, die in die Zukunft hatte schauen können und im Kontakt mit den Toten gestanden hatte. Die Frau, die von vielen Menschen ehrfürchtig ›Rabe‹ genannt wurde, da sie wie die Raben zwischen den Welten gewandert war, zwischen der Hierwelt und der Anderswelt.

Elayne war die Tochter des Raben. Welche Fähigkeiten steckten in dem kleinen Rabenkind? Fähigkeiten, von dem es selbst keine Ahnung hatte?

Seine Nähe schien sie zu irritieren. Das war nicht gut. Ganz und gar nicht. Sie war doch fast noch ein Kind. Ihm war nicht daran gelegen, ihr Vertrauen in dieser Weise auszunutzen.

Er verschränkte die Arme vor der Brust und sah sich wie beiläufig um. »Also ich weiß nicht, wie es dir geht, aber mir wird allmählich kalt. Außerdem könnte ich etwas zu essen vertragen. Und wir haben keine Waffen bei uns. Das könnte unangenehm enden, falls wir auf angriffslustige Lebewesen treffen.«

Den Dolch, der in seinem Stiefelschaft steckte, erwähnte er nicht. Er wäre ohnehin wenig hilfreich, wenn sie auf einen wilden Eber trafen.

»Es ist nicht mehr weit«, meinte Elayne und wandte sich ab. »Ich ... ich muss dich um einen Gefallen bitten.«

Oh nein, was hatte sie vor? Ein seltsames Kratzen machte sich in seinem Herzen bemerkbar. Verbarg sich hier im Wald ein heimlicher Geliebter? Ein Jüngling, den sie öfter traf? Nein, das wäre unsinnig. Dann hätte sie ihn nicht gebeten, mitzukommen. Es sei denn, als Vorwand. Und nun sollte er sich im Hintergrund halten, bis das heimliche Stelldichein vorüber war.

Er schalt sich selbst, dass er solche Gedanken hatte. Sie war ein unschuldiges Mädchen, die Tochter eines Königs noch dazu. Und war sie auch unter Fischern und Schäfern aufgewachsen und bediente sich gern deren Vokabular, hatte er in der kurzen Zeit ihrer Bekanntschaft doch feststellen müssen, dass ihr Herz rein und ihre Gedanken voller Unschuld waren. Umso wichtiger war es nun, herauszufinden, was sie vorhatte.

»Elayne«, sprach er tadelnd, »ich gehe keinen Schritt weiter. Was ist los?«

»Du wirst gleich etwas sehen. Ich möchte, dass du das für dich behältst.« Sie drehte sich wieder zu ihm um und ihre Augen leuchteten bittend. Es schien ihr sehr wichtig zu sein. »Niemand weiß davon.«

Er blieb streng. »Elayne, heraus mit der Sprache, sonst kehre ich sofort um.«

Sie kam auf ihn zu und griff nach seiner Hand. Der Druck ihrer Finger war fest, doch sie fühlten sich schlank und zart an. »Bitte geh nicht. Ich brauche deine Hilfe.« Sie schluckte. »Hier im Wald ... noch etwas weiter ... lebt ein magisches Wesen. Es ist sehr scheu und außer mir hat noch nie jemand einen Blick auf das Tier geworfen.«

Erleichterung machte sich in ihm breit. Kein Verehrer, was ein Glück. Doch welches magische Wesen meinte sie? Sie hatte davon gesprochen, ein Tier vor der Jagd warnen zu wollen. Kein Wildschwein. Ein Hirsch? Der Königshirsch?

»Ich weiß nicht einmal, ob es sich zeigt, wenn du dabei bist«, fuhr sie leise fort. »In den Legenden offenbart es sich nur den Jungfrauen.«

Er sah sie zweifelnd an. »Du redest nicht von einem Einhorn?«

Ihre Wangen röteten sich und er musste lauthals lachen.

»Ein Einhorn, Elayne! Bist du nicht zu alt, um an so etwas zu glauben?«

»Bitte, du musst mit mir kommen und es warnen«, flehte sie. »Es lässt mich nicht sehr nah an sich heran. Ich kann es also nicht einfangen. Aber du ... du kannst mit ihm reden. Ich meine, du kannst durch deinen Gesang mit ihm sprechen, ihm mitteilen, dass es in diesem Wald nicht mehr sicher ist, da die Jagd bevorsteht.«

Sie schien ganz fest davon überzeugt, dass sie hier ein Einhorn gesehen hatte.

Vorsichtig sah er sich um. Einen verwunschenen Wald hatte er sich gewiss anders vorgestellt. Und doch ... Hatte er nicht vor wenigen Momenten noch selbst den Frieden und die Reinheit dieser Gegend bewundert?

Er seufzte. »Also gut, zeig mir dein Einhorn.«

Was auch immer sie gesehen hatte, einen Blick war es sicher wert. Und war er nicht genau deswegen hier? Um die Geheimnisse Corbenics zu erkunden?

Elayne schritt weiter voraus, etwas vorsichtiger als zuvor, als wäre sie hier selbst noch nicht oft entlanggelaufen. Die Bäume standen enger beieinander. Ihre Wurzeln wuchsen teilweise über der Erde, ihre Äste hingen tiefer. Und das Unterholz wucherte noch dichter.

Er verlor jedes Zeitgefühl. Wie viele Stunden waren vergangen? Der Wald zerrte am Wollstoff seines Umhangs und an seinen Haaren. ›Geh nicht weiter‹, wollte er wohl sagen. ›Dieser Ort ist nicht für dich bestimmt.‹

Die Mühe wurde belohnt. Das Dickicht und die Bäume wichen zurück. Eine Lichtung öffnete sich vor ihnen. Auch hier hingen Nebelfetzen und ließen das Licht der Sonne unwirklich und gedämpft erscheinen.

Am anderen Ende der Lichtung graste das Einhorn.

Galahad stockte der Atem. Er hatte selten so ein schönes Tier gesehen. Das Fell war reinweiß, die Glieder zart. Und doch zeichneten sich Muskeln und Kraft unter dem Fell ab. Der Kopf war relativ kurz und die Nüstern des edlen Tieres blähten sich, als es die Besucher auf seiner Lichtung witterte. Es schüttelte den Kopf und die lange weiß-graue Mähne bewegte sich wie ein Vorhang aus jenem seltenen Stoff, den die Römer *sericum* genannt hatten.

Für einen Moment glaubte Galahad wirklich, auf jener Lichtung ein Wesen aus einer fernen magischen Welt zu sehen.

»Ist sie nicht wunderschön?«, flüsterte Elayne.

Die Stute sah genau in ihre Richtung. Kein Horn zierte ihre Stirn, doch das minderte ihre Schönheit keineswegs.

»Wie kommt sie hierher?«, staunte er.

Ihr bewundernder Blick galt allein dem schönen Tier. »Ich weiß es nicht. Ich habe zuvor nie ein Geschöpf wie sie gesehen. Du?«

Langsam ging er zwei Schritte nach vorn. Die Stute schnaubte. »Vor langer Zeit, in Caerleon«, erinnerte er sich. »Ich war noch sehr jung, gerade erst zum Mann geworden. Ein Händler brachte Pferde aus dem Süden. Eines davon war ein schwarzer Hengst, dessen Kraft und Schönheit von keinem anderen Pferd übertroffen wurde. Von der Fellfarbe abgesehen, glichen die Linien ganz dieser Stute. Der Preis für den Hengst deckte in etwa den für eine römische Villa, die manch hohe Herren sich damals im Westen bauten.«

»Vielleicht stammt sie von einem solchen Händler? Vielleicht ist sein Schiff untergegangen und sie konnte sich retten?«

Galahad nickte. Elaynes Vermutung lag nicht so fern.

»Sie ist scheu. Ich glaube nicht, dass sie lange unter Menschen gelebt hat.«

»Oder sie haben ihr etwas Schreckliches angetan. Pferde vergessen das nicht.«

Er ging einen weiteren Schritt nach vorn. Die Stute schnaubte, wie um ihn zu warnen, stehen zu bleiben.

»Wo willst du sie hinbringen? Sie scheint sich auf dieser Lichtung wohlzufühlen. Und wenn die Jäger kommen, wird sie schon einen Unterschlupf finden.«

Elayne schüttelte den Kopf, beinahe wie die Stute soeben, und weitere Strähnen ihres tiefschwarzen Haares lösten sich aus ihrem Zopf. Es war so glatt, dass es einer kunstfertigen Leibdienerin bedurfte, es zu einer anständigen Frisur zu formen. Und wie Galahad nunmehr wusste, gab es in der Festung des Königs von Corbenic einen Mangel an Dienern.

»Warst du schon einmal bei einer Treibjagd?« Ihre Augen glänzten feucht.

Himmel, bitte fang jetzt nicht an, zu weinen, flehte er innerlich.

»Natürlich«, sprach er indes. »Deine Stute jedoch ist ein kluges Tier. Sieh, wie sie uns beobachtet. Sie wird sich selbst in Sicherheit bringen können.«

Elayne faltete die Hände ineinander. »Nein, die Gefahr ist zu groß. Was, wenn sie sich auf der Flucht verletzt? Wer kümmert sich um sie? Und was, wenn jemand sie ... entdeckt?«

Das Mädchen sah ihn mit den großen blauen Augen an, als habe sie noch nie wirkliches Unheil in dieser Welt gesehen. Vermutlich war genau das der Fall. Sie lebte hier in ihrem geschützten Land und wusste nicht, was in der realen Welt vor sich ging. Es schmerzte ihn und gleichzeitig war er erleichtert. Er hatte gesehen, wie Männer und Frauen starben, wie sie zerbrachen, wie sie alles verloren. Ihre Kinder, ihre Häuser. Alles. Der Tod war da das geringste aller Übel.

Und hier stand ein Mädchen, das bereits verheiratet sein sollte, und wollte ihn dazu überreden, eine Stute vor den Gefahren der Menschheit zu retten.

Eine Welle der Wärme überkam ihn. Wenn sie noch ein Kind gewesen wäre, hätte er Elayne in die Arme geschlossen und sie darum gebeten, sich für immer diese Unschuld zu bewahren. Doch der Anstand gebot ihm, es nicht zu tun.

Er lächelte und nickte. »Gut. Ich helfe dir ... wenn du mir einen Gefallen tust.«

Sie verschränkte die Arme vor der Brust und sah ihn skeptisch an. »Noch einen? Ich habe dafür gesorgt, dass du in diesem Winter ein Dach über dem Kopf hast.«

Er musste sich beherrschen, nicht laut loszulachen. »Richtig. Und dafür arbeite ich in den Ställen und singe des Abends meine Lieder. Doch hierfür«, er deutete mit einem Nicken in Richtung Stute, »erwarte ich einen weiteren Gefallen.«

Sie musterte ihn mit zusammengekniffenen Augen von Kopf bis Fuß. »Welche Art von Gefallen? Oh nein, warte!« Sie wich einen Schritt zurück. »Das kannst du vergessen. Veneva hat mir von solchen Gefallen erzählt, die junge Männer gern hinter Scheunen von Mädchen verlangen.«

Nicht zu lachen, fiel ihm immer schwerer. »Nein, nicht diese Art von Gefallen. Ich bin kein Jüngling mehr, der sich hinter Scheunen mit Mädchen versteckt.« Er musste sich räuspern. Sein Liebesleben ging das junge Ding ganz gewiss nichts an. »Nein, ich meine einen Gefallen unter Erwachsenen. Einen Handel sozusagen.«

»Was verlangst du?« Nun war es an ihr, misstrauisch zu werden. »Ist es dir nicht Belohnung genug, dass du einem Einhorn das Leben rettest? Alle Geister der Natur werden dir wohlgesonnen sein.«

Er gab einen grummeligen Laut von sich. »Du sprichst wie ein Kind.«

Sie deutete mit dem Zeigefinger auf seine Nase. »Und du wie ein alter Kaufmann, der nur auf den eigenen Vorteil bedacht ist. Los, raus mit der Sprache: Was willst du von mir?«

»Dafür, dass ich dein Einhorn rette, wirst du mir die Festung zeigen.«

»Du wohnst selbst dort. Du kannst dich allein umsehen«

Er wurde ernst. »Nein. Du kennst die Mauern, die Räume, die Gästen verschlossen sind. Die geheimen Gänge und Katakomben.«

»Es gibt keine geheimen Gänge«, widersprach sie und er meinte, Trotz in ihrer Stimme zu hören. Er musste einfühlsam bleiben.

»Nun gut, aber du kennst jeden Winkel deines Zuhauses, nicht wahr?«

Sie nickte. »Warum möchtest du, dass ich das tue?«

»Ich bin auf der Suche ... nach Geheimnissen.«

»In Corbenic gibt es viele Geheimnisse.«

»Genau deswegen bin ich hier. Ich will sie alle ergründen.«

»Warum?«

Er hob seine Schultern. »Weil ich auf der Suche nach neuen Liedern bin. Ich brauche Geheimnisse, aus denen ich sie weben kann.«

»Gibt es keine mehr dort, wo du herkommst?«

»Die meisten wurden längst besungen.«

Sie sah hinüber zur Schimmelstute und schien über den Handel nachzudenken. »Es gibt nicht weit von hier eine verlassene Hütte. Wenn die Jagd beginnt, ist sie dort vielleicht sicher.«

»Es wird ihr nicht gefallen, eingesperrt zu sein«, gab er zu bedenken.

»Es ist ja nur während der Jagd, nicht für lange.« Mit ihren hellen Augen sah sie ihn bittend an. »Versprichst du mir, sie zu retten?« Sie hielt ihm ihre schlanke Hand entgegen.

Er nickte und nahm ihre Finger in seine. »Ich werde alles versuchen, was in meiner Macht steht.«

»Dann werde ich dir alle Geheimnisse von Corbenic offenbaren.«

»Einverstanden.«

»Einverstanden«, bestätigte sie, löste ihre Hand aus der seinen und sah betreten zu Boden.

Ihre Wangen leuchteten rötlich. Er hoffte sehr, dass es an der Aufregung um das Einhorn sowie an der frischen Luft lag und nicht an seinem Händedruck.

7

NOS CALAN GAEAF

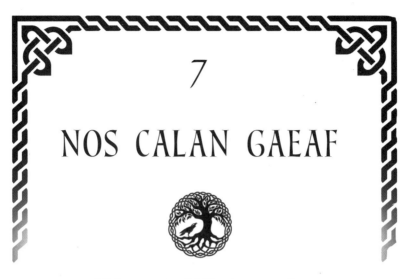

Die erste Winternacht

S ie atmete tief ein, behielt das Ziel fest im Blick und ließ dann die Sehne los. Der Pfeil schoss davon und traf die Holzscheibe eine Handbreit neben dem Mittelpunkt.

»Du achtest nicht auf dein Gleichgewicht«, wurde sie getadelt. »Und halte dich gerade.«

Sie ließ den Bogen seufzend sinken. »Ich habe getroffen.«

»Gerade so. Aber gerade so reicht nicht. Du kannst das besser. Die Stirn einer Wildsau ist nicht so groß wie die Scheibe da vorn.« Streng kniff der junge Liam die graublauen Augen zusammen.

Er war fast so hager wie Ened, doch größer und hatte, bis er sich den Arm brach, immer gut anpacken können. Liam war es gewesen, der immer und überall um Hilfe gebeten wurde, obwohl er nur zwei Sommer älter war als sie selbst.

Elayne spürte, wie sehr ihn seine Verletzung belastete. Dabei ließ er sich die Schmerzen kaum anmerken.

Brisen hatte den Arm gut versorgt und stabilisiert und verabreichte ihm bei Bedarf schmerzstillende Tinkturen. Doch die Untätigkeit grämte ihn. Er konnte weder im Stall helfen noch die schweren Wassereimer tragen, die sie in der Feste brauchten. Und erst recht konnte er den Bogen nicht mehr halten. Die Jagd zu Beginn des Winters war einer der Höhepunkte des Dorflebens. Dieses Jahr würde er nicht Teil davon sein.

»Also gut, ich versuche es noch mal«, lenkte Elayne ein. Sie nahm einen weiteren Pfeil aus dem Köcher, verlagerte ihr Gewicht auf beide Füße, hielt den Rücken gerade und spannte die Sehne.

Sie sollte sich konzentrieren. Liam zuliebe. Und ihr selbst zuliebe. Sie musste ihre Treffsicherheit erhöhen. Ein verletztes Wildschwein war für alle eine Gefahr. Sie musste es mit dem ersten Treffer bewegungsunfähig machen.

Als sie die Sehne losschnellen ließ, verfehlte der Pfeil nur knapp die Zielscheibe.

Der junge Liam gab einen lauten Fluch von sich, was sonst gar nicht seine Art war.

»Es tut mir leid«, versicherte Elayne.

»Mir auch«, grummelte er. »Du musst dich stärker konzentrieren. Die Haltung war schon besser. Der rechte Ellbogen könnte noch etwas höher sein. Himmel, ich kann es ja nicht vormachen«, fluchte er weiter.

»Ich kann helfen«, rief jemand seitlich von ihnen. Galahad saß auf dem Gatter und schien sie beobachtet zu haben.

Elayne hatte ihn nicht bemerkt, so sehr hatte sie sich auf ihre Übung konzentriert. »Nein, ist schon in Ordnung«, rief sie ihm zu.

»Ist es nicht«, wandte ihr Lehrmeister ein. »Komm her, Galahad.«

Der Barde sprang vom Gatter und landete geschickt auf dem weichen Untergrund. Die Pferde verbrachten den Tag im Stall und so hatte der junge Liam den Auslauf für ihre Übungen gewählt. Galahad schlenderte grinsend zu ihnen.

Elayne wurde rot. Er hielt sie schon wieder für ein unfähiges Mädchen. »Wenn du mit dem Bogen besser umgehen kannst als ich, solltest du ihn für die Jagd nehmen«, meinte sie und hielt ihm ihre Waffe entgegen.

»Unser junger Liam hat festgestellt, dass ich doch ganz gut mit dem Speer umgehen kann«, merkte Galahad an. »Deswegen werde ich mit den anderen Männern in vorderster Reihe jagen.«

Sie gab einen Laut der Unbill von sich. Das war nicht gut. Sie waren in den letzten beiden Tagen öfter im Wald gewesen, damit das Einhorn sich an ihre Anwesenheit und Galahads Stimme gewöhnte. Doch sie wussten noch nicht, wie schnell es ihnen gelingen würde, die Stute in Sicherheit zu bringen. Wenn Galahad in vorderster Reihe dabei war, konnte er sich wohl kaum unbemerkt davonschleichen, um sie zu retten.

»Der Barde hat einen sehr kräftigen Wurf«, musste Liam anerkennen. »Damit hat er mich wirklich überrascht.«

Galahad nahm jedoch nicht die Waffe entgegen, sondern stellte sich hinter Elayne. »Zeig mir noch mal, wie du den Bogen hältst.«

Sie fühlte sich unwohl und hätte lieber für sich selbst geübt statt unter Liams strengen Blicken und Galahads belustigten Sprüchen. Dennoch spannte sie nun die Sehne und konzentrierte sich auf das Ziel.

Galahad hob ihren Arm mit seiner Hand etwas an. »Ellbogen und Pfeil sollten auf gleicher Höhe liegen. Nicht zu hoch, sonst fehlt dir die Kraft.«

Er legte seine Hände flach auf ihren Rücken. Sie waren warm und plötzlich überkam eine wohlige Gänsehaut Elaynes Haut. Sie schloss die Augen und räusperte sich.

»Die Rückenspannung ist sehr wichtig. Die Kraft und Zielrichtung kommen zum Großteil aus ihm.« Er nahm seine Hände weg und schritt zurück. »Zielen und schießen.«

Elayne tat wie geheißen. Der Pfeil traf die Scheibe, diesmal oberhalb der Mitte.

»Du hältst die Luft an, bevor du den Pfeil loslässt«, bemerkte Galahad. »Dadurch verkrampfst du dich und das wirkt sich auf die ganze Haltung aus. Versuche, beim Spannen des Bogens einzuatmen und dann auszuatmen. Alles ist ein runder Ablauf. Konzentriere dich mehr auf deine Haltung, deine Bewegung.

Das Zielen erfolgt nebenbei. Nicht dein Auge führt den Pfeil, sondern dein ganzer Körper.«

Elayne nickte. Sie atmete tief durch und nahm den nächsten Pfeil aus dem Köcher. Wie er gesagt hatte, achtete sie darauf, ihre Bewegung nicht zu unterbrechen.

Der Pfeil traf in die Mitte des Ziels.

Liam nickte beifällig. »Sehr gut. Galahad ist wohl ein besserer Lehrer als ich.«

Er sagte es im Scherz, doch Elayne erkannte den frustrierten Unterton. »Wirst du bei der Jagd dabei sein? Deine Erfahrung wird von Nutzen sein«, hakte sie nach.

»Welche Aufgabe könnte ein Krüppel wie ich schon übernehmen?«, meinte der Stalljunge traurig.

Sie suchte seinen Blick. »Dein Auge ist sehr genau. Niemand kann die Spuren des Wildes so gut lesen wie du.«

Er sah betreten zu Boden und Elayne wandte sich Hilfe suchend an Galahad.

Dieser nickte. »Erfahrung und ein gutes Auge sind in der Tat wichtig bei der Jagd«, stimmte er zu. »Ich könnte dich an meiner Seite gebrauchen, da ich mich in den Wäldern hier nicht auskenne.«

»Ich werde es mir überlegen«, antwortete Liam niedergeschlagen und wandte sich ab, um zurück in die Stallungen zu gehen.

Elayne sah ihm sorgenvoll nach. »Er fühlt sich nutzlos. Es muss schlimm für ihn sein. Er war einer unserer besten Jäger.«

»Es ist nicht einfach für einen Mann, plötzlich nicht mehr seinen Aufgaben gerecht zu werden«, pflichtete der Barde bei.

»Im nächsten Jahr wird er die Jagd sicher wieder anführen können«, hoffte Elayne.

Eine Falte bildete sich zwischen Galahads schwarzen Brauen. »Trotzdem braucht er eine Aufgabe. Den ganzen Winter nur Ratgeber zu sein und am Feuer zu sitzen, ist nicht gut für junge Männer.« Er nahm ihr den Bogen ab und überprüfte die Spannung der Sehne. Dann ließ er die Waffe wieder sinken. »Ich werde mit Liams Vater reden. Wir werden eine Aufgabe für ihn finden. Eine gute Aufgabe, die seinem Können gerecht wird.«

Elayne lächelte zu ihm auf. »Danke.«

Er erwiderte ihr Lächeln. Seine dunklen Augen ruhten warm auf ihr und ihr wurde bewusst, wie nah er bei ihr stand. Fast konnte sie seine Wärme spüren. Rasch wich sie einen Schritt zurück.

»Morgen ist Samhain«, stellte Galahad fest. »Wird dies im Dorf gefeiert?«

Sie nickte. »Wie schon unsere Vorfahren es getan haben. Es werden Feuer entzündet, der Toten gedacht und die bösen Geister vertrieben.«

Er hob eine Braue und sah sie schmunzelnd an. »Dann werden wir morgen dein Einhorn in Sicherheit bringen.«

Das konnte kaum sein Ernst sein. Elayne schüttelte energisch den Kopf. »Zu *Nos Calan Gaeaf,* der ersten Winternacht? Das ist gefährlich. Die Tore zur Anderswelt stehen offen. Ich kenne den Wald, doch in dieser Nacht bleibe ich ihm fern. Wer weiß, welche Kreaturen dort ihr Unwesen treiben?«

»Genau deshalb ist morgen der beste Tag. Die meisten Dorfbewohner werden mit den Vorbereitungen für das Fest beschäftigt sein. Und sie werden sich dem Wald nicht nähern, weil sie die Wesen der Anderswelt fürchten.«

Elayne atmete tief durch. Der Barde war mutig. Zu mutig. Aber musste man nicht auch mutig sein, wenn man ein Wesen wie ein Einhorn retten wollte?

Also nickte sie. »Einverstanden.«

Brisen legte dem Feuer Holzscheite nach. Als Elayne die Halle betrat, wischte sie sich die Hände an ihrer Schürze sauber, stemmte die Hände in die Hüften und sah sie streng an. »Was hast du nur ständig mit diesem Barden zu besprechen?«

Elayne schaute zu Boden. Brisen hatte sie also mit Galahad beobachtet. »Der junge Liam und er haben mir beim Umgang mit dem Bogen geholfen«, wich sie aus.

»Das habe ich gesehen. Und doch hattest du noch mehr mit dem Fremden zu besprechen.«

»Wir haben nur ein wenig über Samhain geplaudert.«

»Du verbringst zu viel Zeit mit ihm.«

Elayne hatte keine Ahnung, worauf Brisen hinauswollte. Sie hatte nichts Unrechtes getan. »Vernachlässige ich meine Pflichten?«

»Das ist es nicht«, antwortete ihre Amme ungehalten. »Er ist ein Mann, du eine junge Frau. Es gehört sich nicht, dass ihr so viel Zeit allein miteinander verbringt.«

Erneut spürte Elayne die Hitze in ihrem Gesicht. Wie kam Brisen nur auf einen solchen Gedankengang? »Er ist viel älter als ich. Für ihn bin ich nur ein Kind. Und ich hege kein Interesse für einen Barden. Ich hege überhaupt kein Interesse an irgendjemandem.« Sie verschränkte die Arme vor der Brust und hielt Brisens Blick stand. »Abgesehen davon ist er ein ehrenvoller Mann. Hätte er mir etwas antun wollen, hätte er längst die Gelegenheit dazu gehabt.«

Brisen stocherte mit einem langen Stock im Feuer herum. Sie presste die Lippen fest aufeinander und Elayne kannte sie gut genug, um zu wissen, dass ihr noch viel mehr auf der Zunge lag. Trotzdem schien sie zunächst gesagt zu haben, was zu sagen war.

Deswegen wandte sich Elayne ab und ging in den Küchenanbau, um die Becher und Schüsseln vom Frühstück zu säubern. Sie schrubbte das Holzgeschirr so intensiv, dass ihre Hände vom Wasser und der Seife ganz rot wurden.

Wieso war Brisen so verärgert? Es hatte bisher nie jemanden interessiert, mit wem Elayne ihre Freizeit verbrachte. Keiner hatte mitbekommen, wie allein sie sich fühlte, nachdem Veneva geheiratet und die Festung verlassen hatte.

Ihre letzte und beste Freundin sah sie nur noch selten, da ihr Leben voranging. Sie hatte einen Mann, erwartete ihr erstes Kind und führte einen eigenen Haushalt, während Elayne noch immer einfach nur Tochter war.

Sie hatte viel Zeit allein in den Wäldern und auf den Wiesen verbracht. Allein mit ihren Gedanken und Träumen. Endlich war da jemand, mit dem sie reden konnte. Der nicht nur über das Alltägliche sprach, sondern über ferne Orte und von Menschen, denen sie nie persönlich begegnet war. Jemand, mit dem sie gemeinsam über die Felder und durch die Wälder streifen konnte.

Und plötzlich, da ihr Leben endlich etwas mehr Farbe angenommen hatte, gönnte man es ihr nicht.

»Elayne? Elayne, bist du hier?«

Genervt ließ sie das Tuch fallen, mit dem sie gerade einen Teller abgetrocknet hatte, und ging in die große Halle. »Ich habe zu tun. Was ist denn?«

Galahad sah sie überrascht an. Diesen Ton kannte er nicht von ihr.

Sofort taten ihre Worte ihr leid. Er konnte nichts dafür, dass sie schlechte Laune hatte.

»Ist etwas passiert?«, erkundigte er sich. Er trug noch immer seine Arbeitskleidung. Sein leicht verschwitztes Haar lockte sich an den Seiten.

»Nein.«

»Doch. Ich sehe es dir an. Deine Wangen glühen und womöglich trifft mich jeden Moment ein Blitz aus deinen Augen, sodass ich tot umfalle.«

Sie wandte sich ab und kehrte in die Küche zurück. »Komm mit. In der Halle kann uns jeder hören.«

Er folgte ihr und als sie sich wieder ihr Tuch nahm, um das Geschirr abzutrocknen, nahm er ein weiteres und half ihr dabei.

»Was ist los, Rabenkind? Hat dir dein Vater verboten, auf die Jagd zu gehen? Oder zu den Samhainfeuern im Dorf?«

»Ich habe meinen Vater heute noch nicht gesehen.« Sie seufzte und sah forschend zu ihm auf.

War es unangemessen, ihm davon zu erzählen? Doch wie er neben ihr stand und das Geschirr abtrocknete, den Blick ruhig auf seine Aufgabe gerichtet, ihr helfend, wie er es schon seit dem ersten Moment ihrer Begegnung getan hatte, wie konnte sie ihm da nicht vertrauen? Sie hatte das Gefühl, dass sie wirklich Freunde wurden. Wäre er ein Mädchen oder eine Frau, hätte man sie längst so bezeichnet.

»Brisen ...«, begann sie zögernd.

Wie sollte sie sagen, was passiert war, ohne sich sogleich zu schämen?

Sie räusperte sich, als er seine dunklen Augen aufmerksam auf sie richtete. »Meine Amme findet, ich verbringe zu viel Zeit mit dir.«

»Oh.« Er trocknete einen Tonbecher sehr sorgfältig ab und stellte ihn in das Regal zu den anderen. Dann sah er sie ernst an. »Brisen sorgt sich um dich. Das solltest du ihr nicht übel nehmen. Du bist für sie wie eine ihrer Töchter. Und da sie mich nicht kennt, weiß sie nicht, dass ich keine Gefahr für dich bin.«

»Aber ich kenne dich und sie sollte wissen, dass sie meinem Urteil vertrauen kann.«

»Ihr Verstand weiß es sicher, ihr Herz jedoch brennt, wenn sie ihr kleines Mädchen mit einem Mann zusammen sieht. Noch dazu mit einem Fremden.«

»Du kennst dich aber gut mit den Herzen von Ammen aus. Wie viele davon hast du gebrochen?«

Er bemühte sich, ernst zu bleiben. »Keines. Zumindest nicht bewusst.«

Sie legte Tuch und Teller fort und verschränkte die Arme vor der Brust, musterte ihn von oben bis unten und versuchte, ihn mit Brisens Augen zu sehen.

Er war groß, gut aussehend und in einem Alter, in dem er verheiratet sein müsste.

»Du hast keine Frau«, stellte sie fest. »Sonst hättest du von ihr erzählt.«

Er mied ihren Blick. »Das stimmt, ich bin nicht verheiratet.«

»Aber du bist kein Druide, der sich der Ehe verweigert. Barden heiraten doch, oder etwa nicht?«

»Manche. Doch glaube ich nicht, dass mein bescheidenes Einkommen ausreicht, eine Familie zu ernähren. Es reicht ja gerade so für mich selbst.« Er kümmerte sich um einen Löffel, der bisher unbeachtet neben dem Waschtrog gelegen hatte, und trocknete ihn sorgfältig.

»Aber hast du niemanden, der dich liebt?«

Seine Aufmerksamkeit galt noch immer dem Löffel. »Meine Mutter hat mich geliebt, doch sie ist lange tot. Und meine Ziehmutter, doch die habe ich seit vielen Jahren nicht gesehen. Meine Tante ist mir sehr zugetan und ich liebe sie wie eine Schwester, da sie nur wenig älter ist als ich.«

»Ich meine eine Frau, mit der du nicht verwandt bist.«

»Das sind sehr neugierige Fragen für ein kleines Mädchen«, meinte er halb im Scherz.

»Aber diese Fragen sollten geklärt werden, bevor ich weiter Zeit mit dir verbringe.«

»Dann stelle sie doch bitte so, dass du eine geeignete Antwort bekommst.«

»Ich rede nicht um den heißen Brei herum, wenn du das meinst.«

»Ja, das meine ich.«

»Gut.« Sie atmete tief durch. »Bist du in eine Frau verliebt?«

»Das ist nicht die richtige Frage.« Er legte den Löffel wieder weg und verschränkte selbst die Arme vor der Brust, um Elayne streng anzusehen. Wenn ihre Wangen noch mehr glühten, würde ihr Kopf vermutlich den Samhainfeuern alle Ehre machen.

Ihr Mund war ganz trocken. »Bist du ... bist du interessiert an mir?«

»Na also. Etwas unbeholfen formuliert, doch das ist wohl die Frage, die auch deiner Amme in der Seele brennt.«

»Und die Antwort?« Sie versuchte, ihn ernst anzusehen und nicht verlegen zu Boden zu starren.

»Niemals dürfte ich Interesse an dir hegen. Du bist die Tochter des Königs, noch dazu viel jünger als ich. Und sollte es dennoch der Fall sein, würde ich niemals etwas tun, um dem ... Interesse nachzugeben.« Er räusperte sich. »Ich würde aus der Ferne schwärmen und Lieder über deine Schönheit dichten, um der ganzen Welt zu berichten, welch zarte und kostbare Knospe im Norden Britanniens heranwächst ...«

Es dauerte einen Moment, bis sie den Schalk in seinen Augen erkannte. »Hör auf! Du machst dich über mich lustig.«

»Nur ein wenig.« Er legte das Tuch weg und nahm Elayne an den Oberarmen, um sie ernst anzusehen. »Wir sind Freunde. Wärest du ein Junge, könnte ich dich Kamerad oder Bruder nennen. Wären wir blutsverwandt, könnte ich dich zumindest Schwester nennen. So sind wir jedoch nur ein Barde und eine Prinzessin.«

Ihr Herz füllte sich mit Wärme. Genau das hatte sie doch soeben noch selbst gedacht.

Sie legte ihre Hände auf seine Unterarme. »Amici.« *Freunde.*

»Ita est.« *So ist es.*

Er löste sich von ihr und widmete sich einem Löffel, den er ansah, als wäre er ein Geheimnis, das es zu lösen galt.

Elayne nahm ihm den Löffel ab und legte ihn in das Regal zum anderen Besteck.

»Da wir das nun geklärt haben …«, räusperte er sich. »Ich habe eine Idee. Eine Aufgabe für Liam.«

Elayne sah ihn überrascht an. Er hatte es damit, dem jungen Liam helfen zu wollen, also ernst gemeint. »Wirklich?«

Galahad nickte und war ihr so nah, dass sie seinen Duft wahrnahm. Er roch nach Stall und frischem Schweiß, doch auf merkwürdige Weise fand Elayne diesen Geruch an ihm nicht abstoßend.

»Wir werden uns in der Anderswelt verirren und nie wieder heimkehren.«

»Die Sonne ist noch nicht einmal untergegangen, Liam. Wir werden uns nicht verirren. Schon gar nicht in der Anderswelt.« Galahads Stimme klang beruhigend.

Der junge Liam aber sah sich weiterhin um, als könne hinter jedem Stein ein Kobold und von jedem Ast eine Banshee auf ihn stürzen.

»Wir könnten ein Gebet sprechen«, schlug Elayne vor. »Das hält die Wesen der Anderswelt auf Abstand.«

Liam blieb abrupt stehen und nestelte am Ausschnitt seines braunen Hemdes, das er unter seinem alten grauen Wollumhang trug. Als er endlich den hölzernen Anhänger gefunden hatte, schloss er fest seine Faust darum und murmelte ein schnelles Gebet.

Galahad näherte sich Elayne beiläufig und raunte ihr ins Ohr: »Ob christliche Worte die *Ellyllon* wohl wirklich beeindrucken?«

»Keine Ahnung, ich bin nie jemandem der *Tylwyth Teg* begegnet. Was zählt, ist, dass die Worte Liam beruhigen. Du könntest natürlich auch ein Liedchen singen, um zur allgemeinen Besänftigung beizutragen.«

»Neckst du mich?«

Sie lächelte zu ihm auf. »Das würde ich nie wagen.«

Er zog an ihrem Zopf. »Irgendwann lege ich dich übers Knie, Rabenkind.«

»Und das würdest *du* nie wagen.«

»Lass es besser nicht darauf ankommen.« Galahad räusperte sich, da Liam sein Gebet beendet hatte und sich furchtsam umsah. »Liam, wie lange stehst du eigentlich schon im Dienst des Königs?«

»Seit meinem zehnten Lebensjahr.«

»Er scheint sehr zufrieden mit deiner Arbeit zu sein«, fuhr der Barde im Plauderton fort.

»Ja, ich habe selten ein schlechtes Wort von ihm gehört.«

»Und bist zu selbst zufrieden?«

Der junge Mann sah ihn fragend an.

»Keine anderweitigen Träume oder Hoffnungen, die du dir selbst für deine Zukunft vorgestellt hast?«

Liam hielt seinen Blick nachdenklich auf den Weg vor ihnen gerichtet, der immer schmaler wurde, sodass sie hintereinander gehen mussten.

Elayne lief voran und konzentrierte sich auf ihre Schritte. Der Unterhaltung der Männer konnte sie daher nur halb folgen.

»Ich würde gern heiraten und eine Familie gründen. Eines Tages. Und ich möchte weiter im Dienst von König Pelles stehen. Ich mag meine Arbeit und lebe gern in der Feste.«

»Das sind sehr gute Träume. Gibt es denn schon eine Auserwählte?«

Der junge Liam räusperte sich verlegen. »Da gibt es ein Mädchen. In Caer Luel. Sie steht in den Diensten von König Uryen.«

Elayne sah erstaunt über ihre Schulter nach hinten. Sie hatte nicht gewusst, dass der junge Liam so empfand. Aber woher auch? Obwohl sie zusammen aufgewachsen waren und er ihr das Jagen und den Umgang mit Pfeil und Bogen beigebracht hatte, hatte er doch immer einen gewissen Abstand zu ihr gehalten. Es fiel ihr erst jetzt auf, da er zu Galahad auf so vertraute Art sprach. Zwischen Liam und Elayne gab es eine unsichtbare Grenze, die er niemals überschritten hatte.

Ein kalter feuchter Streifen berührte ihre Stirn und sie zuckte zusammen. Verärgert hielt sie den Ast nach oben. Sie hatte nicht auf den Weg geachtet. Das war dumm. Sie musste sich besser konzentrieren.

»Achtung, Ast!«, rief sie nach hinten und richtete den Blick wieder nach vorn.

»Erzähl doch ein wenig von ihr. Wie ist ihr Name?«, bat Galahad.

»Teagan. Sie kam vor einigen Monden in der Reisegesellschaft von König Uryen, als er auf dem Weg von Camelot nach Caer Luel war. Wir haben nur einen Abend miteinander verbracht, doch ich glaube, ich könnte mit keiner anderen Frau glücklich sein.«

»Wie sieht sie aus?«

»Ihr Haar hat die Farbe von nassem Sand. Und ihre Augen sind grün, gesprenkelt mit braunen Flecken ...«

Liam erzählte von seiner heimlichen Liebe und wie sie in jener Nacht bis zum Morgengrauen miteinander geredet hatten, die Zeit und den Ort um sich herum vergessend. Die Erinnerung schien so stark in ihm, dass er seine Angst hier im nebligen Wald komplett vergaß.

Elayne lächelte vor sich hin. Galahad hatte den jungen Liam seine Furcht vergessen lassen, indem er ihn auf ein Thema brachte, das ihn mit Freude erfüllte. Eine Frau. Wer hätte das von dem stillen jungen Mann gedacht?

Die Sonne stand mittlerweile hoch am Himmel, doch durch den Nebel wirkte die Welt seltsam entrückt.

Elayne überlief ein Schauer. Wenn sie nun doch die Grenzen zwischen den Welten überschritten? Aber nein, sie kannte den Weg. Sie würden nicht davon abkommen.

Der Ruf eines Raben hallte durch den Wald. Ein noch kälterer Schauer überkam sie. Die Haare auf ihren Unterarmen stellten sich auf und sie blieb stehen, still in den Wald lauschend.

Galahad kam an ihre Seite und griff alarmiert nach einem Dolch, den er in seinem Stiefelschaft trug. Er sprach kein Wort, lauschte genauso wie sie.

Der Rabe krächzte ein weiteres Mal. Zwanzig Schritte vor ihnen huschte ein Schatten von einem Baum zum anderen.

Elayne packte Galahad am Arm und deutete in jene Richtung.

Er nickte und setzte vorsichtig einen Fuß vor den anderen, um keinen Laut auf dem Waldweg zu erzeugen, den Langdolch wie ein Schwert vor sich haltend.

Elayne wünschte plötzlich, sie hätte den Bogen mitgenommen, den sie auf der Jagd benutzte. Sie hatte bisher nie daran gedacht, eine Waffe mit sich zu führen. Es war nie nötig gewesen. Aber sie war auch nie zu Samhain in die Wälder gegangen.

Liam rückte dichter an sie heran. »Was war das?«

Sie sah zu ihm auf und schüttelte den Kopf, als Zeichen dafür, dass er nicht sprechen sollte.

Lautlos, wie ein Kind des Waldes selbst, schritt Galahad über den Weg. Elaynes Herz war das, was sie selbst am lautesten vernahm. Der Nebel verschluckte alle anderen Geräusche. Und als ihr Barde den Weg verließ, verschmolz er mit dem Nebel und wurde zu einem Schatten.

»Bei Gott, wir werden sterben«, raunte Liam mit brüchiger Stimme.

»Unsinn, werden wir nicht. Das ist nur Nebel. Und womöglich haben wir einen Hirsch gesehen.«

Sie glaubte selbst nicht daran. Der Schatten hatte sich sehr bedacht bewegt. Eine Gänsehaut schlich sich von ihrem Nacken ihren Rücken hinunter. Und wenn es nun doch ein Wesen aus der Anderswelt war?

Das Knacken eines Astes links von ihr ließ sie aufschrecken. Liam wollte sich schützend vor sie stellen, aber das konnte Elayne nicht zulassen. Sein Arm war noch immer verletzt. Sie hatten keine Waffen.

Was konnte sie tun, um abzuwehren, was auch immer sich im Wald verbarg?

Ihr Herz pochte wild, sie konnte kaum einen klaren Gedanken fassen. Sie spürte Verzweiflung. Und Wut. Sie war wütend darüber, dass sie so dumm gewesen war, ohne Waffe in die Wälder zu gehen. So oft schon. Und sie war wütend, weil jemand versuchte, das auszunutzen.

Sie atmete tief ein, füllte ihre Brust mit Luft. Und dann schrie sie. Sie schrie ihre Wut hinaus in den Wald.

Natürlich war es sinnlos. Sie war nur ein Mädchen. Ihre Stimme verriet sie. Sie war kein wildes Wesen, das mit Magie oder Kraft gegen den Angreifer vorgehen konnte.

Es überraschte sie daher nicht, dass der Schatten unmittelbar vor ihr zwischen den Bäumen auftauchte. Doch er verharrte für einen Moment. Elayne schrie ihm noch einmal entgegen und wünschte sich, sie könnte sich in ein wildes Tier verwandeln. In eine Bärin, die sich auf die Hinterbeine stellte und mit ihrem Brüllen und ihrer Größe jeden Feind in die Flucht schlug.

Das Wesen ließ sich nicht vertreiben. Es löste sich aus den Schatten der Bäume und trat auf sie zu. Es war groß und finster.

Für einen Moment glaubte Elayne, dem Herrn der Unterwelt gegenüberzustehen. Doch dann erkannte sie, dass es nur ein Mann mit einem schwarzen Bart war, der die Kapuze seines Umhangs tief ins Gesicht gezogen hatte. Und in der Hand trug er ein Schwert.

»Wer bist du und was willst du hier?«, sprach sie ihn an.

Ein Mensch. Es ist nur ein Mensch, versicherte sie sich selbst.

Der Mann antwortete nicht und Elayne sah einen weiteren Schatten, der sich zwischen den Bäumen bewegte.

Wo war Galahad? Er hatte wenigstens einen Dolch bei sich. Und mit ihm wären sie zu dritt. Oder hatten die Fremden ihn erwischt?

Auch Liam begriff, dass sie es nicht mit Wesen aus der Anderswelt zu tun hatten. »Hinfort mit dir! Hier gibt es nichts für dich«, rief er mutig.

Der Mann lachte, kam noch etwas näher und sagte etwas, das Elayne nicht verstand. Der Tonfall jedoch verriet, dass der Fremde nichts Gutes im Sinn hatte.

Sie griff nach Liams Arm und drängte ihn rückwärts. »Was will der Mann?«

»Ich habe ihn auch nicht verstanden. Ist das Piktisch?«

Der zweite Schatten trat einige Schritte hinter dem Fremden hervor. Wie viele Männer versteckten sich noch in den Wäldern? Wer waren sie und was wollten sie hier?

Die Kleidung des Fremden sah mitgenommen und feucht aus. Es war nicht zu erkennen, woher sie stammte.

Der zweite Mann näherte sich leise. Die Art, wie er sich bewegte … seine zunehmend erkennbare Körpergröße … Er war Elayne so bekannt, dass sie am liebsten laut gejubelt hätte.

Der Fremde hatte den anderen noch nicht bemerkt. Sie wusste, dass sie ihn so lange wie möglich ablenken musste, um Galahad zu helfen.

»Suchst du Gold?!«, rief sie. »Schätze? Du wirst hier nichts finden. Die Festung des Königs ist gut bewacht.«

Der Fremde gab einen Laut von sich, der wie ein amüsiertes Grunzen klang. Gold hatte er sicher verstanden, und auch König.

»Die Männer im Dorf sind bestimmt schon bewaffnet und auf dem Weg hierher!«, rief sie ihm trotzig entgegen. »Niemand kommt nach Corbenic, ohne dass es bemerkt wird. Deine Freunde sind wahrscheinlich schon gefasst oder tot.«

»Niemand von euch wird überleben«, bestätigte Liam, der nun ebenfalls erkannt hatte, dass sich Galahad dem Fremden näherte.

Der Unbekannte zückte sein altes Schwert und hielt es in ihre Richtung. »Still. Seid still«, knurrte er.

»Du verstehst uns ja doch«, stellte Elayne fest. »Dann verstehst du bestimmt auch, dass in dieser Nacht alle Wesen der Anderswelt auf deine Seele warten.«

Galahad war bei ihm. Der Fremde bemerkte ihn zu spät. Als er seine Klinge hob, packte der Barde seinen Arm, verdrehte ihn und entwand ihm so das Schwert. Der Räuber schrie auf und trat nach seinem Kontrahenten. Sie verloren im Gerangel das Gleichgewicht und landeten auf dem feuchten Waldboden.

»Wir müssen ihm helfen!«, rief Elayne aus.

Doch Liam hielt sie am Arm fest. »Nein. Er weiß, was er tut.«

Und nur wenig später saß Galahad auf dem Fremden und hielt ihm die Klinge seines Dolches an die Kehle. »Wo sind die anderen?«, verlangte er schwer atmend, zu wissen.

Der Mann knurrte ihm Worte entgegen, die nach Beleidigungen klangen.

»Komm schon, du bist doch nicht allein unterwegs.«

»Ihr seid … tot«, gab der Kerl mit schwerem Dialekt von sich. »Alle tot. Wir kommen und ihr seid tot.«

»Wer seid ihr?«

»Wir nehmen euer Essen. Eure Frauen. Alles.«

»Wir sollten ihn gefangen nehmen und in der Festung verhören«, schlug Elayne vor. Ihr war unwohl bei dem Gedanken, dass sich in den Wäldern weitere Räuber verborgen hielten.

Der Mann versuchte, sich unter Galahads Gewicht zu bewegen. Doch der Barde erwies sich als erstaunlich stark und hielt den Mann in festem Griff.

»Er kann uns jetzt sagen, was er weiß«, verneinte er. »Los, sprich. Diese Klinge hat lange kein Blut mehr geschmeckt.«

Die Antwort des Fremden war ein Spucken in Galahads Gesicht. Dieser holte aus und schlug ihn mit der Faust.

Elayne sog scharf die Luft ein. Sie hätte nicht gedacht, dass ihr Barde zu solcher Gewalt fähig war.

»Du solltest das nicht mit ansehen, Herrin«, murmelte Liam.

Sie presste die Lippen fest aufeinander und wandte den Blick nicht ab. Sie wollte hören, was der Mann zu sagen hatte. Sie wollte sehen, wie er von Galahad festgehalten wurde. Der Fremde machte ihr Angst. Zu wissen, dass man ihn überwinden konnte, beruhigte sie.

Es war wie mit einigen grausamen Geschichten, die man sich des Abends am Feuer erzählte. Sobald man das gute Ende kannte, brauchte man sich nicht mehr zu fürchten.

»Sprich endlich. Wo sind deine Freunde?«, drohte Galahad weiter.

Der Fremde lachte. Seine Zähne waren rot von Blut. »Sie sind gewiss im Dorf und genießen die Früchte.«

Galahad sah zu Liam. »Kennst du den Weg zurück?«

Der junge Mann nickte langsam.

»Dann lauf. Warne die Dorfbewohner.«

»Was soll ich ihnen sagen?«, fragte er verunsichert.

»Dass Piraten aus Dál Riata an der Küste gelandet sind. Nimm Elayne mit dir.«

»Nein, ich möchte hierbleiben. Das Einhorn …«

»Ich kümmere mich um die Stute. Nachdem ich mich um diesen Mann gekümmert habe.«

Sich um ihn kümmern? Elayne fragte nicht weiter nach. »Komm, Liam, beeilen wir uns.«

Sie rannten den größten Teil des Weges. Die feuchte Luft erfüllte Elaynes Brust. Sie musste husten, rannte aber sofort danach weiter, bis sie endlich in Glannoventa ankamen.

Die Dorfbewohner gingen friedlich den Vorbereitungen für die Samhainfeuer nach. Essen wurde gekocht, die Tiere in die Stallungen und Verschläge gebracht.

»Kinder, was ist los mit euch?«, wurden sie von Muirne begrüßt, die im großen Kessel Suppe anrührte. »Sind euch Wesen aus der Anderswelt begegnet?«

»Nein, Piraten«, erklärte Elayne noch immer außer Atem.

Muirne ließ den Löffel in den Kessel fallen und sah sie entsetzt an.

Elayne packte sie an den Schultern. »Wir müssen alle warnen. Wir wissen nicht, wie viele es sind.«

Die Dorfälteste schüttelte den Kopf, um klar denken zu können. »Also gut. Lasst uns bedacht vorgehen. Panik hilft nicht weiter. Ruht euch einen Moment aus, ich rufe alle zusammen.«

Und doch ging alles ganz schnell. Die männlichen Dorfbewohner bewaffneten sich mit dem, was sie greifen konnten: Heugabeln, Hammer, Äxte, Speere ... Es wurden zwei kleinere Gruppen zusammengestellt, welche die Küste nach Norden und Süden nach Booten und Eindringlingen absuchen sollten. Die Frauen bewaffneten sich mit Fackeln und die jüngeren Männer mit Pfeilen und Bögen.

Elayne wartete mit Liam inmitten des Dorfplatzes. Die Sonne war bereits untergegangen, als der erste Suchtrupp aus Süden zurückkam. Sie hatten keine fremden Boote entdeckt, doch es war zu finster und die Ebbe kam. Wenn die Piraten schlau genug waren, hatten sie sich längst wieder in Richtung Westen in ihr eigenes Land verzogen.

Der nördliche Trupp kehrte kurze Zeit später zurück. Sie hatten ein Boot ausgemacht. Ein kleines Fischerboot, jedoch keines, das ihnen bekannt war. Es hatte bereits den Anker gelichtet und war auf die See hinausgefahren.

Elaynes Herz war schwer vor Sorge. Was, wenn im Wald noch weitere Skoten versteckt gewesen waren? Galahad ... Mochte er groß und geschickt sein, er war doch nur ein Barde. Was konnte er gegen mehrere geübte Kämpfer ausrichten?

»Wir sollten nach ihm suchen«, meinte sie zu Liam, der ebenso betreten wie sie am Feuer saß.

Er nickte, sah aber versonnen in die Flammen.

Jemand drückte ihnen Schüsseln mit Suppe in die Hände.

»Macht euch keine Sorgen«, bat Muirne. »Es war nur ein kleiner Stoßtrupp. Kundschafter. Sie werden daheim berichten, dass es hier nichts zu holen gibt.«

Elayne nahm die Schüssel entgegen, stellte sie aber sofort wieder ab. Ihr war nicht nach Essen zumute. »Galahad ist noch da draußen in den Wäldern. Er hat den Piraten gefangen. Aber er müsste längst zurück sein.«

Muirne legte ihr einen mütterlichen Arm um die Schultern. »Er ist groß und stark und kann sicher gut auf sich selbst aufpassen.«

»Wir hätten ihm Männer schicken sollen, die ihm helfen.«

Liam stieß sie an. »Sieh doch, da ist er.«

Elayne drehte sich um. Ihr Barde kam langsam den Weg hinab ins Dorf. Er humpelte ein wenig, ansonsten schien er unversehrt. Erst als er näher kam, entdeckte sie die blutige Schramme in seinem Gesicht.

Sie sprang auf, stieß die Suppenschüssel um und eilte ihm entgegen. »Ist alles in Ordnung? Du bist verletzt!«, rief sie besorgt. Und doch war ihre Erleichterung so groß, dass sie ihm um den Hals fiel und ihn an sich drückte.

Er lachte leise und hielt sie fest, schmiegte seine unverletzte Wange an ihr Haar. »Es ist alles in Ordnung«, versprach er leise. »Deine Stute ist ebenfalls in Sicherheit. Ich habe sie in die Festung gebracht. In den leer stehenden Stall.«

»Danke.« Ihre Stimme war kaum mehr als ein Flüstern.

Er seufzte, dann schob er sie sacht von sich, um sie ernst anzusehen. Seine Augen waren so finster, als habe er die Anderswelt selbst erblickt.

Sie wagte kaum, zu fragen, aber sie musste es wissen. »Wo ist der Pirat?«

Er schüttelte den Kopf. »Lass uns das Feuer genießen. Es wird heute Nacht kalt … sehr kalt.«

Elayne fröstelte bei diesen Worten. Sie wusste, was er damit sagen wollte. Er hatte den Fremden getötet. Vermutlich war es im Kampf geschehen. Genauso gut hätte nun *er* tot sein können.

Sie begleitete ihn zum Feuer und Liam berichtete Galahad, was sich im Dorf zugetragen hatte.

Der Barde nickte und aß hungrig von der Suppe, die Muirne ihm reichte. »Ja, es waren Kundschafter. So viel bekam ich aus dem Mann heraus.«

»Woher …« Elayne musste sich räuspern, da ihr die Stimme versagte. »Woher wusstest du, dass er ein Pirat aus Dál Riata war? Er hätte genauso gut ein Mann aus dem Norden oder ein Sachse sein können.«

»Sachsen tragen andere Kleidung und ihre Sprache klingt wie gesprochener Krieg. Der Mann ist Christ. Er trug ein Kreuz wie unser junger Liam unter seiner dreckigen Kleidung. Und er war nicht der Erste aus Dál Riata, der mir begegnet ist.«

»Was ist mit ihm geschehen?«, wollte Elayne leise wissen.

Galahad sah in die Flammen des Feuers. »Seine Seele und sein Blut gehören nun den Wesen der Anderswelt.«

Und die Kälte überkam Elayne erneut.

8
BRÂN

Rabe

Das Rabenkind war in den nächsten Tagen sehr still. Galahad vermutete, dass es noch niemals in seinem jungen Leben mit einer Gefahr wie der des skotischen Piraten konfrontiert gewesen war. Das plötzliche Auftauchen des Fremden musste ihm einen gehörigen Schreck eingejagt haben.

Ein Hauch dessen, was Familien an der Südostküste viele Jahre lang hatten durchleben müssen, bevor Artus gesiegt und einen Friedensvertrag mit den Angeln ausgehandelt hatte. Einen sehr brüchigen Frieden. Denn noch immer konnte es geschehen, dass

Männer aus dem Osten mit ihren Schiffen kamen und Dörfer überfielen.

Er rechnete ihr hoch an, dass sie nicht panisch oder gar hysterisch wurde. Sie sorgte dafür, dass ihre Freundin Veneva mit ihrem Mann in die Festung zog.

Der alte König hatte sich zwar zunächst gesträubt, doch auch er konnte nicht verantworten, dass eine Familie ohne Schutz allein am Waldrand lebte.

Elaynes Freundin stimmte nur widerstrebend zu. Lediglich den Winter wollte sie mit ihrer Familie innerhalb der Mauern verbringen.

So kam es, dass die Stallungen bald gut gefüllt waren. Die Schafe der kleinen Familie freuten sich über die warme Unterkunft und das frische Heu, auch wenn Ened meinte, dies verwöhne seine Tiere zu sehr und dass mageres Gras besser für ihre Gesundheit sei. Der alte Liam merkte an, dass er seine Tiere immer noch in Sichtweite grasen lassen konnte.

Galahad verbrachte viel Zeit mit den beiden Liams und Ened, den bald alle nur noch Ned nannten. Die körperliche Arbeit tat ihm gut und die einfachen Gespräche mit den Männern genoss er sehr. So wie *sie* seine Lieder genossen, die er des Abends am Feuer in der Halle spielte.

Elayne verbrachte die Zeit mit ihrer hochschwangeren Freundin. Für das Mädchen musste es eine Erleichterung sein, endlich wieder eine gleichaltrige Gefährtin im Haus zu haben. Und Galahad war überrascht von dem kleinen Stich, den ihm dies versetzte.

Sein Verstand sagte, dass es besser so war. Er hatte bereits zu viel Zeit mit dem Mädchen verbracht. Es war nie seine Absicht gewesen, Freundschaften hier oben im Norden zu finden. Seine tatsächliche Suche war beinahe in den Hintergrund getreten.

Trotzdem brachte er es nicht übers Herz, Elayne an ihr Versprechen zu erinnern. Er wollte warten, bis sie den Schrecken über das plötzliche Auftauchen des Piraten verarbeitet hatte.

Vielleicht wäre es für sie besser gewesen, tatsächlich auf ein Wesen der Anderswelt zu treffen statt auf einen Piraten. Die Anderswelt war an diesem Ort näher als jeder Schrecken der Realität. Beinahe wie auf Avalon.

Der erste Sturm der Erntezeit kündigte sich an. Dunkelgraue Wolken fegten über den Himmel. Die schmaleren Bäume beugten sich dem Wind, während die stärkeren ihre Äste tanzen ließen. Außer einem Raben, der einsam auf dem Turm saß, hatten alle Tiere Schutz vor dem Wind und dem Regen gesucht, der bald kommen würde.

In der Mitte des Hofes stand Elayne und der Sturm zerrte an ihrem Alltagskleid, löste lange Strähnen ihres schwarzen Haares aus dem Zopf. Ihr Blick war auf die Mauern gerichtet, als sehe sie die Umrisse der einzelnen Gebäude, die im Laufe der Zeit zu einem großen uneinheitlichen Ganzen verbaut worden waren, zum ersten Mal.

So bemerkte sie Galahad erst, als er neben ihr stand und ebenfalls die Konturen ihres Zuhauses betrachtete.

»Meine Vorfahren lebten in Hallen und Hütten aus Holz«, sprach sie, ohne ihn anzusehen. »Die Römer verstärkten die hölzernen Palisaden durch Stein. Niemand weiß, welches das erste der Gebäude war oder wann meine Vorfahren begannen, hier auf dem Hügel oberhalb des Meeres zu leben. Ich habe mich innerhalb dieser Mauern immer sehr sicher gefühlt. Doch tatsächlich sind sie nur so stark wie die Menschen, die sie verteidigen.«

Der Rabe krächzte und verließ seinen Aussichtsplatz, suchte endlich Schutz vor dem Sturm.

Elayne seufzte und wandte Galahad den Blick zu. »Die Mauern mögen voller Geschichten sein, doch sie können sie nicht erzählen. Was erhoffst du dir davon, wenn ich dir alles zeige?«

»Die Mauern erzählen keine Geschichten, das mag wahr sein. Doch was wir darin finden, umso mehr.«

Sie sah ihn lange an, bevor sie meinte: »Also gut, lass uns Geschichten suchen. Wir beginnen in der Waffenkammer.«

Er hatte bereits angenommen, dass es unterhalb der Festung Katakomben gab. Er hatte nur nicht vermutet, wie weit verzweigt sie waren.

»Ich glaube, wenn man diesem Gang folgt und einige weitere Räume durchquert, kann man an einer Stelle außerhalb der Festung aus der Erde kriechen«, erklärte Elayne. Sie hielt den Kienspan in die Richtung, die sie meinte. »Aber der Gang wurde seit Ewigkeiten nicht benutzt. Manche Balken sind eingestürzt, der

Rest morsch. Man riskiert sein Leben, wenn man dort entlanggeht.«

Galahad versuchte, sich einigermaßen zu orientieren, was nicht einfach war, da die Gänge eng und verzweigt waren. Ein beklemmendes Gefühl überkam ihn und er betrachtete die irdene Decke über ihm mit Missfallen. Er musste geduckt gehen. Das erinnerte ihn daran, dass die meisten Römer kleiner gewesen waren als er. Oder waren diese Gänge noch älter? Erbaut von den Vorfahren der Briten, die auf und in den Hügeln gelebt hatten?

Er atmete die muffige Luft ein, die schon seit Hunderten von Jahren hier unten stand, und musste sich räuspern. »Ich hoffe, der Weg verläuft nicht direkt unter der großen Halle?«, erkundigte er sich.

»Nein, wir befinden uns unter den Schlafräumen.«

»Nicht sehr beruhigend.«

Sie leuchtete ihm mit dem Kienspan ins Gesicht. »Hast du Angst?«

Er zwinkerte ihr zu. »So muss sich ein Bär in einer Kaninchenhöhle fühlen.«

Sie lachte leise. Es war kein mädchenhaftes Kichern. Eher das Lachen einer Frau, die schon viel mit angesehen hatte.

Es waren solche Momente, die ihn verwirrten. Kein Mädchen, das er bisher kennengelernt hatte, war so wie Elayne. Das Gefühl, das ihm dieses Wissen verschaffte, beunruhigte ihn.

Er schob den Gedanken rasch beiseite und konzentrierte sich auf den schmalen Gang vor ihm, um nicht auch noch über seine eigenen Stiefel zu stolpern.

»Hier, wir sind schon da«, verkündete Elayne und blieb stehen.

Links von ihnen befand sich eine hölzerne Tür. Er würde sich bücken müssen, um hindurchzupassen.

Elayne lehnte sich dagegen, doch die Tür bewegte sich nicht. »Das Holz hat sich wohl verzogen«, bemerkte sie.

»Lass mich es versuchen.«

»Pass auf deine Schulter auf.«

»Die ist längst verheilt.«

Und doch spürte er ein Stechen wie von der Spitze einer Lanze, die sich tief in sein Fleisch bohrte, als er sich gegen die Tür warf. Der Schmerz lohnte sich, das Holz gab ächzende Laute von sich und öffnete sich gerade so weit, dass ein Mensch hindurchpasste.

Er ließ Elayne den Vortritt. Das rare Licht des Kienspans erhellte kaum den Raum, den sie betraten.

Galahad erkannte mehrere Kisten, die an der Wand standen. Das Holz war ebenso mitgenommen und morsch wie die Tür. An einer Seite lag ein Haufen Metall, stumpf und fleckig vom Alter. Spinnweben zierten die Decke des Raumes.

Elayne kniete neben dem Metall nieder, um es zu beleuchten. »Denkst du, hiervon ist noch etwas brauchbar?«

Galahad ging ebenfalls in die Knie und nahm das erste Stück in die Hand. Ein Kurzschwert, der Griff blankes Metall. Es lag kalt und rostig in der Hand.

Das nächste Stück war ein schmaleres Schwert, etwas länger und einst wohl mit kunstvollen Zeichen verziert, die nur noch als dunkle Schatten zu sehen waren.

Er fand weitere Schwerter, Dolche, Wurfspeere und Speerspitzen. Die meisten Waffen erkannte er als römisch, doch einige Stücke stammten von den Stämmen. Einer der Dolche mochte sogar skotischen Ursprungs sein.

»Irgendein ehemaliger Bewohner Corbenics hat angefangen, hier sämtliche Stücke zu sammeln, die er finden konnte«, erklärte Elayne. »Wir haben ebenfalls jede Waffe, die zufällig im Weg lag, hierher gebracht. Sieh mal da hinten in die Kisten.«

Gemeinsam öffneten sie die beiden Holztruhen. Elayne klemmte ihren Kienspan in die Truhe und nahm einen weiteren von ihrem Gürtel, um ihn in die andere Kiste zu klemmen, damit sie mehr Licht hatten.

Hier fanden sie Helme und Kettenhemden. Elayne holte einen Schuppenpanzer hervor und hielt ihn sich an. »Steht er mir?«

Galahad lachte. »Mal abgesehen davon, dass es in der römischen Armee keine weiblichen Soldaten gab, erst recht keine Frauen als Offiziere, mag er dir wohl passen. Allerdings bringt er dir nichts. Einige Schuppen fehlen. Vor einer Speerspitze wärst du nicht geschützt.«

Sie legte den Panzer zurück, griff nach einem Helm und befreite ihn mit ihrem Ärmel von Staub und Unrat, um ihn sich aufzusetzen. Sofort rutschte er nach vorn und kam mit der Kante auf ihrem Nasenrücken zu liegen.

»Aua.«

Galahad gab einen belustigten Laut von sich und schob ihr den Helm aus dem Gesicht. »Der Kinnriemen fehlt.«

Sie nahm die Haube seufzend ab. »Vater ist der Meinung, wir müssten uns nicht sorgen. Die Piraten hätten lediglich herausfinden wollen, ob es bei uns etwas zu holen gibt. Und da es bei uns nichts gibt, brauchen wir keine Angst zu haben.«

»Die Stürme halten sie sicher davon ab, weitere Vorstöße an eure Küste zu wagen. Bis *Imbolc* werden sie in ihren warmen Hütten bleiben, statt über die See zu kommen.«

»Das sagt Vater auch. Und was ist, wenn sie nach *Imbolc* wiederkommen? Können ein paar Fischer und Bauern sie mit ihren Heugabeln und Äxten abwehren?«

»Vermutlich hatten sie sich ohnehin verirrt und waren am falschen Ort.«

Elayne sah ihn mit ihren hellen Augen eindringlich an. Im spärlichen Licht wirkten sie wie tiefe Seen. »Hat er das gesagt? Der Mann, den du getötet hast?«

Er wich ihrem Blick aus. »Nein. Er hat genau das Gegenteil gesagt.« Er brachte es nicht übers Herz, sie anzulügen, nur um sie in Sicherheit zu wiegen.

»Siehst du.« Sie griff nach einem fleckigen Dolch und zeigte mit dessen Spitze auf all die verwahrlosten Waffen und Rüstungsteile. »Wir müssen uns vorbereiten. Vielleicht kommen sie nicht in den nächsten Tagen, aber irgendwann kommen sie wieder. Gott hat uns ein Zeichen gegeben. Eine Warnung. Wir dürfen sie nicht unbeachtet lassen.«

Sie redete wie ein Befehlshaber. Nun, sie war die Tochter eines Königs. In ihr floss das Blut der Anführer. Und sie hatte recht.

Er ließ den Blick in der düsteren Kammer umherwandern. »Einige dieser Klingen könnten wiederhergerichtet werden. Wir sollten sie dem Schmied im Dorf bringen.«

»Ich wusste, dass du mich verstehen würdest!« Ihre Stimme klang voller Erleichterung und ihre Wangen glühten. »Die Männer ... und auch die Frauen ... wir müssen sie trainieren. Du kannst ihnen beibringen, wie man mit den Schwertern umgeht.«

»Wieso glaubst du, dass ich das könnte?«, wollte er belustigt wissen.

»Du magst ein Barde sein, doch du hast Schlachten gesehen, nicht wahr? Du redest nicht davon, doch Brisen hat mir von den Narben erzählt.«

Er nickte. »Als ich in deinem Alter war, musste jeder in Dumnonia zur Waffe greifen. Ob Kind oder Mann, ob Krieger oder Druide.«

»Siehst du. Wir bringen den Menschen bei, sich selbst zu verteidigen.«

Es würde nicht reichen. Sie brauchten geübte Krieger, um eine echte Verteidigung aufzustellen.

»Es könnte auch nicht schaden, einen Boten nach Caer Luel zu schicken. König Uryen wird sicher einige Bewaffnete entbehren können.«

Elayne schüttelte den Kopf. »Ich könnte Vater nicht darauf ansprechen.« Sie sah betreten zu Boden. »Er und Uryen liegen im Zwist. Er würde mir die Bitte sofort abschlagen.«

»Dann werde ich es tun. Ich weiß nichts von diesem Zwist.«

Sie umarmte ihn. Ihr Körper fühlte sich in seinen Armen zart an und doch war ihre Liebkosung kraftvoll.

»Gratias tibi ago, amicus meus.« *Ich danke dir, mein Freund.*

Der alte König starrte versonnen ins Feuer. Tat er überhaupt etwas anderes in diesen Tagen? Welche Erinnerungen plagten ihn?

Einst waren die Könige des Nordens gegen Artus gezogen. Pelles war ein stolzer Krieger gewesen. Etwas davon musste noch in ihm stecken. Ein Mann konnte gebrochen werden, doch das Wesen seiner selbst würde immer existieren.

Und so stimmte Galahad ein Lied an, das er hier noch nie gesungen hatte. Das Lied über Coel Hen, den ersten König, der die Stämme des Nordens vereint hatte, seine Kriegstaten, seine Siege und seine Nachkommen, die heute in Lothian, Caer Luel und Corbenic regieren.

Pelles runzelte die Stirn und sah ihn streng an. »Es verwundert mich, dass du dieses Lied singst. Falls du meine Aufmerksamkeit damit erlangen wolltest, hast du das erreicht … Barde.«

Galahad legte seine Harfe sorgsam zur Seite. Es war still in der großen Halle. Alle waren gespannt darauf, was er nun tun oder sagen würde.

»Die Skoten werden wiederkommen.«

Pelles grunzte abfällig. »Sollen sie doch, hier gibt es nichts für sie.«

»So unwichtig sind dir deine Untertanen, König Pelles?« Galahad sprach leise, doch er musste den Mann wissen lassen, wie falsch dessen Verhalten war. »Die Menschen, die dir vertrauen? Die unter deinem Schutz stehen? Es ist ihr Vieh, das gestohlen wird. Und ihre Kinder, die in die Sklaverei verschleppt werden.«

Pelles gab ein weiteres Grollen von sich.

Galahad warf einen kurzen Blick auf Elayne, die an der Seite ihres Großvaters saß. Sie nickte ihm aufmunternd zu. »Uryen ...«

»Erwähne nicht diesen Namen!«, fuhr Pelles auf und schlug mit geballter Faust auf die Lehne seines Thronsessels.

Nun erhob auch Galahad die Stimme. Er konnte nicht verstehen, was in den alten König gefahren war. »Warum nicht? Er hat mehr als genug Krieger. Zwanzig gute Männer könnten die Bucht, das Dorf und die Festung schützen.«

»Er wird mir die Männer nicht ohne Gegenleistung geben«, knurrte der alte Mann, als habe er die Hundswut. »Ich sage Nein und dabei bleibt es.«

Galahad sah, dass Elayne sich erhob.

»Vater. Wir kommen nicht allein zurecht. Wir benötigen Hilfe. Wir haben selbst keine Krieger mehr«, gab sie zu bedenken.

Pelles hob die Augenbrauen und sah seine Tochter tadelnd an. »Wir werden uns selbst schützen. Wir haben Waffen.«

»Niemand kann damit umgehen«, warf Elayne ein.

»Dann werden sie es lernen.« Der alte König erhob sich ebenfalls und sah in die Runde, bis sein Blick auf Galahad haften blieb. »Du suchst ein paar Männer aus, die sich geschickt mit den Waffen anstellen. Ihr unterrichtet gemeinsam die restlichen Männer und jene Frauen, die bereit dazu sind.« Er entfernte sich zwei Schritte von seinem Platz am Feuer, bevor er sich noch einmal umwandte. »Niemand wird Uryen benachrichtigen. Wir brauchen ihn nicht.« Dann verließ er die Halle.

»So lebendig habe ich ihn lange nicht erlebt«, bemerkte der Großvater und erhob sich ebenfalls. »Habt ihr auch diesen Kampfesmut gesehen? So was ... so was ... Nun gut, da steckt also doch noch Leben in dem Jungen.« Er ächzte, als er sich streckte. »Brisen, wärst du so freundlich, mich mit deinem Öl einzureiben? Meine alten Glieder schmerzen heute besonders.«

»Das ist die Kälte, die sich dir ankündigt«, ahnte Brisen gutmütig und hakte sich bei Großvater ein. »Ich kümmere mich um dich. Elayne, erledigst du den Rest?«

»Natürlich, Brisen«, sagte das Mädchen hilfsbereit.

Auch der alte und der junge Liam verabschiedeten sich zur Nacht. Ned hatte sich bereits zu seiner Frau zurückgezogen. Da sie sich kaum noch bewegen konnte, hatten sie beide in ihrer Kammer gegessen. So blieben Galahad und Elayne allein zurück.

Sie kam schelmisch lächelnd zu ihm und schenkte ihm Apfelwein nach. »Das hat besser geklappt als gedacht.«

Er nahm den Becher nickend entgegen. »Er möchte Uryen jedoch nicht um Hilfe bitten.«

»Dafür erlaubt er, dass wir mit Waffen trainieren. Das ist mehr, als ich zu hoffen wagte.«

»Ich werde morgen ins Dorf gehen und Freiwillige rekrutieren.«

Sie prostete ihm zu. »Das klingt nach einem guten Plan.«

Der Apfelwein stammte aus Brisens neuestem Vorrat und schmeckte süß und herb zugleich. Elayne schien sich zu entspannen. Ihre Körperhaltung wurde weicher, der Blick gelassener.

Manchmal fragte er sich, welchen Plan Gott für sie bereithielt. Sollte Pelles keinen Mann für sie finden, würde sie bis zu seinem Tod allein bleiben.

Vermutlich würde sie ihrem Vater eines Tages die Regierungsgeschäfte abnehmen. Tat sie es nicht teilweise schon jetzt? Sie würde für ihr Volk sorgen, wie es der alte König schon lange nicht mehr vermochte. Sie war belesen und klug.

Und doch wäre ihr kleines Königreich stets in Gefahr. Männer und ihre Politik würden danach trachten, Corbenic zu erobern.

Wäre sie dazu in der Lage, ihr Königreich und ihre Krone zu beschützen?

Sie erinnerte Galahad an Boudicca, die ihr Volk gegen die Römer geführt hatte. Oder an die Amazonenkönigin Penthesilea, die laut Vergil im Trojanischen Krieg gekämpft hatte.

War dies das Schicksal, das sich Pelles für seine Tochter wünschte? Er war so blind, dass er nicht sah, was er ihr antat.

Galahads Blick fiel auf den hellen Anhänger, der sich von Elaynes braunem Oberkleid abhob. »Du hast mir noch nie von deiner Mutter erzählt«, bemerkte er.

»Du hast mir auch nicht von deiner erzählt«, entgegnete sie mit hochgezogenen Brauen.

»Das stimmt. Meine Mutter starb, als ich noch ein Säugling war. Deshalb kann ich mich nicht an sie erinnern.«

Sie lehnte sich ein wenig vor und ließ ihr Gesicht vom Feuer wärmen. Die Glut tauchte ihre helle Haut in einen unwirklichen Schein. »Ich kann mich sehr gut an meine Mutter erinnern. Ihr Name war Cundrie.«

»Ich weiß. Ich war noch ein Kind, als sie Avalon verließ. Später sah ich sie einmal bei Artus' Krönung.«

Ihr trauriger Blick hellte sich ein wenig auf. »Kannst du dich an diese Begegnung erinnern?«

»Wir haben nicht miteinander gesprochen, soweit ich das noch weiß. Aber ich erinnere mich an ihr langes schwarzes Haar, dem Rabenkleid ganz ähnlich, und ihre Augen, dunkler als meine. Wenn sie einen ansah, konnte man meinen, sie blicke in die tiefste Seele. Als könne sie die Wahrheit hinter jeder Umkleidung sofort erkennen.«

Elaynes Stimme wurde leise. »In meiner Erinnerung war ihr Blick immer voller Güte. Ihr Duft war der des Waldes. Von Laub und Nebel. Vielleicht bin ich deshalb so gern in den Wäldern.«

Er bedauerte, dass er sie auf ihre Mutter angesprochen hatte. Würde es sie trösten, wenn er sagte, dass ihre Mutter noch immer bei ihr war? Raben standen nicht nur für Prophezeiungen. Sie konnten zwischen den Welten reisen, die Toten aufsuchen und Botschaften von verstorbenen Seelen überbringen.

Nein, er wollte sie lieber ablenken und konnte sie nicht mit der Trauer um ihre Mutter zu Bett gehen lassen.

Er streckte sich, machte die Beine lang und dachte nach. Womit konnte er sie auf andere Gedanken bringen? Dann fiel ihm etwas ein. »Besitzt dein Großvater viele römische Schriften?«

»Einige. Cicero, Seneca, Cäsar, Livius, Vergil ...« Sie runzelte ihre junge Stirn. »Oh, und die Schriften eines Mannes namens Augustus. Über die habe ich ihn schrecklich schimpfen gehört.«

»Wir könnten etwas von Vergil lesen, wenn du noch nicht müde bist«, schlug er vor und richtete sich auf, sie aufmunternd anlächelnd.

Eine Eingebung huschte wie ein Sonnenstrahl über ihr Gesicht. »Warte hier. Ich habe eine bessere Idee.« Sie kehrte mit einem Lederbündel in den Händen zurück und hielt es ihm entgegen. »Spielst du Latrones?«

»Du hast gegen mich keine Chance«, meinte er zwinkernd.

»Wir werden sehen. Ich spiele seit meiner Kindheit. Großvater hat es mir beigebracht.«

Sie stellten eine Bank in die Nähe des Feuers und Elayne legte Holz nach, um noch etwas Licht und Wärme hervorzulocken.

Galahad griff nach dem Apfelweinkrug und ihren beiden Bechern. Er wusste nicht, wann er zuletzt gespielt hatte. Es war viel zu lange her.

Elayne reichte ihm die blassen roten Spielsteine und behielt die weißen für sich. »Nun, Söldner, dann zeig mal, was du kannst.« Sie nahm einen tiefen Schluck von ihrem Wein und ihre Augen leuchteten wie der Himmel an einem eisig kalten Tag.

Viel später lag er in seiner Bettstatt. Das Einschlafen fiel ihm schwer. Elayne war eine gute Spielerin und hatte zweimal gegen ihn gewonnen, bevor es ihm gelungen war, sie zu bezwingen. Es hatte ihm Freude bereitet, mit ihr zu spielen.

Was ihn nicht schlafen ließ, war die Erkenntnis, dass er noch immer nicht wusste, ob er am richtigen Ort war. Wie konnte er wissen, ob das, was er suchte, wirklich hier war?

Und doch musste es so sein. Und wenn er es fand, würde er Corbenic verlassen. Es schmerzte ihn mehr, als gut war, dass er Elayne nicht einweihen konnte.

Unsinn, beruhigte er sein schlechtes Gewissen. *Du hilfst Elayne, ihre Heimat zu verteidigen, Corbenic wieder zu jenem sicheren Ort zu machen, der er für Elayne immer war.*

Er drehte sich auf die andere Seite und starrte die Wand vor seiner Nase an. Irgendwo unter ihm, in den alten Katakomben, befand sich womöglich das Ziel seiner Mission. Er durfte nicht versagen. Das Schicksal Britanniens hing davon ab.

9
MARWOLAETH

Tod

»Ich kann meine Knöchel nicht mehr sehen.« Veneva wackelte mit den Zehen.

»Das Kind kommt bald, dann bist du erlöst«, tröstete Brisen ihre Tochter und schlug deren Hemd wieder herunter. »Die Lage ist ganz wunderbar. Alles ist so, wie es sein soll.«

»Nur dass ich mich wie einer dieser riesigen Fische fühle, die einmal in unserer Kindheit am Strand lagen.«

Elayne kicherte. »Das war ein Wal. Und nein, so siehst du ganz und gar nicht aus.« Sie reichte Brisen den nassen Lappen, damit sie ihre Hände nach der Untersuchung reinigen konnte.

Sie ließen Veneva mit einem heißen Stein zu ihren in Wollwickeln steckenden Füßen in ihrer Kammer zurück, den massigen Leib bedeckt mit zwei Schichten Fellen. Die Schwangere war bereits eingeschlafen, bevor sie die Tür leise hinter sich schlossen.

Vor der Tür bemerkte Elayne Brisens Sorgenfalten. »Ihr geht es doch gut, nicht wahr?«, versicherte sie sich.

Die Amme nickte. »Ich hoffe nur, dass das Kind bald kommt. Veneva wird immer schwächer. Dem Ungeborenen scheint es gut zu gehen. Ich habe einen deutlichen Herzschlag vernommen. Und dennoch ...«

Elayne lief es kalt den Rücken hinunter. Brisen ahnte, dass mit ihrer Tochter etwas nicht stimmte. Doch sie konnte es nicht zuordnen. Es geschah sehr selten, dass die weise Heilerin vor Rätseln stand.

Elayne umarmte sie fest. »Alles wird gut.«

»Natürlich, mein Kind.« Brisen lächelte, doch es erreichte ihre bekümmerten Augen nicht.

»Ich könnte auch bei Veneva bleiben«, schlug Elayne vor. »Dann kannst du dich ausruhen.«

»Nein, nein. Das ist nicht notwendig«, winkte ihre Amme ab. »Sorge dafür, dass unsere Kammer mit Fleisch für den Winter gefüllt wird. Das werden wir alle brauchen.«

Elayne fand keine Ruhe. Der Abend dämmerte. Sie ging nach draußen, zu jenem abgelegenen Gebäude, das Galahad für das Einhorn hergerichtet hatte.

Die Wärme des Stalls war ihr willkommen. Es roch nach frischem Heu und Pferd. Die Stute schnaubte. Sie wusste, wer sie besuchen kam. Außer ihr und Galahad kannte nur Liam das Geheimnis. Der Barde brachte dem Stallburschen bei, sich um das Tier zu kümmern. So hatte Liam eine Aufgabe und Galahad musste seine Pflichten gegenüber dem alten Liam nicht zu oft vernachlässigen.

Elayne ging vorsichtig zu ihrer Liebsten. Sie war noch immer sehr schreckhaft und scheu. Deswegen musste selbst Elayne sich behutsam nähern.

»Guten Abend, meine Schöne. Ich sehe, du bist bereits gefüttert worden.«

Die Stute schnaubte erneut und Elayne hielt ihr die offene Handfläche hin, damit sie daran schnuppern konnte. Die weiche Pferdenase erkundete ihre Finger.

»Oh, tut mir leid, heute habe ich keinen Apfel für dich. Morgen bringe ich dir wieder einen, versprochen.«

Sie ließ ihre Hand unter die lange Mähne der Stute gleiten und klopfte zart über ihren Hals. Langsam spürte sie, wie sie selbst wieder ruhiger wurde. Ihr Herz schlug langsamer, sie atmete tief ein, als habe sie in der letzten Stunde vergessen, regelmäßig zu atmen.

»Es geht ihr gut.«

Elayne zuckte zusammen und die Stute schrak schnaubend zurück.

Galahad erhob sich aus einem Haufen Heu und löste einzelne Halme aus seinem wirren Haar, das ihm fast auf die Schultern fiel.

»Du hast mich erschreckt«, stellte Elayne überflüssigerweise fest.

»Das tut mir leid.« Galahad grinste sie an. »Wird es gehen oder benötigst du einen Becher Wasser? Ein paar Tropfen von Brisens Medizin?«

Elayne schnaubte verärgert. »Du machst dich schon wieder lustig über mich.«

Galahads Grinsen wurde breiter, dann kam er zu ihr und richtete seine Aufmerksamkeit auf die Stute. »Sie scheint sich wohlzufühlen«, bemerkte er in ernsterem Tonfall. »Die Wärme und Sicherheit überwiegen den Drang nach den freien Lichtungen des Waldes.«

»Danke, dass du sie hierher gebracht hast«, murmelte Elayne, während sie die Stute zärtlich betrachtete. Ihr Ärger war bereits verflogen. Sie konnte ihm nie wirklich böse sein.

Galahad spielte mit einem weiteren Halm, der an seinem Hemd haftete. »Es ist nicht die Stute, um die du dich sorgst«, stellte er fest, hob den Blick und sah sie forschend an. »Ist es wegen morgen? Du kannst noch immer sagen, dass du nicht an der Jagd teilnehmen möchtest.«

Elayne schüttelte den Kopf und wandte sich ihm zu. »Nein, nicht deswegen. Morgen wird jede fähige Hand gebraucht, die eine Waffe führen kann. Wir benötigen das Fleisch für den Winter.«

Sie schwiegen für eine Weile und beobachteten die Stute, die begann, an dem Holz der Box zu knabbern. Schließlich konnte

Elayne nicht mehr schweigen, obwohl ihre Stimme ihr kaum gehorchen wollte.

»Ich glaube, Veneva wird sterben.«

Galahad blieb ruhig, warf den Halm jedoch in die Box. »Wieso?« Er sah sie stirnrunzelnd von der Seite an.

Elayne sah betreten zu Boden und seufzte. »Brisen verhält sich merkwürdig.« Sie strich sich eine Strähne nach hinten und faltete dann die Hände ineinander. »Sie ist nachdenklich, redet kaum und versichert ständig, dass alles in Ordnung sei. So habe ich sie erlebt, als meine Mutter starb, und letztes Jahr, als ihr Sohn von uns ging.«

Galahad sagte nichts, hörte ihr nur aufmerksam zu.

»Ich möchte sie nicht verlieren«, fuhr Elayne fort. Ihre Stimme zitterte. »Sie ist wie eine Schwester für mich. Und Ned ... der arme Ned.« Sie schluckte schwer. »Er liebt sie so sehr. Er wird immer dünner, weil er vor Sorge kaum isst. Und wir können alle nichts tun.«

Nun wandte sie sich ganz Galahad zu. In seinem Gesicht erkannte sie Mitgefühl. Sie atmete tief durch, ehe sie fortfuhr.

»Es liegt nicht in unseren Händen, ob Gott sie und das Kind zu sich holt. Es liegt allein in seinen Händen ... und ... und das ist es, was mich so wütend macht. Ich möchte etwas tun. Aber ich weiß nicht, was.« Sie hob hilflos die Hände und ließ sie kraftlos wieder herunterfallen. »Ich bete natürlich. Und ich weiß, dass Brisen ein Ritual in ihrer Kammer durchgeführt hat. Sie hat zu einer der Göttinnen gebetet, damit sie Veneva in der bevorstehenden Zeit beschützt.«

Elayne spürte, wie sich all die Verzweiflung in ihr ausbreitete und sie zu ersticken drohte. Sie schnappte nach Luft und konnte doch nicht atmen.

Galahad nahm sie in die Arme. Er hielt sie fest, sodass sie nicht zusammensackte. »Atme, mein kleines Rabenkind«, murmelte er. »Atme. Fühlst du, wie ich atme? Ein ... und aus ...«

Sie spürte seine Wärme, die Muskeln unter seinem Hemd. Sein Atem war tief und regelmäßig. Elayne schloss die Augen und atmete tief ein. Und wieder aus. Ein ... und aus. So wie er es tat.

Als sie endlich wieder Luft bekam, flüsterte er: »Du hast recht, wir können nichts tun. Wenn Gott jemanden zu sich holen will, wird es so sein.« Seine Finger strichen ihr sanft über den Rücken, während er weitersprach. »Gott hat Brisen die Fähigkeit geschenkt, Krankheiten zu erkennen und mit Pflanzen zu heilen. Und wenn das nicht genug ist, ist es sein Wille, Veneva zu sich zu holen.« Seine Finger verharrten und er drückte sie noch etwas enger an sich. »Wir können nur stark sein. Wir *müssen* stark sein. Denn wenn wir es nicht sind, bricht die ganze Finsternis dieser Welt über uns zusammen, mein Rabenkind.«

Sie schmiegte ihre Schläfe an seine breite Brust und war froh, dass sie in diesem Moment nicht allein war. Die Finsternis ließ sich viel besser ertragen, wenn jemand da war, der einen festhielt und davor bewahrte, sich darin zu verlieren.

Nur ... eines Tages würde er Corbenic verlassen. Wie sollte sie dann die Finsternis ertragen?

»Denkt daran: nicht die Bache. Sie ist das erste Tier des Rudels. Frischlinge und ältere Jungen laufen direkt hinter ihr.«

Der dorfälteste Jäger schritt die Reihen mit seiner Fackel ab. Eigentlich war er Fischer, wie die meisten Männer im Dorf, doch mit seinen stolzen fünfzig Sommern brachte er mehr Erfahrung in der Jagd mit sich als alle anderen.

Elayne spürte die Müdigkeit tief in den Knochen. Sie war es gewohnt, früh aufzustehen. Aber nun war der Sonnenaufgang noch immer fern und sie bereits seit einer Stunde wach. Elayne verbarg ihr Gähnen hinter ihrer Hand und steckte damit Galahad an, der neben ihr stand. Sie kicherte leise und wurde mit einem tadelnden Blick des alten Jägers bedacht.

»Bleibt aufmerksam! Jede Wildsau wiegt schwerer als unser bester Mann. Eine falsche Bewegung, ein Stolpern, und ihr könntet euch unter einem der Kolosse befinden. Die Hörner spießen euch auf oder ihr werdet unter ihren Hufen zermalmt.«

Elayne verging das Lachen.

»Keine Sorge, ich bleibe in deiner Nähe«, murmelte Galahad.

Das beruhigte sie. Wenn es noch dunkel war, konnte sie ohnehin nicht schnell genug reagieren. Stand das Tier vor ihr, war es zu spät, den Bogen zu spannen. Da tat es gut, Galahad mit seinem Speer neben ihr zu wissen.

Der Jäger hatte bestimmt, dass jemand in Elaynes Nähe bleiben sollte. Er wollte nicht die Verantwortung dafür tragen, wenn der Tochter des Königs etwas zustieß. Und so schritt Galahad nicht in erster Reihe bei den anderen Speerträgern, sondern war ihr zugeteilt.

»Es ist Zeit«, verkündete der Jäger. »Wir begeben uns gemeinsam zum Waldrand nordöstlich von hier. Dort trennen wir uns. Die Treiber gehen nach Osten weiter, die Jäger nordwestlich.«

Elaynes Herz schlug schneller. Sie hatte keine Ahnung, was auf sie zukam. Sie hatte noch nie als Jägerin teilgenommen. Bisher hatte sie überhaupt nur einmal an der Jagd teilgenommen, letztes Jahr, als Treiberin mit den anderen Frauen.

Zum gefühlt hundertsten Mal kontrollierte sie den Sitz des Köchers. Den Bogen hielt sie locker in der Linken.

Galahad schritt an ihrer Seite. Seine Ruhe war tröstend. Natürlich war es nicht seine erste Jagd.

Kurz vor Sonnenaufgang erreichten sie den Wald und die Treiber trennten sich von ihrer Gruppe. Jemand reichte Galahad eine Fackel.

Elayne versuchte, abzuschätzen, wie weit sie nun sehen konnte. Wie nah wäre der Eber, bevor sie ihn entdeckte? Wie viel Zeit blieb ihr, um den Bogen zu spannen?

Sie schritten weiter am Waldesrand entlang.

»Vergiss das Atmen nicht, Rabenkind«, raunte Galahad ihr zu.

Sie nickte bloß, da sie lieber nicht sprechen wollte. Ihr Mund war trocken und sie konzentrierte sich auf den Boden unter ihren Füßen.

Als sie den Wald betraten, hob der Jäger eine Hand und deutete nach rechts und links. Sie vergrößerten den Abstand zwischen einander und wurden zur undurchdringlichen Reihe des Todes.

Elayne schluckte. Der Wald empfing sie mit Stille. Die Tiere wussten, dass der Tod nahte, und verkrochen sich in ihren Bauen, Höhlen und Nestern. Es roch nach Tannen und feuchtem Laub.

Immer tiefer schritten sie in den Wald. Die Reihe wurde ungleichmäßiger, als es galt, Bäumen und Hügeln auszuweichen. Nebelschwaden lagen in Fetzen in Vertiefungen und verschluckten Geräusche und die Sicht zu den anderen.

Noch war Galahad in der Nähe. Sie hörte seine gedämpften Schritte auf dem Waldboden und sah das Licht seiner Fackel als verschleiertes Leuchten. Dann hörte sie die Stimmen ... das Rufen ... das Trommeln. Die Treiber hatten damit begonnen, das Wild aufzuscheuchen.

Elayne griff nach dem Köcher und legte einen Pfeil an. Achtsam schritt sie voran. Jedes Geräusch, jeder sich bewegende Ast konnte das Auftauchen eines Wildes bedeuten. Am lautesten vernahm sie ihren eigenen Atem. Immer wieder musste sie sich zwingen, ruhig zu atmen.

Und dann war er da. Direkt vor ihr. Ein riesenhafter Schatten.

Vor Schreck hätte sie fast den Bogen fallen gelassen. Sie beherrschte sich, spannte den Bogen und wartete, dass die Umrisse sich festigten.

Was war es? Der Größe nach ein Hirsch.

Sie biss fest die Zähne aufeinander.

Der Schatten verharrte, genauso wie sie selbst. Als würde er darauf warten, dass sie den ersten Schritt machte, um dann in den Tiefen des Waldes zu verschwinden.

Die Nebelschwade zog weiter und gab den Blick auf ein Tier frei, so majestätisch und schön, dass es Elayne den Atem raubte. Den Blick hielt es fest auf sie gerichtet.

Elayne ließ den Bogen sinken. Wie ruhig die Hirschkuh dort stand und sie ansah. Als sei sie die Herrin dieses Waldes, die sich vor nichts zu fürchten brauchte. Nicht einmal vor den Rufen der Treiber, die näher rückten.

Ein weiterer Schatten löste sich aus dem Gehölz. Die Hirschkuh zuckte zusammen und sah alarmiert in jene Richtung.

Galahad schritt langsam näher, als er erkannte, dass dies keine geeignete Beute, sondern eine trächtige Hirschkuh war. Er ließ den Speer sinken und kam an Elaynes Seite.

»Sie hat keine Angst«, stellte er leise fest und blieb in respektvollem Abstand stehen.

Wieder überkam Elayne eine Gänsehaut.

Die Hirschkuh beugte das Haupt und verschwand dann mit einem kraftvollen Sprung im Unterholz.

»Vale, domina mea«, flüsterte Elayne. *Lebe wohl, meine Herrin.*

Das Unterholz knirschte, wurde von einem massigen Leib zurückgedrängt.

»Galahad!«, rief Elayne alarmiert. Sie spannte den Bogen, legte den Pfeil an, atmete tief ein und ließ die Sehne schnellen. Das Geschoss traf die Kreatur direkt zwischen den Augen. Das Ungetüm strauchelte, brüllte auf wie kein Wesen dieser Welt und kam kaum einen Schritt hinter Galahad zum Liegen.

Der Barde drehte sich langsam um, als wage er nicht, sich zu bewegen. »Bei Gott«, keuchte er.

Elayne rannte zu ihm. Ihr Herz klopfte so schnell, dass sie kaum etwas anderes als das Geräusch seines Pochens in ihren Ohren hörte. Galahads Stimme nahm sie nur gedämpft wahr.

»Er muss auf der Flucht vor den Treibern gewesen sein.« Der Barde kniete sich nieder und zückte den Dolch, den er im Stiefelschaft trug. »Er atmet noch.«

Doch der riesige Eber war nicht mehr fähig, sich zu erheben. Schnaufend lag er am Boden.

Elaynes linke Hand zitterte, als sie das raue Fell des Tieres an seiner Flanke berührte. »Es tut mir leid«, murmelte sie. Der Hals war ihr wie zugeschnürt. »Bitte erlöse ihn«, sprach sie tonlos.

Galahad legte dem Eber die Klinge unter die massige Kehle. »Vergib mir.«

Während das Leben den Körper verließ, sprach Galahad ein Gebet.

»Danke für dein Fleisch,

das uns diesen Winter nicht hungern lässt.

Danke für dein Fell,

das uns diesen Winter nicht frieren lässt.

Dein Leben als Geschenk für das unsere.

Wir halten es in Ehren.

Möge deine stolze Seele wiederkehren.

Und mögen wir dann Freunde sein.«

Das Blut ergoss sich über den Boden, doch Elayne war unfähig, sich zu bewegen. Sie wartete, bis der Atem des Tieres unter ihren Fingern versiegte. Dann legte sie die Hand auf Galahads Schulter, um nicht umzukippen.

Hätte sie nur einen winzigen Moment später reagiert, läge nun ihr Barde verblutend zu ihren Füßen.

Ihr wurde übel. Ihre Hände zitterten.

Er zog sie hoch und umarmte sie fest. »Ich danke Gott dafür, dass er dir ein schnelles Auge schenkte.«

»Ich ... ich habe es nicht bewusst getan.« Sie schluckte, ihre Stimme wollte ihr nicht gehorchen. »Es geschah ... einfach so.«

»Du bist eine Heldin«, murmelte er und drückte ihr einen Kuss auf das Haar. Er wartete, bis ihr Zittern aufhörte. Dann löste er sich von ihr. »Das Fleisch wird einige Familien durch den Winter bringen. Aber allein bekommen wir ihn nicht hier weg.«

Elayne atmete tief durch. »Du kannst Hilfe holen. Ich warte hier.«

Er nickte, wischte seinen Dolch am Fell des Ebers ab und steckte ihn zurück in den Stiefelschaft, um sich auf den Weg zu machen.

Elayne schlang ihren Umhang fester um sich und versuchte, den Blick von dem toten Tier abzuwenden. Immer wieder sah sie jedoch zu dem Pfeil, der zwischen den Augen des Ebers steckte. Sie waren weit aufgerissen, starrten sie an.

Hatte wirklich sie den Pfeil abgeschossen? Alles war so schnell gegangen. Sie hätte nie für möglich gehalten, dass sie eines Tages einen Eber erlegen würde. Mit einem einzigen Pfeil.

Es war ein grausames Gefühl. Ihr Geist wusste, dass das Fleisch gebraucht wurde. Und wo war schon der Unterschied, ob sie nun einen Krebs, Fisch oder dieses Wildschwein tötete?

Ihr Herz aber blutete beim Anblick des hoheitsvollen Tieres.

Die Jagd verlief für das Dorf erfolgreich. Zwei weitere Eber und ein jüngeres Tier wurden erlegt. Ebenso ein junger Hirsch und mehrere Kaninchen. Das Fleisch würde das Dorf durch den Winter bringen, die Felle Wärme spenden.

Das Herz des Hirsches und eines der Kaninchen wurden am Abend nach altem Brauch den Göttern als Dank für die erfolgreiche Jagd geopfert.

Elayne ließ sich von der Freude der anderen anstecken. Der letzte Winter war schrecklich gewesen. Krankheit, Kälte und Hunger hatten geliebten Menschen das Leben gekostet. Das würde diesen Winter anders werden.

»Dir gebührt das Fell des Ebers«, meinte Muirne, als alle zusammen am Lagerfeuer saßen und sich mit Hirsebrei und gebratenen Heringen stärkten.

Elayne verschluckte sich beinahe an ihrem Bissen. »Oh, aber … was soll ich damit?«

Die anderen in ihrer Nähe lachten und Galahad stieß sie freundschaftlich an. »Du kannst dir einen Umhang daraus fertigen.«

Ihr schauderte bei dem Gedanken. Sie hatte den starren Blick des toten Ebers noch immer vor Augen. »Besser nicht. Ich werde das Fell Großvater geben. Seine alten Knochen brauchen die Wärme dringender als ich.«

In das darauffolgende Gelächter brach das Rufen des jungen Liams, der im Laufschritt den Hügel hinab ins Dorf kam. »Elayne! Herrin! Veneva braucht dich!«

Sie stellte ihre leere Schale am Boden ab und erhob sich von dem Baumstumpf, auf dem sie mit den anderen saß. »Was ist passiert?«, rief sie ihm alarmiert entgegen.

»Das Kind kommt!«

Elayne griff nach ihrem Umhang, den sie wegen der Wärme des Feuers zur Seite gelegt hatte. Galahad und Venevas Schwestern erhoben sich ebenfalls.

Muirne griff nach Elaynes Hand. »Soll ich euch begleiten?«

Sie schüttelte den Kopf. »Bleib hier. Es wird alles gut. Brisen ist sich sicher.«

Venevas älteste Schwester Nerys kam zu ihnen. Ihr Haar leuchtete im Schein des Lagerfeuers ebenso rot wie das ihrer jüngsten Schwester. »Ich komme mit euch.«

Elayne nickte. Nerys hatte bei all den Geburten ihrer Schwestern geholfen.

Zu viert schritten sie den Hügel hinauf, den kürzesten Weg zur Festung. Liam war außer Atem, ließ sich jedoch nicht davon überzeugen, im Dorf zurückzubleiben.

»Bei einer Geburt kannst du nicht viel helfen«, meinte Nerys harsch.

»Nicht bei der Geburt«, keuchte Liam. »Doch dem Kindsvater. Ned sieht reichlich blass um die Nase aus.«

»Männer«, schnaufte Nerys verächtlich. »Auf dem Schlachtfeld und auf der Jagd die Helden, beim Kindbett aber fallen sie in Ohnmacht.«

»Ned ist weder Jäger noch Krieger«, widersprach Liam. »Er ist ein einfacher Hirte.«

Galahad hakte sich freundschaftlich bei ihm unter, wohl bedacht darauf, es nicht so aussehen zu lassen, als würde er ihn stützen. »Ach lass doch. Frauen haben recht, ganz besonders, wenn es um das Kindbett geht.« Er fing sich einen bösen Blick von Venevas Schwester ein, den er jedoch mit einem charmanten Nicken abwehrte. »Dort sind sie die Heldinnen und wir lediglich die Zuschauer.«

Doch als sie sich der Festung näherten und durch die geöffnete Tür Venevas Schreien hörten, war es Nerys, die kurz stehen blieb und tief durchatmete.

Elayne nahm sie an die Hand. Sie hatte heute dem Tod in die Augen geblickt. Sie würde es nicht noch einmal tun.

»Komm, Nerys. Unsere Mutter und unsere Schwester brauchen uns.«

10
BYWYD

Leben

»Schließt endlich die Tür«, brüllte es ihnen entgegen, kaum dass sie das Innere betreten hatten.

Das Feuer in der Halle flackerte und Galahad schloss rasch die Tür.

Brisen kam auf sie zu. »Diese Männer! Was ist so schwer daran, die Tür zu schließen, nachdem man das Wasser hereingebracht hat?!«

»Die Eimer waren schwer«, verteidigte sich Ned, doch in seinen Augen lag Panik.

Elayne schritt zu ihrer Amme und umarmte sie fest. »Wie geht es Veneva?«

»Sie verlangt nach dir.« Ihr Blick fiel auf Nerys. »Gut, dass du da bist, Kind. Ich kann jede erfahrene Hand gebrauchen. Und ihr da«, sie funkelte nacheinander jeden Mann im Raum an, »bleibt mir aus dem Weg!«

»Kommt«, meinte Galahad daher zu Ned und dem jungen Liam. »Wir besorgen etwas zu essen. Das wird bestimmt eine lange Nacht.«

Elayne erschrak, als sie Veneva verschwitzt und blass auf ihrer Bettstatt fand. Sie setzte sich zu ihr und hielt ihre zarte Hand.

»Ach Elayne«, seufzte sie und schloss die Augen, als hätten diese Worte sie schon zu sehr erschöpft.

Es tat weh, ihre Freundin so schwach zu sehen. »Ich bin ja da. Was kann ich für dich tun?«

Elayne war noch nie bei einer Geburt dabei gewesen, doch sie hatte andere davon reden gehört. Von den Schmerzen, den Flüchen, den Stunden, die nicht vergehen wollten. Niemand hatte ihr davon erzählt, dass man dabei aussah, als würde man sterben.

»Wasser.«

Der Krug stand auf dem kleinen Tisch neben der Bettstatt. Darin befand sich Kräuterbier, wie sie am Geruch und der grünlich-gelben Farbe der Flüssigkeit erkennen konnte.

Brisen und ihre älteste Tochter standen an der Feuerstelle. Darüber hing ein Kessel mit Wasser, das bereits dampfte.

Leise schlüpfte Elayne aus dem Gemach. Wenn sie in der Küche kein frisches Wasser fand, musste sie einen der Männer schicken.

Auf dem Weg zur großen Halle kam ihr der Großvater mit sorgenvollem Gesicht entgegen. »Wie geht es unserer lieben Veneva?«

»Nicht besonders gut, befürchte ich.« Elayne konnte sehen, wie hinter den alten weisen Augen ein Meer von Sorgen anschwoll. »Ich hole ihr etwas Wasser aus der Küche. Sie hat Durst.«

»Ich begleite dich.« Der Großvater legte ihr eine Hand auf den Unterarm. »Die Männer sitzen in der Halle. Ned ist sehr aufgeregt.«

»Es wird gewiss alles gut.« Ihre Worte hörten sich zittrig an.

Der Großvater tätschelte ihren Arm. »Verstehe.«

Ned saß mit dem alten und dem jungen Liam sowie Galahad am Feuer. Er sprang auf, als er Elayne sah.

»Wir sind noch am Anfang«, beruhigte sie ihn und versuchte, zu lächeln.

Venevas Mann fuhr sich unruhig durchs Haar. »Braucht sie etwas? Hat sie Schmerzen?«

Sie konnte ihn nicht anlügen. »Ja, sie hat Schmerzen. Brisen und Nerys kümmern sich um sie. Es wird noch eine Weile dauern.«

Ihr Blick fiel auf Galahad und etwas in ihren Augen brachte ihn dazu, sich ebenfalls zu erheben und Ned auf die Schulter zu klopfen. »Lass uns noch etwas trinken, mein Freund. Wir können im Moment nichts anderes tun, als zu warten.«

Er wirkte so viel größer und stärker als Ned. Elayne hoffte, dass etwas von seiner Ruhe und Kraft auf den werdenden Vater überging.

War nicht erst letzten Monat ein Mann im Dorf umgekippt, als seine Frau das Kind gebar? Er hatte sich den Kopf an einem Tisch aufgeschlagen und länger das Krankenbett hüten müssen als sein Weib das Kindbett.

Elayne lächelte Galahad dankbar an und er nickte ihr zu.

In der Küche befand sich ein Eimer Wasser. Sie nahm einen Tonbecher vom Tisch, tauchte ihn hinein und kostete einen kleinen Schluck. Es schmeckte sehr frisch und kalt. Ned hatte es nicht aus dem Fluss geholt, sondern von der Quelle, die im Wald lag.

Sie sah sich nach einem Krug um, in den sie etwas Wasser füllen konnte. Als sie sich wieder dem Eimer widmen wollte, bemerkte sie, dass ihr Großvater die Augen geschlossen hatte und seine Lippen bewegte, ohne dass Elayne seine Worte hören konnte. Die Hände hielt er segnend über das Wasser.

Sie verharrte. Die Erinnerung traf sie wie eine Sturmböe im Winter.

Ihre Mutter, schwach und bleich in den verschwitzten Bettlaken. Ihr Atem ging nur flach, ihre Augen hatten jedes Leuchten verloren.

Elayne lag neben ihr. Sie wollte nicht, dass ihre Mutter krank war. Sie wollte, dass sie das Bett verließ, lachte, Lieder sang und sie auf den Schoß hob, um ihr das Haar zu kämmen, das genauso schwarz war wie das ihre.

Sie war so schwach. Sie konnte kaum ihre Hand heben.

Neben der Bettstatt kniete der Großvater, die Hände im Gebet gefaltet, die Augen geschlossen. Er murmelte Worte, die sie nicht verstand, in einer Sprache, die sie nie gehört hatte.

Und dann war ihre Mutter gegangen, hatte die Welt verlassen, mit einem letzten Seufzen. Die Schwingen ihrer Seele hatten Elaynes Schläfe berührt.

Ton klirrte auf Stein. Elayne schrak zusammen und schritt zurück.

Großvater öffnete überrascht die Augen. »Hast du dich verletzt?«

»Nein … nein. Ich bin nur so …« Sie kniete nieder, um die Scherben des Krugs aufzusammeln. Ihre Hände zitterten.

»Ist gut, mein Kind, ich helfe dir.«

Nachdem die Scherben aufgesammelt waren, griff der alte Mann nach einem fleckigen Holzkelch und schöpfte damit etwas Wasser aus dem Eimer. »Hier, bring das zu Veneva und gib ihr davon zu trinken. Ich lasse einen der Burschen den Eimer in die Kammer tragen.«

Er sah sie eindringlich an. Seine Haut mochte sich runzelig unter der ihren anfühlen, doch sein Blick war wacher denn je.

Elayne nickte, unfähig, etwas zu sagen. Der Becher, obwohl er nur aus Holz war, fühlte sich warm in ihren Händen an.

Elayne brachte ihrer Freundin den vollen Becher und setzte sich wieder zu ihr.

Veneva nippte vorsichtig. »Ah, das tut gut.«

Mit geschlossenen Augen und etwas entspannter lehnte sie sich zurück in die Kissen. Plötzlich verzerrte sich ihr Gesicht zu einer Maske des Schmerzes und sie richtete sich abrupt wieder auf, die Augen fest zusammengepresst. Der Becher fiel ihr aus den Händen, das Wasser ergoss sich über den Boden.

»Nimm meine Hand!«, bat Elayne alarmiert.

Wie eine Ertrinkende packte Veneva ihre Finger und drückte so fest zu, dass Elayne nach Luft schnappte.

Brisen war plötzlich neben ihr. »Alles wird gut, meine Kleine«, murmelte sie beruhigend. Sie schlug die Decken zurück, die Venevas Leib bedeckten. Ihre Anweisungen waren nun nur noch kurz, aber deutlich. »Elayne, bleib stets an Venevas Seite. Rede mit ihr. Lenke sie ab. Achte darauf, dass sie gleichmäßig atmet. Das wird heute deine Aufgabe sein. Hast du das verstanden?«

Elayne nickte und lächelte Veneva liebevoll an, die sich allmählich von ihrem Schmerz erholte und müde in die Kissen zurücksank.

Nerys stand an Brisens Seite und beobachtete interessiert, was ihre erfahrene Mutter tat. »Sollte sie nicht aufstehen und ein wenig herumlaufen? Das könnte den Weg für das Kind einfacher machen.«

Brisen aber schüttelte den Kopf. »Das Kind ist noch nicht so weit und Veneva braucht Ruhe.« Dann nahm sie Nerys zur Seite und redete leise auf sie ein.

»Was erzählt sie da?«, fragte Veneva geschwächt. »Ich will es auch hören.«

Elayne runzelte die Stirn, als sie versuchte, etwas von dem Gesprochenen zu verstehen. Dann sah sie Nerys' erschrockenen Blick, der zu ihrer Schwester wanderte.

Brisen übergab ihrer Tochter das kupferne Rohr, das sie einst von der alten Hebamme des Dorfes geerbt hatte. »Ich bin mir nicht sicher«, sagte die Mutter leise. Ihr Blick war sehr ernst. Und als sie schluckte, erkannte Elayne, dass ihre Ziehmutter Tränen unterdrückte.

Nerys kam zu ihnen und kniete sich neben Venevas massigem Leib nieder, um mit dem Rohr nach den Herztönen des Kindes zu lauschen.

Elayne hielt Venevas Hand fest. Sie fühlte sich so zart an. Wie konnte eine so zarte Frau solche Schmerzen ertragen?

Veneva hatte die Augen erneut geschlossen. »Es sind zwei«, hauchte sie schwach.

Elayne verstand nicht. »Was meinst du?«

»Zwei Kinder. Ich habe sie seit Monaten gespürt. Ihre Bewegungen. Ihre Tritte. Sie waren so heftig.« Sie lachte leise und eine Träne rann über ihre bleiche Wange. »Aber nun bewegen sie sich nicht mehr. Ich weiß nicht ... ob es ihnen gut geht.«

Nerys seufzte und sah ihre Schwester ernst an. »Es mag nichts zu bedeuten haben. Sie bewegen sich am Ende nicht mehr, weil kein Platz mehr ist und sie nach unten gedrückt werden. Doch ... wir hören nur noch ein Herzchen schlagen.«

Veneva schnappte nach Luft und klammerte sich fest an Elaynes Hand. Sie beide sahen nun Brisen an.

Die Mutter nickte und wirkte dabei so still, als wagte sie nicht, laut auszusprechen, was sie alle vermuteten.

Wieder wurde Veneva von einer Wehe erfasst. Sie setzte sich auf, ihr Gesicht lief rot an und sie hielt die Augen fest geschlossen.

Elayne hielt ihre Hand und erinnerte sich an die Bogenschießübungen mit Galahad. »Atme, meine liebe Schwester. Atme mit mir zusammen.«

»Ich kann nicht«, gab sie gepresst von sich und sank in die Kissen zurück.

Elayne spürte schon beinahe selbst den Schmerz und die Luft im Inneren der Kammer war so stickig. »Können wir das Leder vom Fenster nehmen?«, fragte sie. »Wir brauchen frische Luft.«

»Nur kurz. Der Raum muss warm bleiben«, bestimmte Brisen.

Elayne zog die Schichten von Leder und Fell zurück. Sie atmete die kühle Luft ein, die ihr entgegenschlug.

Zwei Kinder. Wie sollte Veneva das schaffen? Sie war so schwach.

Der nächste Schrei ihrer Freundin trieb ihr Tränen in die Augen.

Ihre Amme winkte sie sofort herbei. »Elayne! Komm her, halte ihre Hand.«

»Ja, Brisen.« Sie ging an Venevas Seite in die Knie.

Ihre Ziehschwester bäumte sich auf, klammerte sich an sie.

Brisen wartete die Wehe ab und untersuchte dann den Fortschritt. »Das war eine gute Wehe.«

»Ich sterbe!«, protestierte Veneva lautstark.

»Nein, das tust du nicht«, widersprach ihre Mutter streng. »Wir brauchen mehr von diesen Wehen. Elayne und Nerys, helft ihr beim Aufstehen.«

»Ich kann nicht!«, widersprach Veneva.

Brisen schob Elayne zur Seite und fasste ihre Tochter an den Schultern. »Doch, du kannst das. Du musst. Deine Kinder brauchen dich jetzt. Du musst ihnen helfen, auf die Welt zu kommen. Du musst aufstehen, damit der Weg für sie leichter wird. Hast du das verstanden?«

Veneva nickte. Ihr Gesicht war so bleich wie ihr durchnässtes Hemd.

»Gut«, seufzte Brisen. »Elayne, Nerys, helft ihr.«

Elayne hob den rechten Arm der Gebärenden über ihre Schultern. »Ich bin bei dir. Wir schaffen das. Ich weiche nicht von deiner Seite. Wenn du nicht mehr kannst, stütze dich auf mich.«

»Wir tragen dein Gewicht, wenn es nicht mehr anders geht«, stimmte Nerys zu.

Sie waren keine zwei Schritte gegangen, da kam die nächste Wehe. Veneva krümmte sich und ihr ganzes Gewicht ruhte auf Elaynes und Nerys' Schultern.

Nach der Wehe gingen sie weiter. Schritt um Schritt. Schweiß lief zwischen Elaynes Schulterblättern hinunter. Ihr Hemd und ihr Oberkleid klebten an ihr.

Nerys und sie nutzten eine Pause, in der Veneva etwas Kräuterbier trank, und entledigten sich ihrer Oberkleider. In ihren Hemden schritten sie weiter durch den Raum.

Die nächste Wehe war so stark, dass alle drei in die Knie gezwungen wurden. Nerys packte ihre Schwester unter den Armen, damit sie nicht zu Boden sank.

»Es zerreißt mich!«, schrie Veneva.

Doch Brisen nickte. »Es ist so weit. Helft ihr zur Schlafstätte.«

»Ich will mich nicht hinlegen«, weinte Veneva, geschwächt von den Schmerzen. »Ich halte es nicht mehr aus.«

Brisens Stimme wurde sanfter. Sie wusste, welche Schmerzen das waren. Sie hatte selbst achtmal diese Qualen durchlebt. »Dann knie dich davor. Nimm die Position ein, die dir am bequemsten erscheint.«

Veneva kniete sich hin und stützte sich auf dem Gestell der Stätte ab. Brisen musste sich ebenfalls hinknien, um sie zu untersuchen.

»Ich sehe einen Büschel Haare«, verkündete sie. »Rot wie der Sonnenaufgang.«

Nun ging alles schnell. Nerys holte den Eimer mit heißem Wasser und mehrere Lagen Tücher. Brisen kniete neben Veneva.

Bitte lass alles gut gehen, betete Elayne still. *Hilf ihr, mein Gott. Hilf ihr. Bitte.*

Veneva presste und beim zweiten Pressen hörten sie das Schreien des kleinen Menschen.

Sie alle atmeten erleichtert aus. Nerys lachte leise und nahm das Neugeborene in Empfang, das Brisen sanft aufgefangen hatte.

Ohne Worte wussten Mutter und Tochter, was zu tun war. Nerys reinigte den kleinen Menschen, hüllte ihn in ein Tuch und zeigte ihn ihrer Schwester.

Veneva brach in Tränen aus. »Ich habe einen Sohn? Bitte, ich möchte mich jetzt doch hinlegen.«

Elayne half ihr, auf die Bettstatt zu kommen. Nerys überreichte ihrer Schwester den Neugeborenen.

Wie schön er war. Seine Haut war zwar faltig und rot und er schrie vor Zorn, doch das Glück, das sein Erscheinen verbreitete, hing wie ein goldener Schein in der Kammer. Dieser erlosch jedoch bei der nächsten Wehe.

»Es ist noch nicht vorbei«, sagte Brisen leise.

»Elayne, nimm meinen Sohn«, hauchte Veneva. Ihre Stimme war kaum mehr als ein Wimmern. »Bring ihn zu seinem Vater. Er soll ihn sehen.«

»Ich bleibe hier. Du wirst ihm selbst seinen Sohn zeigen.«

Elayne nahm das Bündel, das weiter vor sich hin wimmerte. Sie wollte, dass Veneva ihr Kind in der Nähe behielt. Sie musste sehen, dass es gesund war. Dass sie in der Lage war, es ein weiteres Mal zu schaffen. Dass sie einen Grund hatte, nicht aufzugeben.

Sie setzte sich mit dem Bündel auf einen Hocker in Sichtweite ihrer Freundin.

Veneva konnte nicht mehr aufstehen, um umherzulaufen, und diesmal verlangte Brisen es auch nicht von ihr.

Die Wehen ließen immer wieder nach. Die Pausen wurden länger. Veneva schlief für kurze Momente.

Elayne tröstete den Säugling, summte ihm eine Melodie vor. Er kam nicht zur Ruhe.

Wusste er, dass ein weiteres Leben darauf wartete, geboren zu werden? Sehnte er sich nach seinem Bruder oder seiner Schwester? Oder war es die Mutter, die er brauchte?

»Es wird alles gut, kleiner Liebling. Ganz bestimmt«, sprach Elayne ihm zu.

Veneva stöhnte und krümmte sich. Brisen und Nerys flüsterten miteinander.

Dann erklärte Brisen: »Wir haben keine Zeit mehr. Wenn der Säugling nicht bald kommt, verlieren wir Veneva.«

Nerys wusste, was zu tun war. Sie stellte sich neben die Bettstatt, während sich Brisen zwischen Venevas Beine kniete.

»Veneva, du musst jetzt pressen«, bat die Mutter ernst. Sogleich wurde ihre Stimme sanfter. »Ich weiß, dass es schwer ist. Aber wir müssen jetzt dein zweites Kind holen. Sobald ich es greifen kann, werde ich helfen und am Köpfchen ziehen. Nerys hilft dir. Wenn du presst, wird sie sich auf deinen Bauch stützen und das Kind nach unten bewegen. Hast du das verstanden?«

Veneva nickte schwach.

»Gut.« Brisen atmete tief ein. »Also los. Jetzt!«

Veneva bäumte sich mit letzter Kraft auf, Nerys stützte sich mit den Handflächen auf den Oberbauch ihrer Schwester.

»Genau so!«, rief Brisen. »Noch einmal!«

Beim dritten Mal gab Veneva einen schwachen Laut der Verzweiflung von sich.

»Ich habe ihn!«, rief Brisen triumphierend.

Sie zog das kleine Wesen hervor und hielt es vorsichtig in den Armen. Sie tätschelte seine Wangen, streichelte ihm den Bauch und blies ihm sacht in das Gesicht.

»Nerys!«

Die Tochter kam mit Tüchern, wickelte den Kleinen darin ein. Ihr Gesicht war ruhig, doch Elayne sah die Tränen in ihren Augen.

»Was ist mit ihm?« Veneva versuchte, sich aufzurichten, doch sie hatte keine Kraft mehr. »Wieso schreit er nicht?«

»Deine Schwester kümmert sich um ihn«, erklärte Brisen sanft, während sie ihre Finger an einem Tuch säuberte, und fügte dann hinzu: »Wir müssen uns jetzt um die Nachgeburt kümmern. Leg dich zurück.«

Nerys brachte das kleine Bündel zum Feuer und breitete die Tücher davor aus. Immer wieder massierte sie den kleinen Körper.

Doch selbst Elayne konnte sehen, dass es vergebens war. Er war viel kleiner als der Säugling, den sie in den Armen hielt. Die Haut war bleich, fast blau, die Gliedmaßen dünn.

Nerys gab nicht auf. Erst als Brisen die Nachgeburt entsorgt hatte, schüttelte sie den Kopf.

Die Mutter atmete tief durch, begab sich zu ihrer jüngsten Tochter und nahm ihre Hände. »Veneva, du hast heute alles gegeben. Du hast einen gesunden Sohn zur Welt gebracht. Du bist über dich hinausgewachsen.«

»Wo ist mein Kind?«, wimmerte sie. »Warum höre ich es nicht?«

Brisen schluckte. Elayne sah Tränen in ihren Augen glänzen. »Dein zweiter Sohn kam nicht lebend zur Welt.«

Veneva schüttelte den Kopf und versuchte, sich aufzurichten. »Nein ... nein. Zeig ihn mir!«

Brisen nickte Nerys zu und diese brachte das leblose Wesen zu ihrer Schwester. Behutsam nahm Veneva den Kleinen entgegen. Tränen liefen über ihre blassen Wangen.

»Mein armes Kind. Mein armer kleiner Junge. Es tut mir leid. Es tut mir so leid.« Sie drückte das Bündel fest an sich.

Elayne presste die Lippen aufeinander. Sie wollte nicht weinen.

Gott hatte die kleine Seele bereits zu sich geholt. Wieso? Warum hatte er nicht zugelassen, dass Veneva ihren kleinen Sohn wenigstens kurz auf dieser Welt begrüßen durfte?

Der Kleine in ihren Armen begann wieder zu wimmern. Elayne brachte ihn zu seiner Mutter. »Veneva. Ich ... ich weiß nicht, was ich sagen soll.«

Ihre Freundin schüttelte den Kopf. »Nichts. Du kannst ja nichts dafür.«

»Dein Sohn muss nun trinken, wenn er bei Kräften bleiben soll«, erklärte Brisen.

Veneva nickte und nahm auch dieses Bündel entgegen. Nerys wollte ihr den toten Säugling abnehmen, doch sie schüttelte den Kopf. »Ich möchte beide eine Weile in den Armen halten. Ich ... ich kann ihn noch nicht gehen lassen.«

»Wie du wünschst«, sprach die ältere Schwester verstehend. »Komm, ich helfe dir beim Anlegen.«

Als dies geschafft war und der erste Sohn kräftig zu trinken begann, huschte ein zartes Lächeln über Venevas Gesicht. Dann sah sie zu Elayne. »Kannst du Ned holen?«

»Soll ... soll ich ihm etwas sagen?« Elayne kämpfte noch immer mit den Tränen.

Ihre Ziehschwester sah sie mit leuchtenden Augen an, das Gesicht noch nass von der Trauer. »Dass er einen gesunden Sohn hat. Und einen, dessen Seele es nicht zu uns geschafft hat.«

Elayne warf sich ein Schultertuch über das verschwitzte Hemd und begab sich leise aus der Kammer. Ihre Hände zitterten. Noch immer fragte sie sich, warum es so gekommen war.

Warum schenkte Gott zwei Kinder, um dann doch eines sofort wieder zu sich zu holen?

Die Männer saßen auf den Bänken nahe am Feuer. Zwei Fässer standen bei ihnen, dazu benutzte Teller und Becher.

Galahad war der Erste, der sie bemerkte, als sie in die Halle trat. Er legte Ned eine Hand auf die Schulter.

Dieser sprang auf, sobald er Elayne erkannte. Sein Stand war jedoch recht schwankend, sodass Galahad ebenfalls aufstand und ihn stützte.

»Wie ... wie geht es meiner Veneva?« Seine Stimme war voller Angst.

»Sie ist sehr schwach.« Elaynes Stimme wollte ihr kaum gehorchen, sie musste die Tränen herunterschlucken. Sie lächelte traurig. »Doch sie hat es überstanden. Ihr habt einen gesunden Sohn.«

Die anderen Männer jubelten bereits, doch Ned sah sie weiterhin ängstlich an. Er wusste, dass es zwei gewesen waren.

Sie atmete tief durch, sah kurz auf den Boden, um sich zu sammeln. Dann hob sie den Blick und erlöste ihn von dem bangen Warten. »Euer zweiter Sohn hat es nicht geschafft. Er ... war bereits tot, bevor er geboren wurde.«

Der Jubel verstummte.

Ned presste die Lippen aufeinander und warf seinen Becher ins Feuer, sodass es laut zischte. »Ich möchte sie sehen. Ich möchte zu meiner Frau.«

Er hatte getrunken. Alle hatten getrunken. Und doch konnte Elayne ihm diese Bitte nicht verwehren. »Sie erwartet dich«, flüsterte sie.

Ned richtete sich auf und schüttelte Galahads Hand ab. »Meine Frau ist eine Heldin. Ich kann ihr nicht wie ein Schwächling gegenübertreten.«

Elayne wartete, bis er gegangen war, und sah sich dann in der Runde um. Der alte Liam, der junge Liam, sogar ihr eigener Vater ... sie alle waren betrunken. Und Galahad. Er stand zwar aufrecht, doch sein Haar hing wirr bis auf seine Schultern und sein Blick war glasig.

»Was fällt euch ein?«, brach es aus ihr hervor. »Was fällt euch ein, euch zu betrinken? Veneva hätte sterben können! Wir konnten ihr kaum helfen! Und ihr ... ihr betrinkt euch in diesem Gelage. Esst unsere Vorräte ... lacht ... und sauft ...«

»Halt den Mund, Kind«, fuhr ihr Vater sie an. »Du hast keine Ahnung von Männern.«

»Und du nicht von Frauen!« Sie hatte es satt, von ihm wie ein kleines Kind behandelt zu werden. Die Trauer mischte sich mit Wut und sie stemmte die Hände in die Hüften, während sie sich den nutzlosen Haufen Männer ansah. »Ihr räumt sofort dieses

Chaos auf! Wenn Brisen herauskommt, sieht es hier tadellos aus. Habt ihr das verstanden? Ihr alle! Wir haben gegen den Tod gekämpft. Und euch fällt nichts Besseres ein, als euch zu betrinken?«

Galahad kam zu ihr und nahm sie sanft an der Schulter. »Ned war außer sich vor Sorge«, erklärte er leise und sah sie ernst an. »Wir hörten die Schreie. Und wir konnten nichts tun, außer zu warten. Für Ned war es grausam. Er wusste, dass er seiner Frau nicht helfen konnte. Er wusste nicht, ob sie die Geburt überleben würde. Wir haben versucht, ihn abzulenken.« Er seufzte und strich ihr eine Strähne aus dem Gesicht. »Ja, verdammt, wir haben getrunken. Wir erzählten uns unbedeutende Geschichten, wie es Männer am Feuer tun. Doch was hätten wir sonst tun sollen? Wir konnten nur warten und Ned die Ungewissheit einigermaßen erträglich machen.«

Elayne sah zu ihm auf und hätte ihn am liebsten von sich geschubst. Sie war noch immer wütend. Wütend über den Tod, der immer wieder in ihr Leben kam. In ihrer aller Leben. Dabei wusste sie tief im Inneren, dass er zum Dasein dazugehörte. Aber Galahad konnte nichts dafür.

»Es war auch für uns grausam«, sagte sie leise. »Grausam ... und doch wunderbar, als wir den kleinen Sohn auf dieser Welt begrüßten. Ich hielt ihn in meinen Armen und er war so ... unschuldig. So rein. Und sein Bruder ... Es ist so traurig, dass er nicht leben darf.«

Galahad nickte. »Ja, das ist es. Veneva ist eine Heldin. Genau so, wie Ned gesagt hat. Und du bist es auch. Du hast mein Leben gerettet. Und du hast geholfen, ein weiteres Leben auf diese Welt zu bringen. Du bist meine Heldin, Elayne.«

Er drückte sie vorsichtig an sich. Sie roch seinen Schweiß, den Rauch der Feuerstätte und den Alkohol, den er getrunken hatte. In diesem Moment wusste sie nicht, was sie tun würde, wenn er eines Tages Corbenic verlassen sollte.

11
BRUMA

Wintersonnenwende

»Ruhig, mein Mädchen«, raunte Galahad. »Alles wird gut.«

Die Stute schien anderer Meinung zu sein. Nervös schnaubte sie und drehte ihm das Hinterteil zu.

Er ging zwei Schritte zurück und seufzte. Es war Zeit, sie gehen zu lassen, hinaus in ihren Wald und zu ihrer Lichtung. Wäre er zu Hause, hätte er sie nun zu den anderen Pferden gelassen. Es waren Herdentiere. Er war sich sicher, dass Elaynes Einhorn sie spürte, obwohl sie auf der anderen Seite der Festung in ihrem Stall standen.

Zuhause. Jener Ort, den er einst so bezeichnet hatte, fühlte sich nicht mehr danach an. Keiner der Plätze, an denen er bisher gelebt hatte, fühlte sich noch so an.

Ein Zuhause war ein Flecken, an dem man sich sicher fühlte und in dessen Mauern man jene Barrikaden sinken ließ, die das Innere und das wahre Ich beschützten.

Corbenic fühlte sich so an. Das war nicht gut.

Das Tor gab ein widerstrebendes Ächzen von sich, als es geöffnet wurde. Die Stute wieherte nervös und Galahad wusste, dass es nicht Elayne sein konnte, die den Stall betrat. Ihre Anwesenheit wirkte stets beruhigend auf das Tier.

Er verschränkte die Arme vor der Brust. Auch Ned konnte es nicht sein. Seine Schritte waren leichter.

Trotzdem zuckte er leicht zusammen, als er den wahren Besucher erkannte.

»Es überrascht mich, dich hier zu sehen, König von Corbenic.«

»Wieso? Hast du angenommen, ich wüsste nicht, was in meiner eigenen Festung vor sich geht?« Pelles' kühler Blick ruhte auf der Stute, gerade lange genug, um sein Gegenüber über das Ausmaß seiner Worte nachdenken zu lassen. »Das ist ein ausgesprochen schönes Tier. Kein Wunder, dass meine Tochter so vernarrt ist.«

Galahad ließ den König nicht aus den Augen. »Hat Elayne dir von der Stute erzählt?«

Pelles gab einen belustigten Laut von sich. »Wohl kaum. Elayne liebt ihre kleinen Geheimnisse und ich lasse sie ihr.« Der kühle Blick ruhte nun auf ihm. »Ich habe beobachtet, wie du die

Männer des Dorfes in der Führung der alten Waffen unterweist. Du hast eine gute Hand dafür. Eine zu gute für einen Barden.«

Er wollte etwas sagen, sich rechtfertigen, doch der König wies ihn mit einer Handbewegung ab.

»Es reicht mir, zu wissen, dass du mehr als ein Barde bist«, meinte er und sein Blick wurde eindringlicher. »Und warum auch immer du den Rest verschweigst, sei dir gewiss, dass ich dankbar für deine Anwesenheit bin.«

Er sah ihn lange an. Galahad hielt seinem Blick stand, während seine Gedanken sich überschlugen.

Warum war Pelles in den geheimen Stall gekommen? Nur um ihm zu sagen, dass er wusste, dass er bei seiner Ankunft nicht die ganze Wahrheit über seine Identität preisgegeben hatte?

Das wäre der rechte Moment gewesen, sich für Unterkunft und Verpflegung zu bedanken, die Harfe und sein Bündel zu packen und Corbenic zu verlassen. Stattdessen fragte Galahad: »Wirst du es Elayne sagen?«

»Oh nein, das obliegt dir, Recke.« Der König musterte ihn mit einem süffisanten Lächeln. »Und wenn du Elayne das Herz brichst, werden es meine väterlichen Arme sein, die sie trösten.«

Galahad wurde das Spiel des Königs leid. »Was verlangst du von mir? Denn ich gehe davon aus, dass es nicht das Bedürfnis nach frischer Stallluft war, das dich aus deiner Halle hinaus in die Kälte trieb?«

»Da hast du recht.« Endlich wandte der König den Blick ab. Er stützte sich an einem Balken ab und beobachtete die Stute. »Um zwei Dinge muss ich dich bitten: Bleibe den Winter hier. Trainiere meine Leute weiter im Umgang mit den Waffen. Wenn du es nicht tust, bin ich gezwungen, Uryen um Hilfe zu bitten, um mein Volk zu schützen. Und glaube mir – der Preis, den er verlangt, ist zu hoch.« Aus dem Augenwinkel warf er Galahad einen Blick zu, um seine Reaktion zu sehen.

Dieser nickte, sich wohl bewusst, auf welch gefährlichen Handel er sich einließ. »Und die zweite Bitte?«

»In zwei Tagen haben wir Mittwinter erreicht. Für gewöhnlich reist Brisen zu dieser Zeit zu den Steinkreisen, um die alten Götter anzurufen und für Corbenic zu beten. Sie kann in diesem Jahr nicht gehen. Zu sehr sorgt sie sich um ihre Tochter und den Säugling. Deswegen schicken wir Elayne. Du wirst sie begleiten.«

Das war keine Bitte, sondern ein Befehl. Ein unnötiger Befehl. Er wäre auch so mitgegangen.

Also nickte er noch einmal.

Pelles stieß sich von dem Balken ab, offensichtlich zufrieden mit Galahads Entgegenkommen. »Gut. Ihr werdet morgen aufbrechen.«

Der Barde neigte respektvoll das Haupt. »Wie du wünschst, König.«

Dieser nickte zufrieden, warf einen letzten Blick auf die Stute und wandte sich dann ab.

Galahad konnte sich nicht daran erinnern, wann er zuletzt eine Wintersonnenwende gefeiert hatte. Die alten Feiertage gerieten allmählich in Vergessenheit.

»Brisen hat uns so viel Essen eingepackt, als wären wir vier Tage unterwegs.«

Elayne reichte ihm eines der beiden Bündel und schulterte das andere. Ihre Augen leuchteten erwartungsvoll im Licht der mittäglichen Sonne.

Sie hatten Glück. Die Luft war kalt, der Boden seit der Nacht gefroren. Doch der Himmel war blau wie Elaynes Augen und die Sonne strahlte mit ihrer Laune um die Wette.

Sie waren dick eingepackt in Wollmäntel sowie Handschuhe und trugen Felle um die Schultern. Im Gepäck hatten sie außerdem Proviant, Decken und weitere Felle für die Nacht.

Der Weg führte sie nach Süden. Elayne berichtete, dass sie nur einmal dort gewesen war. Ihre Mutter hatte sie als Kind mitgenommen, um ihr die alte Religion nahezubringen.

»Und dein Großvater hatte nichts dagegen?«, wunderte sich Galahad einmal mehr über die Offenheit des Fischerkönigs.

»Nein.« Elayne verlagerte das Gewicht ihres Bündels auf die andere Schulter. »Er meinte – und hat es gestern wiederholt –, wenn man die Wiedergeburt des Lichts feiert, feiert man ebenso das Geschenk Gottes. Denn er war es, der das Licht erschuf. Feiert man die alten Götter und die alten Feste, sollte man dennoch nie vergessen, dass es der *Eine* war, der uns alle erschuf.«

Einerseits überraschte es ihn, andererseits passte es zu dem Bild, das er sich von dem alten Mann gemacht hatte. Der Großvater zelebrierte seine ganz eigene Weise des Christentums. Eine ruhige Art, die den Frieden und die Liebe in den Mittelpunkt stellte. Wenn er recht darüber nachdachte, ähnelte der Charakter des Landes hier oben dem des alten Mannes. Beide waren ruhig, besonnen und sehr friedlich.

»Singst du mir etwas vor? Der Weg ist noch lang.«

Ihre kindliche Bitte amüsierte ihn. »Du kennst bereits all meine Lieder auswendig.«

»Ach nein, das glaube ich nicht. Was ist mit deinen neuen Dichtungen? Seit du hier bist, hast du so viele Geschichten gehört und so viele Geheimnisse erkundet. Aber du hast noch nie von ihnen gesungen.«

Er wich ihrem Blick aus und konzentrierte sich auf den Boden unter seinen Stiefeln. Gut, dass er seine Füße in eine weitere Lage Wolle gewickelt hatte. Ihm wären sonst wohl die Zehen abgefroren. »Das kommt daher, dass es so viele Eindrücke sind. Ich konnte sie noch nicht sortieren, um sie in Lieder zu formen.«

»Oh, das tut mir leid.«

Überrascht sah er sie an. Sie meinte es ernst, das konnte er an der kleinen Falte erkennen, die sich zwischen ihren zarten schwarzen Brauen gebildet hatte. »Weshalb sollte es dir leidtun?«

»Ich lenke dich zu sehr ab. Ständig bemühst du dich, mir zu helfen. Und nun auch noch die Waffenübungen im Hof und im Dorf.«

Er lachte leise und eine Welle der Wärme erfasste sein Herz. »Es stimmt. Abends falle ich auf meine Stätte und schlafe ein, bevor ich auch nur ein Wort auf das Pergament bringe.« Er schaffte es nicht, sie weiter anzusehen. »Dennoch wird die Zeit zum Schreiben schon kommen. Dann, wenn ich mich fern von

Corbenic nach der Ruhe und der Wärme dieses Ortes sehne, werden mich die Worte und Melodien wie von selbst erreichen.«

»Wirst du mir die Lieder dann schicken?«

Die Hoffnung in ihrer Stimme verpasste ihm einen kleinen Stich und die Wärme des Herzens zog sich zurück.

Er nickte. »Gewiss.«

»Vergiss das Einhorn nicht. Seine Schönheit, die Kraft und Wildheit seiner Seele ...«

Der Stich traf tiefer in sein Herz. »Niemals.«

Auf dem Weg nach Süden begegneten sie weiteren Reisenden. Einem alten Mann, der mit zerlumpter Kleidung und verfilztem Bart der Kälte trotzte. Elayne gab ihm eines ihrer Felle und beteuerte, dass sie genug davon habe, als er ablehnen wollte.

Zudem kreuzten zwei Frauen ihren Weg, Mutter und Tochter, die einen Korb voller Äpfel und zwei Krüge Milch mit sich trugen, um sie den alten Göttern darzubieten.

Eine Familie mit fünf Kindern. Sie hatten eine Ziege dabei.

Der Pfad zu jenem Steinkreis, von dem Brisen ihnen erzählt hatte, dem größten innerhalb eines Tagesmarsches, verlief zunächst über sanfte Hügel. Die Heide war vom Reif des Wintertages bedeckt. In den Tiefen war er geschmolzen. Das Gras sah wie das struppige Fell eines braunen Ponys aus. Felsbrocken lagen vereinzelt auf der Heide. Galahad fragte sich, wie sie dorthin gekommen waren.

Die Römer hatten dieser Gegend wenig Beachtung geschenkt. Die Straße war kaum mehr als ein breit getretener Pfad. Selbst die Einheimischen hatten hier keine großen Siedlungen gebaut. Ein einzelnes Steinhaus war in der Weite auszumachen, umgeben von grasenden Schafen. Immer wieder gaben die kargen Hügel den Blick auf das graue Meer am Horizont frei.

Da sie gegen Mittag aufgebrochen waren, erreichten sie kurz vor Sonnenuntergang den Steinkreis. Galahad hatte gewiss imposantere dieser Werke gesehen. Große Steine, so hoch wie drei Mann, der Kreis selbst hundert Schritte im Durchmesser. Ein Anblick, bei dem man vor Ehrfurcht kaum zu atmen wagte. Man konnte fast annehmen, dass die Götter selbst diese Steine errichtet hatten, um die Menschen an ihre Macht und Stärke zu erinnern.

Die Priesterinnen Avalons hielten sich seit vielen Jahren fern der großen Kreise. Ihre Energie, so sagten sie, sei bereits vor Jahrhunderten versiegt. Nur der Aberglaube führe die Menschen noch dorthin. Die Priesterinnen feierten den Jahreskreis in ihrem eigenen *Henge*.

Der Kreis hier südlich von Corbenic erinnerte Galahad an jene Steine, in denen er in seiner Kindheit die Feste der Götter gefeiert hatte. Ein friedlicher Ort, fern der Menschen, auf einer hohen Ebene gelegen, in deren Mitte sich die Ruhe und Erhabenheit der Natur sammelten. In alten Zeiten mochten sich hier Druiden und Priesterinnen versammelt haben, um die Götter zu preisen.

Doch die großen Zentren der Druiden waren von den Römern ausgerottet worden, einige hatten Zuflucht auf Avalon und den anderen heiligen Inseln gefunden. Ihre Bedeutung aber war nicht mehr so groß wie einst.

Gänsehaut überkam Galahad. Merlin ... So lange hatte er nicht mehr an ihn gedacht. Er war der letzte große Druide gewesen. Sie hatten ihm so viel zu verdanken. Doch er war seit über zehn Jahren verschwunden. Vermutlich hatte sich der alte Mann auf seinen weiten Reisen ein Bein gebrochen, war in eine Schlucht gefallen oder von Räubern getötet worden. Seine Gebeine mochten nun verbleichen, sein Fleisch sich mit der Erde verbinden und eins werden mit denen, die sie erschaffen hatten, sein Geist wandelnd unter jenen der Anderswelt.

»Du siehst traurig aus. Hattest du dir mehr erhofft?«

Er kehrte zurück aus der Erinnerung und lächelte Elayne an, die ihn zweifelnd beobachtete. Und doch erwärmte ihr Anblick sein Herz. »Nein, es ist ein wunderbarer Ort. Ich habe nur an einen alten Freund gedacht, dessen Seele nicht mehr unter uns weilt.«

»Ich musste auch gerade an meine Mutter denken«, gestand Elayne. »Komm, dort drüben ist ein guter Platz für uns.«

Die Besucher hatten ihre Lager aufgebaut. Rings um den Steinkreis entflammten kleine Feuerstellen, an denen sie sich niederließen. Die Menschen unterhielten sich leise an ihren Feuern und verspeisten das mitgebrachte Essen.

Brisen hatte ihnen den üblichen Ablauf erklärt. Zunächst wurde Nachtwache gehalten. Still gedachte man der Seelen der Anderswelt.

»Sieh doch die Sterne. Es kommt mir so vor, als würden sie hier intensiver leuchten als zu Hause.« Elayne betrachtete fasziniert den Nachthimmel.

Der Mond hatte sich als Sichel erhoben. Wenn er den höchsten Stand erreicht hatte, würden sie den Steinkreis betreten.

»Ist dir kalt?« Er meinte, gesehen zu haben, wie sie kurz fröstelte.

»Nur ein wenig«, sagte sie leise.

»Komm, lass dich von einem alten Mann wärmen.«

»Du bist nicht alt«, kicherte sie, wickelte sich jedoch fester in ihre Decke und rückte näher an ihn.

Er legte seinen Arm um ihre Schultern und seine Decke um sie beide. Elaynes Haar duftete nach dem Rauch des Feuers und nach Honig.

Galahad fragte sich, ob sie ihr Haar mit Honig und Milch wusch. Er hatte gehört, dass diese Mischung das Haar einer Frau besonders zum Glänzen bringe, und ihres glänzte stets wie das Fell eines stolzen Rappen.

Er schmunzelte über sich selbst, da ihn diese Gedanken an die seines jüngeren Lebens erinnerten.

Eine Weile schwiegen sie, doch die Kinder der Familie mit der Ziege wurden unruhig. Die Kälte und das Warten waren anstrengend für die Kleinen.

Elayne sah zu ihm auf. »Denkst du, es stört die Götter, wenn du ein Lied für die Kinder singst? Das könnte sie für eine Weile beruhigen.«

»Auf Avalon werden in den heiligen Nächten stets Lieder gesungen.« Er räusperte sich und richtete sich auf. Seine Stimme fühlte sich etwas rau an, doch für ein oder zwei Lieder würde es schon gehen.

In seiner Erinnerung suchte er nach dem passenden Text. Ein Lied über Maponos musste es sein. Denn es war sein Fest, das die Vorfahren hier gefeiert hatten und dessen sie heute noch immer gedachten. Er hatte seine Harfe nicht mitgenommen. Seine Stimme allein musste reichen.

»Oh, Kind des Lebens,
Sohn der Großen Mutter,
Wir erwarten deine Ankunft.
Im Kreislauf des Lebens
bist du der Anfang.
Alle Hoffnung ruht auf dir.
Deine Kraft und Schönheit
besiegen Schwäche und Alter.
Dein Leuchten besiegt die Finsternis.
Wir ehren dich,
Oh Gott, Maponos.
Wir rufen dich zur Großen Jagd.
Mit dir wird uns nie der Hunger plagen.
Und für jedes Leben, das du nimmst, schenkst du neues.
Oh Gott, Maponos,
Wir rufen dein Licht,
Denn wir schweben in Dunkelheit.
Dein Leuchten vertreibt die ewige Nacht.
Mögest du uns erscheinen
und uns erkennen als die deinen.«

Die Menschen hatten aufgehört, sich zu unterhalten. Die Kinder hatten gebannt gelauscht. Sie hatten sich von ihren Feuerstellen entfernt, um ihm besser zuhören zu können.

Die Worte klangen so alt, als hätten ihre Vorfahren sie schon vor vielen Wintern an ebendieser Stelle, an der sie in dieser Nacht standen, gesungen.

Der Vater der Kinder kam schüchtern zu ihnen, einen Becher in der Hand. »Das war sehr schön. Vielen Dank dafür. Darf ich dir einen Becher warmen Met anbieten?«

»Danke. Genau das Richtige in dieser Nacht.« Galahad nippte an dem süßen heißen Getränk und reichte den Becher an Elayne weiter.

»Singst du noch mehr?«, fragte sie leise.

Im Schein der Feuer erkannte er hoffnungsvolle Gesichter. »Lasst uns doch alle an einem gemeinsamen Feuer sitzen«, schlug er vor. »Dann wird uns wärmer.«

Schließlich fügten sie zwei Feuerstätten zusammen und ließen sich darum nieder.

Galahad hatte zunächst daran gedacht, das Lied von der Wilden Jagd zu singen. Doch er wollte die Kinder nicht verschrecken. Also sang er lieber eines jener Lieder, die Kinder so gern hörten. Von dem jungen Artus, der das Schwert Excalibur aus dem Stein zog und sich somit als würdiger König Britanniens erwies.

»Aber wie ist das Schwert überhaupt da hineingekommen?«, fragte einer der Jungen.

»Merlin hat es hineingesteckt«, erklärte eines der Mädchen klug.

»Nein, es war die Herrin vom See«, widersprach ein anderes.

Galahad schmunzelte. »So genau weiß das niemand. Denn keiner hat gestanden, das Schwert in den Stein gesteckt zu haben.«

»Singst du noch etwas? Bitte!«, erklangen die Kinderstimmen.

Er räusperte sich. »Möchte vielleicht jemand anderes ein Lied singen? Ich befürchte, meine Stimme leidet unter der Kälte.«

Der Vater der Kinder hatte eine Flöte dabei und begann, lustige Melodien zu spielen. Die Kinder freuten sich und tanzten um das Feuer. Die Erwachsenen sahen ihnen zu und erfreuten sich an der kindlichen Begeisterung.

Der Mond näherte sich seinem Höchststand und Stille kehrte wieder unter ihnen ein. Sie nahmen ihre mitgebrachten Gaben und entzündeten Fackeln an den Lagerfeuern, um sich an den Portalsteinen aufzustellen.

Nacheinander schritten sie zum Opferstein. Hier legten sie Milch und Honig, Brot und Salz ab. Der Vater der Kinder trat mit seiner Ziege vor. Er murmelte ein Gebet, wie es die anderen vor ihm getan hatten. Mit einer raschen Bewegung hatte er dem Tier die Kehle durchgeschnitten. Blut ergoss sich auf den gefrorenen Boden und der Mann hob die Ziege auf den quer liegenden Stein.

Elayne gab einen leisen Laut der Überraschung von sich. Galahad nahm ihre Hand. Sie fühlte sich überraschend warm an.

Gemeinsam schritten sie auf den Altarstein zu. Die Ziege war bereits tot. Der Mann hatte sie nicht leiden lassen.

Galahad hatte die Felle von drei Kaninchen dabei, die er in den letzten Tagen erlegt hatte. Als er sie ablegte, fielen ihm die Worte aus seiner Jugend ein: »Für die Göttin der Jagd, bitte nimm mein Opfer an.« Ehrfurchtsvoll beugte er sein Haupt und überließ Elayne seinen Platz.

Sie legte eine Phiole sowie drei Gänseeier ab. »Für die Göttin der Fruchtbarkeit und der Wiedergeburt. Bitte nimm mein Opfer an.«

Auch sie verbeugte sich, dann bewegten sich noch einmal ihre Lippen, ohne dass die Worte zu hören waren, bevor sie an Galahads Seite kam. Er nahm ein Fell von seinen Schultern und legte es an den Rand des Steinkreises.

Wie alle Besucher warteten sie hier auf den Sonnenaufgang. Gemeinsam ließen sie sich auf dem Fell nieder. Er legte seinen Arm wieder um Elayne, damit sie sich gegenseitig Wärme spenden konnten. Die Glut der Feuer reichte kaum zu ihnen.

»Was war in der Phiole?«, erkundigte er sich.

»Blut.«

Überrascht sah er sie an. Ihre Gesichtszüge waren ernst.

»Brisens Blut«, erläuterte sie und kuschelte sich enger an ihn. »Wenn sie selbst hierherkommt, schneidet sie sich mit dem Opferdolch in ein Handgelenk und bietet der Göttin ihr Blut dar. Sie sagt, es frische ihre Verbindung zu den Göttern auf.«

»Ich hätte nicht gedacht, dass sie noch so sehr am alten Glauben festhält.«

»Doch, das tut sie.« Elayne zögerte, ihre Finger spielten mit dem Rand des Fells, auf dem sie saßen. »Ich habe noch heimlich ein Gebet gesprochen, ein christliches, meine ich. Gott soll nicht denken, dass ich ihn missachte oder andere Götter über ihn stelle. Das Opfer kam von Brisen, in ihrem Namen.«

Er nahm ihre Hand in seine und drückte sie fest. Er hätte ihr gern gesagt, dass Gott sicher wusste, wie es in ihrem Herzen aussah. Aber er war wohl kaum die rechte Person für solch eine Aussage.

Da die Nacht so klar war, wurde es noch kälter. Er schlang nun beide Arme um ihren Körper und sie schmiegte sich fest an ihn.

»Ich kann mich nicht daran erinnern, wann mir zuletzt so kalt war«, murmelte sie mit klappernden Zähnen.

»Wir könnten die Sterne zählen. Dann geht die Nacht schneller vorüber«, schlug er vor.

Sie gab einen belustigten Laut von sich. »Dann sitzen wir nächstes Jahr noch immer hier. Die Zahl der Sterne ist unendlich. Besonders in Nächten wie diesen.«

Also summte er eine leise Melodie. Er konnte sich nicht mehr an die Worte erinnern, die dazugehörten. War es ein Lied aus seiner Jugend auf Avalon? Die Zeit kam ihm so fern vor.

Sein Leben heute war anders. Voller Kampf. Voller Zweifel. Manchmal wünschte er sich jene Tage zurück, als jeder Tagesablauf durchgeplant gewesen war und jede Handlung einen tieferen Sinn gehabt hatte.

»Nicht einschlafen«, erinnerte er das Mädchen leise, da es seit einer Weile nicht mehr gesprochen hatte.

»Ich könnte sowieso nicht schlafen, wenn ich so nah bei dir bin.«

Ein fester Kloß saß in seinem Hals. Sie hatte die Worte geflüstert, doch er konnte nicht so tun, als habe er sie nicht gehört.

»Es ist nicht richtig.«

Sie richtete sich auf und sah ihn fragend an. »Warum nicht?«

Er wollte es ihr sagen. Doch dann hätte sie ihn gehasst. Für immer. Diesen Gedanken konnte er nicht ertragen. Nicht jetzt. Er würde es ihr sagen. Aber nicht heute.

»Es dämmert bereits«, lenkte er ab. »Nun bleibt uns keine Zeit mehr, die Sterne zu zählen.«

Sie ließ sich wieder an ihn sinken. »Das ist schade.«

Sie warteten, bis die Dämmerung fortgeschritten war, dann erhoben sie sich, um den Aufgang der Sonne zu begrüßen.

Und als das Licht wiedergeboren war, fiel es rot wie das Feuer durch die Portalsteine auf die Opfergaben. Es wurde durch den Frost auf dem Boden verstärkt. Um sie herum war nun alles in ein rotgoldenes Leuchten getaucht. Die Menschen gaben staunende Laute von sich. Feuer und Eis vereinten sich in der Wiedergeburt des Lichts.

Elayne drückte fest seinen Arm. »Sieh doch, wie wunderschön.« Sie sah zu ihm auf, selbst in rotgoldenes Strahlen getaucht.

Sein Herz setzte für einen Moment aus. Sie war es, die wunderschön war. Ihre Seele war so rein, so voller Liebe. Wie konnte er jemals wieder ohne sie sein?

Er legte eine Hand in ihren Nacken. Nur für einen kurzen Moment wollte er kosten, was er nicht haben durfte. Nur einmal ihre zarten Lippen küssen. Dann löste er sich von ihr. »Ich wünschte, wir wären in einem anderen Leben ... zu einer anderen Zeit.«

Sie legte ihm ihre Hand auf die Wange. »Nein. Genau hier will ich sein. Hier mit dir, jetzt.«

Sie schmiegte sich an ihn, umschlang seinen Körper und betrachtete wieder die rotgoldene Scheibe der Sonne.

Er konnte sie nicht verlassen. Er konnte es ihr nicht antun. Und sich selbst auch nicht.

12

NOSAU DUON

Schwarze Nächte

Galahad war auf dem Rückweg sehr still. Welche Gedanken gingen ihm durch den Kopf?

Etwas hatte sich verändert. In jenem Moment, als der erste Sonnenstrahl auf sie schien.

Elayne hatte einen solchen Augenblick zwischen ihnen bereits einmal gespürt. Damals beim Pilzesammeln, als sie die letzten warmen Sonnenstrahlen genossen hatte. Und wieder tanzten die Schmetterlinge.

Für einen Moment hatte sie gedacht, er würde sie küssen. Sie wünschte, er hätte es getan. Sie waren Freunde gewesen. Viele Wochen. Jetzt würde es nie wieder so sein.

Hätte er sie geküsst ... was wären sie jetzt? Liebende? Ihr Herz schlug wild bei diesem Gedanken.

Verstohlen sah sie ihn an.

Groß und stattlich, wie er war, wie hätte es sich angefühlt, in seinen Armen zu liegen? Wie hätte es sich angefühlt, die Stoppeln seines Bartes, den er nie richtig rasierte, an ihrer Wange zu spüren?

Ihr stieg Hitze ins Gesicht und sie sah schnell auf den Weg vor ihren Füßen. In seinen Augen war sie nur ein Kind. Deshalb hatte er sie nicht geküsst.

Der Gedanke schmerzte. Sie hätte ihn küssen sollen. Sie war kein Kind. Sie war eine Frau.

Ihr Vater würde sie niemals verheiraten. Und falls doch, dann an einen Fremden, dem sie vermutlich nie die Gefühle entgegenbringen konnte, die sie in der Gegenwart ihres Barden verspürte.

Tränen verschleierten den Blick auf den Pfad und sie wischte sie zornig weg. Sie wollte nicht weinen. Nicht in seiner Gegenwart.

Plötzlich blieb er stehen.

Elayne hielt den Atem an. Hatte er erkannt, was in ihr vorging?

Doch sein Blick war in die Ferne gerichtet, die Haltung angespannt wie bei der Jagd. Noch lag ein weiterer Hügel zwischen ihnen und Glannoventa. Der dunkle Rauchfaden, der sich gen Himmel schlängelte, überragte die Kuppe.

»Wurde im Dorf ein Sonnenwendfeuer entzündet?«

Ihr blieb beinahe die Stimme weg, als sie antwortete. »Nein. Sie feiern Mittwinter in ihren Häusern.«

Er sah sie ernst an. »Lauf auf dem schnellsten Weg zur Festung. Ihr müsst die Tore verschließen und euch bewaffnen.«

»Es könnte eine Feuerstätte sein, die außer Kontrolle geraten ist«, hoffte sie.

»Dann bete, dass es so ist.« Er ließ sein Bündel fallen. Bevor er loslief, nahm er ihr Gesicht in beide Hände. »Sei achtsam und wehre dich.«

Erneut drohte ihr die Stimme zu versagen. »Dito.«

Er küsste sie fest auf die Stirn und wandte sich abrupt ab.

Elayne wartete nicht, bis er den Hügel erklommen hatte. Sie hob sein Bündel auf, schulterte es und eilte den Weg nach rechts, der nicht mehr als ein Trampelpfad war.

Als sie über den Bach sprang und den Weg zum äußeren Tor erreicht hatte, wusste sie endgültig, dass es keine Feuerstätte war, die jene Rauchsäule erzeugte.

Frauen und Kinder suchten Zuflucht innerhalb des Schutzwalls. Einige Kinder weinten und ihren Müttern war das Entsetzen in die Gesichter geschrieben. Sie trugen nur wenig bei sich. Manche nur das Hemd am Leib und eine Decke um die Schultern.

Elayne erkannte Nerys am Ende der langen Reihe und rief sie beim Namen.

»Gott sei gedankt! Du bist zurück!« Sie hielt ihr jüngstes Kind auf dem Arm. Das kleine Gesicht war nass von Tränen und verschmiert vom Rotz.

Elayne sah sich um, versuchte, das ganze Ausmaß zu erfassen. »Was ist passiert?«

»Das erste Boot kam im Morgengrauen«, erklärte eine der Dorfältesten. »Dann noch drei Boote. Zwei Häuser steckten sie in Brand. Den alten Cian und seine Schwiegertochter hat es erwischt.«

Elayne packte die Alte an den Schultern. »Wer?«

»Piraten.« Die Frau schüttelte entsetzt den Kopf.

»Die Männer kämpfen«, erklärte Nerys. »Sie haben uns zur Festung geschickt und halten uns den Weg frei.«

»Wie viele Piraten sind es?«

Nerys griff nach Elaynes Hand. »Fünfundzwanzig oder dreißig.«

Elayne sah sich abschätzend um. Kein Mann war unter den Fliehenden. Sie waren alle im Dorf und verteidigten den Rest ihres Hab und Guts.

Fünfzig? Unter ihnen alte Männer und viele Jungen, die nicht älter als zwölf waren.

»Geht schnell hinein. Wir müssen die Tore schließen«, forderte sie die Frauen auf.

Tausend Gedanken schossen ihr gleichzeitig durch den Kopf. Galahad trug keine Waffe bei sich, außer dem Dolch in seinem Stiefelschaft. Die Männer hatten die vergangenen Wochen mit Schwertern und Lanzen geübt. Reichten ihre Kräfte und ihr neu erworbenes Können gegen die Piraten? Wenn die Skoten das Dorf überwanden, würden sie zur Festung kommen?

Elayne trieb die letzten Frauen zur Eile an. Auf dem Hof traf sie auf Ned. Gemeinsam schlossen sie das Tor. Sie schafften es kaum, den schweren Balken in die Halterung zu heben. Zwei weitere Frauen mussten ihnen helfen.

Das große Tor war nun die erste Barriere, welche die Piraten zu überwinden hatten.

»Wo ist mein Vater?«, rief sie Ned entgegen.

Er wischte sich mit dem Ärmel den Schweiß von der Stirn. »Ich weiß es nicht. Ich war die ganze Zeit hier, um den Frauen zu helfen.«

Elayne hob den Blick. Die Sonne hatte ihren Höchststand noch nicht erreicht. Sie mussten weitere Maßnahmen ergreifen.

»Ein Junge soll auf die Mauer hinaufgehen und Alarm schlagen, wenn sich jemand nähert. Ich muss meinen Vater suchen.«

»Ich kümmere mich darum«, versprach Ned und sah sich sofort nach einem der älteren Kinder um.

Mochte er nur ein Schäfer sein, wenn es um die Verteidigung seiner Familie ging, wurde er zum Krieger.

In der Halle herrschte großes Durcheinander. Die Angst hatte alle fest im Griff.

Elayne kämpfte gegen den Drang, sich tief in den Katakomben zu verstecken und dort zu verharren, bis alles vorüber war.

»Elayne!« Veneva drängte sich zu ihr hindurch und sie fielen sich in die Arme, so gut es mit dem Säugling ging. Die junge Mutter hatte ihn fest in ein Tuch gebunden, das sie vor der Brust trug. Der Kleine schlummerte, als bekäme er von dem Chaos um ihn herum nichts mit.

Elayne drückte Veneva noch einmal, dann löste sie sich von ihr, erleichtert darüber, dass es ihr und dem Kleinen gut ging.

»Hast du meinen Vater gesehen?«

»Nein. Mutter und ich versuchen, die Frauen und Kinder zu versorgen und zu beruhigen. Einige sind verletzt. Und andere starren vor sich hin, als wären sie tot. Es ist grausam.«

»Ich weiß.« Elayne schluckte. Sie durfte sich von der Panik, die sie umgab, nicht anstecken lassen. »Wir müssen die Verteidigung der Festung organisieren.«

Veneva wirkte entsetzt. »Aber die Männer ...«

Elayne legte ihr eine Hand auf die Schulter und sah ihre Ziehschwester eindringlich an. »Sie werden alles dafür tun, die Piraten abzuwehren. Doch wenn sie es nicht schaffen, sind wir auf uns allein gestellt. Und du weißt, was das bedeutet.«

Veneva nickte, doch ihr Gesicht war bleich wie der Morgenfrost.

Wenn die Skoten die Festung einnahmen, drohten ihnen Vergewaltigung und Tod. Die Kinder würden sie mitnehmen und als Sklaven verkaufen.

»Finde heraus, welche der Frauen stark genug sind, um mit einer Waffe umzugehen.« Elayne sah sich erneut in der Halle um. »Ich suche meinen Vater und hole den Rest der römischen Waffen.«

Sie wartete Venevas Antwort nicht ab. Wo hatte sich ihr Vater versteckt? Sein Volk und seine Festung wurden angegriffen und ihn schien es nicht zu kümmern. Selbst Großvater war hier. Er hielt einer alten Frau die Hand. An ihren Lippenbewegungen erkannte sie, dass sie beteten.

Während sie weiter nach ihrem Vater suchte, ging sie gedanklich die vorhandenen Ressourcen durch. Lebensmittel, Wasser und Medikamente. Darum würde sich Brisen kümmern. Waffen und starke Hände, die sie halten konnten – darum musste sich Elayne kümmern.

Pelles war weder in seinem Gemach noch in seinem *grapheum*. In der Kammer jedoch, in der sie mittlerweile die übrigen Waffen aufbewahrten, hörte sie Stimmen.

Ein Stein so schwer wie jener des Prometheus fiel ihr vom Herzen, als sie die restlichen Männer der Feste erkannte. Der alte Liam half ihrem Vater, ein Kettenhemd zu schließen. Sein Sohn trug einen ledernen Harnisch und einen Römerhelm. In seiner Linken hielt er einen Speer.

»Gott sei Dank, hier steckst du also«, rief sie aus.

Die Erleichterung ihres Vaters war in seinen Augen zu erkennen, als er seine Tochter heil in der Festung sah. Seine Stimme aber klang grimmig. »Wo sonst sollte ich sein? Unter meinem Bett?«

Elayne sah beschämt zu Boden. »Es tut mir leid. Ich ...«

»Entschuldige dich nicht. Es ist meine eigene Schuld, dass meine Tochter mich nicht als den Mann sieht, der ich früher war. Sag es ihr, Liam. Wie viele Schlachten haben wir gekämpft?«

»Unzählige, mein König«, antwortete der Diener ergeben und nicht ohne Stolz.

»Ohne mich wäre der Bengel im Süden nie auf seinen Thron gekommen.« Pelles rückte den Kettenpanzer zurecht. »Aber genug von alten Zeiten. Heute gilt es, unser Hab und Gut und die Menschen zu verteidigen, die unter meinem Schutz leben. Wo steckt dein Barde?«

»Wir haben uns getrennt, als wir den Rauch aus dem Dorf sahen. Er ist bei den Männern.«

Pelles nickte. »Tapferer Bursche. Zur rechten Zeit am rechten Ort. Wir werden die Festung halten.«

»Ich habe Ned angewiesen, einen Jungen auf die Mauer zu schicken, der Ausschau hält«, erklärte sie.

»Sehr gut.« Er lächelte sie an und nickte sanft. »Jetzt geh zu Brisen und hilf ihr mit den Frauen.«

Das kam gar nicht infrage. »Brisen hat ihre Töchter. Ich bleibe bei euch.«

Etwas blitzte in seinen hellen Augen auf. »Du kannst kein Schwert und keinen Speer halten, mein Kind.«

»Doch ich halte einen Bogen besser als manch junger Mann. Nicht wahr, Liam?« Sie sah auffordernd zum jungen Liam, der in jenem Moment wohl lieber an einer anderen Stelle gestanden hätte, so nervös, wie er zwischen König und Königstochter hin und her sah.

»Der Wildschweinbraten war köstlich«, kam der alte Liam zu Hilfe und neigte das Haupt in Elaynes Richtung.

Pelles gab einen grunzenden Laut von sich. »Bogenschützin also?«

»Wir brauchen weitere Frauen. Waffen sind genügend vorhanden.«

Für einen Moment dachte sie, ihr Vater würde ablehnen. Doch er wusste, dass ihrer aller Leben davon abhing, wie viele sie dazu bringen konnten, die Mauern und den Schutzwall zu verteidigen.

Er nahm einen Helm, der auf der Bank zu seiner Rechten lag. »Der Verstand eines Römers und der Mut einer Keltin. Ein Sohn hätte nicht besser sprechen können.« Er drückte sich den Helm auf den Kopf.

Der Stolz in seinen Worten freute Elayne. Sie hatte ihn lange nicht so reden gehört, schon gar nicht über sie selbst.

In der Halle hatte Veneva eine Gruppe von sechs Frauen versammelt. Elayne erkannte die Enkelin des Schmieds, zwei Frauen, die selbst Fischerinnen waren, und drei Mädchen, kaum dreizehn oder vierzehn Sommer jung. Es waren nicht viele, doch der Mut und der Kampfeswille in ihren Augen ließen Elayne hoffen.

»Moira und ich können mit Speeren umgehen. Von der Lachsjagd«, sagte eine der Fischerinnen.

Die Tochter des Schmieds konnte ein römisches Kurzschwert führen, die drei Mädchen waren passable Bogenschützinnen.

»Wir schicken die Bogenschützinnen auf die Mauer«, entschied König Pelles. »Du gehst am besten mit ihnen. Die übrigen Frauen bewachen mit dem jungen Liam das Tor zur großen Halle.«

Elayne warf ihm einen sorgenvollen Blick zu. »Vater, wo wirst du sein?«

»Draußen am Schutzwall, mit Ned und dem alten Liam.« Seine Kieferknochen waren angespannt. Sein Entschluss stand fest. »Veneva, verteile die übrigen Waffen an die Frauen in der Halle. Sollten beide Tore gestürmt werden, liegt euer Schicksal in euren Händen.«

Elayne schluckte. Sollten beide Tore gestürmt werden, wären deren Verteidiger dem Tod geweiht. »Möge Gott mit dir sein, Vater.«

Pelles nickte und tat etwas, was er ebenfalls lange nicht mehr getan hatte: Er küsste sie fest auf die Stirn. »Und mit dir, meine Elayne.«

Gemeinsam mit den Mädchen holte Elayne Bögen und Pfeile aus der Kammer. Die Zeit hatte nicht gereicht, um mehr als vierzig Geschosse zu fertigen. Das machte zehn für jede von ihnen.

Auf der Mauer stand der Junge und zitterte. Der Wind hatte aufgefrischt. Wolken in der Farbe alter Wolle waren aufgezogen.

»Hast du irgendetwas bemerkt?«, sprach sie ihn an.

»Nur der Rauch aus dem Dorf, meine Herrin. Und ich konnte Rufe ausmachen. Doch keine Bewegung in Sichtweite.«

Sie lächelte ihn milde an. »Danke, das hast du gut gemacht. Nun geh hinunter in die große Halle und wärme dich auf.«

Eine Windböe zerrte eine weitere Strähne aus Elaynes Frisur. Während sie den Blick über den Horizont wandern ließ, löste sie das Lederband aus ihrem Haar und flocht sich einen festeren Zopf.

»Glaubst du wirklich, dass die Piraten hierherkommen werden?«

Elayne sah das blonde Mädchen an, das zitternd neben ihr stand. »Ja, das glaube ich. Die Piraten sind hier, um Beute zu machen. Vielleicht reichen ihnen die Tiere und die Vorräte des Dorfes. Ich befürchte aber, dass sie außerdem auf der Suche nach Sklaven sind.«

Das Mädchen wischte sich mit dem Ärmel ihres Kleides über die laufende Nase.

Es war viel zu kalt hier oben, daran hätte sie denken sollen.

Elayne versuchte, sich an den Namen der Kleinen zu erinnern. Sie trug einen römischen Namen. Julia. Das Mädchen mit den Sommersprossen war Helena, die immer so still war, und die Kleine mit den braunen Locken hieß Tiberia.

»Julia, wie wäre es, wenn du uns noch ein paar Felle oder Decken organisierst? Wir wissen nicht, wie lange wir hier oben verharren müssen.« Elayne stellte ihren Köcher ab und lehnte ihn gegen die Mauer, sodass sie schnell auf die Pfeile zugreifen konnte. Das Mädchen nickte und Elayne wandte sich den anderen beiden zu. »Bleibt in Bewegung, dann wirkt die Kälte nicht so schnell.«

Sie schlang ihrerseits die Arme um den Oberkörper. Der lange Marsch vom Steinkreis nach Hause hatte sie aufgewärmt. Die Wärme wich jedoch nun der Winterkälte.

Der Rabe, der so gern auf der hohen Mauer saß, gab einen kläglichen Laut von sich. Sein Gefieder war aufgeplustert wie die Wolle eines schwarzen Schafes vor der Schur. In einem der leer stehenden Gemächer hatten sich die Raben für den Winter eingenistet. Elayne gefiel es, dass die alten Räume, die einst von stolzer Menschenhand erbaut worden waren, nun durch die Lebewesen der Natur zurückerobert wurden.

»Herrin! Sieh dort unten!«, rief Tiberia.

Auf der Ebene näherte sich eine Gestalt. Die Mädchen nahmen Pfeile aus den Köchern und spannten ihre Bögen.

Elayne hob eine Hand. »Wartet noch. Die Entfernung ist zu groß. Und wir wissen nicht, ob er Freund oder Feind ist.«

Sie ließ den Menschen nicht aus den Augen, der nun seine Schritte beschleunigte.

Julia kam zurück, mit Fellen im einen Arm und einem Krug in der anderen Hand. »Das ist kein Pirat«, stellte sie sofort fest. »Es ist ein Junge aus dem Dorf.«

»Sicher?«, vergewisserte sich Elayne.

Das Mädchen nickte eifrig. »Nerius. Seine Schwester ist mit meinem Bruder verheiratet.«

Elayne gab den anderen beiden ein Zeichen, die Bögen sinken zu lassen. »Ned!«, rief sie nach unten in den Hof. »Da kommt ein Junge. Öffne das Tor!«

Sie ließ die Mädchen oben zurück und eilte hinunter. Die Neuigkeiten, die der Junge brachte, wollte sie mit eigenen Ohren hören.

»Ein weiteres Boot ist in der Bucht nördlich angekommen«, verkündete Nerius nach Luft schnappend, während Ned und Pelles das Tor verschlossen.

»Woher weißt du das?«, hakte Elayne nach, selbst außer Atem, da sie so schnell wie möglich die Stufen hinab und durch die Halle gerannt war.

»Galahad hat uns Jungs losgeschickt, die Umgebung zu beobachten«, haspelte der Kleine. »Die Männer haben im Dorf Gefangene gemacht. Sie sind auf dem Weg hierher.«

Ihr Barde war also unversehrt.

»Die Piraten oder die Männer aus dem Dorf?«, hakte sie nochmals nach.

Nerius ging in die Knie, da er immer noch kaum Luft bekam. »Beide!«, japste er.

Elayne sah ihren Vater alarmiert an. »Wir müssen uns bereithalten.«

»Da kommen Männer!«, rief Julia von der Mauer herunter.

»Wie viele sind es?«, verlangte Pelles, zu wissen.

»Fünfzehn! Es sind Fremde! Ich erkenne niemanden!«

»Gott stehe uns bei«, grummelte der König.

»Amen«, flüsterte Ned.

»Die Mauer wird standhalten. Ganz sicher.« Elayne formte die Hände zu einem Trichter und rief zu den Mädchen: »Haben sie Gerätschaften dabei?«

»Nein, aber Waffen«, hallte es von der Brüstung zurück.

»Das ist gut. Mit den Waffen kommen sie nicht durch den Wall«, sagte Elayne erleichtert.

»Geh hinauf auf die Mauer«, befahl ihr Vater.

»Nein, ich bleibe bei euch«, widersprach sie kopfschüttelnd.

»Sei nicht kindisch, Elayne. Dein Bogen ist uns von der Mauer aus nützlicher.« Pelles deutete hinauf zur Brüstung.

»Ihr seid nur zu dritt. Wie wollt ihr gegen fünfzehn Mann standhalten?«

»Falls sie das Tor durchbrechen, werden du und deine Bogenschützinnen sie mit euren Pfeilen durchbohren.«

»Wir haben nur vierzig Pfeile.« Ein fester Kloß drohte, ihr die Kehle zuzuschnüren.

»Dann ziele sehr genau, meine Tochter.« Er nahm sie an den Schultern und sah sie ernst an. So ernst und eindringlich wie lange nicht mehr. »Ich sage das nicht, weil du eine Frau bist. Ich sage es, weil es taktisch klüger ist. Verstehst du das? Die Mädchen dort oben brauchen dich. Und ich brauche eure Deckung, falls die Piraten das Tor durchbrechen.«

Er hatte recht. Aber sie wollte ihn nicht allein lassen. Sie hatte bereits ihre Mutter verloren. Sie wollte nicht auch noch ihren Vater verlieren.

»Jetzt bring den Jungen hinein und gib allen Bescheid«, befahl Pelles weiter.

»Ja, Vater.«

Sie tat wie geheißen und als sie ihren Platz oben auf der Mauer wieder einnahm, hatten die Piraten das Tor erreicht und brüllten wie Bestien. Mir ihren Schwertern und Äxten schlugen sie auf das schwere Holz ein.

»Das ist Eichenholz, ihr Mistkerle«, flüsterte Elayne. »Ihr kommt nicht durch.«

»Sollen wir schießen, Herrin?« Julia hatte die Lippen fest zusammengepresst. Sie war entschlossen, die Feste zu verteidigen.

Elayne schätzte die Entfernung ab. Sie hatte noch nie aus dieser Höhe einen Pfeil abgeschossen. Der Wind hatte aufgefrischt. Würde er die Geschosse wie Pusteblumenschirmchen wegpusten?

Sie nickte Julia zu. »Versuche es mit einem Pfeil. Ich glaube, wir erreichen die Männer nicht.«

Sie lag mit ihrer Vermutung richtig. Das Geschoss änderte noch vor dem Wall die Flugrichtung und segelte harmlos zu Boden. Das bedeutete, sie würden die Männer erst treffen können, wenn sie im Inneren des Walls waren. Solange konnten sie nur beobachten, was vor sich ging.

Zwei Männer lösten sich aus der Gruppe der Angreifer. Einer bewegte sich rechts, der andere links entlang des Walls.

Suchten sie ein zweites Tor? Eine Hintertür womöglich? Die gab es nicht. Zum Glück.

»Herrin, versuchen sie, ein Feuer zu entzünden?« Tiberia deutete auf den Weg, der zur Festung führte. Die Männer dort hantierten am Boden.

Es hatte in den letzten Tagen nicht geregnet. Das Holz war also trocken. Doch es war kalt.

»Vielleicht ... Ja ... Ja, das könnten sie versuchen. Sie wollen das Tor in Brand stecken.«

Wenn das Tor brannte, wäre es einfach für die Piraten, die Festung zu stürmen.

Elayne fuhr zu Julia herum. »Traust du dir zu, nach unten zu gehen und mit einen oder mehreren Frauen Wasser zum Tor zu bringen und meinem Vater zu erklären, was davor vor sich geht?«

Das blonde Mädchen nickte. »Ja, Herrin, natürlich.«

Sie eilte nach unten und Elayne sah die anderen beiden Mädchen an. »Helena, behalte diesen Mann dort im Westen im Auge. Tiberia, du den anderen im Osten. Wer weiß, was die im Schilde führen.«

Elayne hielt Ausschau nach Norden. Wo blieben Galahad und seine Männer? Wenn die Piraten es schafften, das schwere Eichentor in Brand zu setzen, konnten sie den Schutzwall durchbrechen.

Die Sonne hatte ihren Gang fortgesetzt. Sie hatten gerade erst die längste Nacht hinter sich gebracht. Die Dämmerung hatte eingesetzt. Wie sollten sie im Dunkeln ihre Pfeile abschießen?

»Die Piraten haben den Schutzwall umrundet. Der eine bleibt im Süden stehen«, verkündete Tiberia.

»An der Südseite? Dort fällt der Hügel steil ab. Was hat er dort gesehen?« Elayne wandte sich in die Richtung.

Es war der älteste Teil des Walls. An der Außenseite war sie selbst nicht oft gewesen, da einige Stellen dort unwegsam und der Hügel so steil waren. Zwischen Halle und Wall lag Brisens Kräuter- und Obstgarten. Sie hatte die blühenden Apfelbäume vor Augen, zwischen denen sie mit Veneva Verstecken gespielt hatte. Das Unkraut, das am Rande des Gartens am teils verwitterten Wall wucherte und Brisen bei der Gartenarbeit fluchen ließ.

»Oh nein«, flüsterte sie.

Natürlich. Die Südseite war die Schwachstelle des Schutzwalls.

Sie wandte sich gen Norden. Die Piraten hatten es geschafft, ein Feuer zu entfachen. Zwei Fackeln wurden entzündet. Die eine trugen sie zum Tor, die andere nach Süden.

»Vater!«, rief sie nach unten. »Sie haben das Feuer entzündet! Sie tragen eine Fackel zum Kräutergarten!«

Ihr Vater wandte sich um und sah zu ihr auf. Er erfasste sofort, was das bedeutete. Er sagte etwas zu Ned und bewegte sich selbst in Richtung der Halle.

Dann geschahen mehrere Dinge gleichzeitig und Elayne konnte kaum erfassen, was zuerst passierte.

Die Piraten brüllten und schrien. Weitere folgten dem Mann mit der Fackel nach Süden.

Ned und der alte Liam schütteten Wasser gegen das Tor, tränkten es, sodass es dem Feuer standhielt.

Über die Ebene näherte sich eine weitere Gruppe Männer, nur schattenhaft in der zunehmenden Dunkelheit auszumachen.

»Tiberia und Helena, ihr bleibt hier oben«, befahl sie. »Wenn die Piraten den Wall durchbrechen, schießt.«

»Wir können bald nichts mehr sehen«, wandte Tiberia ein.

»Schießt, solange ihr erkennt, auf wen.«

Die Mädchen nickten, eines blasser als das andere.

Elayne eilte die engen Stufen hinab, den Bogen und einige Pfeile fest im Griff. Sie wählte den Weg durch die Halle.

»Liam! Liam!«

Der junge Liam war sofort zur Stelle. »Herrin?«

Sie blieb nicht stehen, sondern rief ihm im Vorbeilaufen zu, was zu tun war. »Komm mit mir! Sie versuchen, den Wall am Kräutergarten zu durchbrechen.«

Er griff mit der Linken nach seinem Speer und folgte ihr ohne Zögern. Sie rannten durch den Küchenanbau und die kleine Tür, die in den Garten führte. Rauch verkündete, dass die Piraten bereits dort waren.

Der Wall brannte. Jener Teil, der älter war als die Römersteine. Jener Teil, der selten repariert worden war, weil der Südhang so steil war und man sich in den letzten Jahrzehnten sicher gefühlt hatte.

Ein Schrei. Liam eilte ihr voran. Klirren von Metall. Schmerzenslaute.

Elayne hielt ihren Bogen krampfhaft fest, rammte ihre Pfeile in den Boden und legte einen davon an.

Wie sollte sie erkennen, wohin zu zielen war? Der Rauch und die Dämmerung erschwerten die Sicht. Die Finger, mit denen sie die Sehne hielt, zitterten.

Es war eine Sache, einen Eber zu treffen. Es war eine andere, auf einen Menschen zu schießen.

Wie viele Männer waren dort? Wie lange konnten Liam und ihr Vater standhalten?

Das Klirren des Metalls nahm zu. Ein Schrei, voller Schmerz. Die Stimme ihres Vaters. Und dann plötzlich Stille.

Ein riesiger Schatten löste sich aus Rauch und Finsternis. Sie spannte den Bogen.

Ruhig atmen. Nicht die Luft anhalten.

Der Schatten kam auf sie zu. Aufrechte Haltung.

Spannung der Schultern.

Zielen mit dem Körper, nicht mit den Augen.

Sie schloss die Augen, atmete ruhig weiter und zählte bis drei.

»Rabenkind.«

Entsetzt riss sie die Augen auf. »Galahad!«

Er stand nur wenige Schritte vor ihr. Jetzt erkannte sie ihn.

Das Zittern erfasste ihren Körper, sie ließ Bogen und Pfeil fallen und sank selbst zu Boden.

Vor Entsetzen, weil sie ihn fast erschossen hatte.

Vor Erleichterung, weil er endlich da war.

Sanft nahm er sie bei den Oberarmen und half ihr, wieder aufzustehen. »Ist gut, Elayne. Ich bin es wirklich. Wir haben die Skoten besiegt. Die meisten von ihnen sind tot. Der Rest ist in die Flucht geschlagen.«

Sie zitterte noch immer. »Was ist mit den anderen ... denjenigen, die ihr gefangen nahmt?«

»Als ihre Verstärkung kam, brach der Kampf erneut aus«, erklärte er leise. »Deswegen kamen wir so spät. Die Gefangenen sind tot oder ebenfalls geflohen.«

»Danke«, flüsterte Elayne und richtete den Blick in die Dunkelheit des Abendhimmels.

Galahad atmete tief ein. »Aber dein Vater ist verletzt. Kannst du Brisen holen?«

13

IN ALTERA VITA, ET ALIO TEMPORE

In einem anderen Leben, zu einer anderen Zeit

E ine Axt hatte den linken Oberschenkel des Königs getroffen. Er blutete stark, doch Brisen wusste, was zu tun war.

Und nachdem die Skoten in die Flucht geschlagen waren und Pelles seinen Kampf und die Verletzung überlebt hatte, beschloss er, ein Fest für alle zu veranstalten.

Für die Lebenden und die Toten.

Elaynes Vater ließ alle Weinfässer, die er noch besaß, aus dem Keller holen. Die große Halle wurde mit Bänken und Fellen ausgestattet, das Feuer spendete ausreichend Wärme. Darüber hing der große Kessel mit einem Eintopf, für den Brisen, Veneva und Elayne den halben Tag Steckrüben, Zwiebeln und Fleisch geschnitten hatten.

Die Dorfbewohner brachten mit, was sie aus ihren restlichen Wintervorräten erübrigen konnten. Darunter war ein süßer Honig-Nuss-Kuchen, auf den Elayne sich besonders freute.

»Komm, wir ziehen uns um, bevor das Fest beginnt«, raunte Veneva ihr zu. »Die Männer sollen doch sehen, was wir zu bieten haben.«

»Du bist verheiratet«, kicherte Elayne und folgte ihrer Freundin durch den Gang. »Und ich darf keinen von ihnen wählen, falls mein Vater mich irgendwann einem reichen Mann edler Geburt geben möchte.«

Veneva drehte sich übermütig im Kreis. »Heute feiern wir. Vergiss das Morgen. Wer weiß schon, was morgen ist? Wir könnten alle tot sein.«

Sie sagte es belustigt, doch es lag eine bittere Wahrheit in den Worten ihrer Freundin.

Sie kleideten sich in Elaynes Kammer um, wo Veneva bereits ihre eigene Kleidung deponiert hatte. Das grüne Gewand mit den goldenen Borten, das Elayne ihr zur Hochzeit geschenkt hatte, passte Veneva noch nicht, deswegen hatte sie sich eine Tunika von einer ihrer Schwestern geliehen. Sie war kupferrot und harmonierte sehr gut mit ihrem leuchtenden Haar.

Elayne musterte ihre Ziehschwester anerkennend. »Du siehst wunderschön aus. Ned wird kaum ein Auge von dir abwenden können.«

»Ich bin froh, dass meine Brüste in ein anständiges Kleid passen. Ich sollte den Kleinen noch einmal stillen, bevor das Fest losgeht.« Sie betastete vorsichtig ihre Brüste. Rasch stopfte sie sich ein paar Tücher in das Oberteil. »Ich laufe schon aus vor lauter Milch.«

Elayne kicherte und ihre Wangen glühten vor Aufregung, obwohl sie noch gar keinen Wein getrunken hatte. Sie konnte sich nicht daran erinnern, wann sie zuletzt ein richtiges Fest innerhalb dieser Mauern gefeiert hatten.

Aus einer Truhe holte sie die blaue Tunika, die sie für heute ausgewählt hatte. Ihre Mutter hatte sie zu Festen getragen, als Elayne noch ein Kind gewesen war. Die Borten waren in kunstvollen Mustern mit Silberfäden bestickt.

Liebevoll strich sie darüber. »Die Borten hat meine Mutter selbst gewebt und angenäht.«

Veneva hatte sich gerade die Haare hochgesteckt und hielt nun inne. »Sie ist wunderschön. Das Blau passt zu deinen Augen. Als hätte deine Mutter sie für dich und nicht für sich selbst gefertigt.«

Elayne drückte den Stoff fest an ihr Herz. »Vielleicht hat sie das sogar. Sie besaß das zweite Gesicht.«

»Ich weiß.« Veneva umarmte sie vorsichtig. »Soll ich dir die Haare flechten?«

Sie verschlang ihr die vordere Partie zu Zöpfen, die sie in ihrem Nacken zusammenband und mit einer silbernen Schnalle befestigte.

Seufzend stemmte Veneva die Hände in die Hüften und betrachtete ihr Werk. »Das sieht sehr hübsch aus. Aber ich muss jetzt wirklich zu Dewi. Wir sehen uns gleich in der Halle, ja?«

Elayne nickte. Als einziges Schmuckstück trug sie ihren Rabenanhänger, den sie an diesem Abend nicht in ihrem Ausschnitt verborgen hielt.

Die Halle war voller Menschen, als sie zurückkam. Fast alle Dorfbewohner hatten sich eingefunden.

Elayne hielt Ausschau nach Brisen, konnte sie aber nirgends entdecken. Vermutlich hielt sie sich in der Küche auf, um weitere Vorbereitungen zu treffen.

Sie versuchte, durch die Menge in Richtung Küche zu kommen, doch immer wieder wurde sie aufgehalten und angesprochen. Die Menschen freuten sich genauso wie sie selbst über dieses Fest.

»Kind, was tust du?« Ihr Vater war plötzlich neben ihr.

Auch er hatte sich frisch gemacht, trug seine rote Tunika und die Krone, die schon halb vergessen gewesen war. Er stützte sich auf den Eichenstab, den Brisen ihm besorgt hatte, in der freien Hand hielt er einen gefüllten Weinbecher.

Eigentlich sollte er das Bett hüten. Die Wunde würde sicher wieder aufgehen und zu bluten beginnen. Brisen hatte bereits mit ihm geschimpft. Elayne wollte es nicht auch noch tun.

»Brisen braucht gewiss meine Hilfe«, erklärte sie.

»Nichts da«, winkte er ab und pochte energisch mit dem Stab auf den Boden. »Du bist heute die Tochter des Königs. Du wirst nicht die Arbeit einer Dienerin verrichten.«

Elayne sah ihren Vater überrascht an. »Aber ich helfe ihr immer. Das macht mir nichts aus.«

»Mir aber. Zumindest heute.« Er reichte ihr den Becher, der mit dunkelroter Flüssigkeit gefüllt war. »Hier, trink etwas Wein. Das wird dir helfen, dich zu entspannen. Brisen hat all ihre Töchter hier. Sie hat also genug helfende Hände.«

Elayne nippte daran. Der Wein war stark und süß. Das letzte Geschenk von Uryen. Nun stieg ihr noch mehr Hitze ins Gesicht, da sie noch nicht viel gegessen hatte.

»Sollte ich zu den Menschen reden? Ich habe so etwas so lange nicht mehr gemacht.« Pelles schaute sich verunsichert um.

Sie legte ihm beruhigend eine Hand auf den Oberarm. »Du bist ein guter Redner, Vater. Das schaffst du schon. Hier, du brauchst den Wein wohl mehr als ich.«

»Nein, behalte den Becher. Ich besorge mir einen neuen.«

Und schon war er in der Menge verschwunden.

Als Nächstes unterhielt sie sich mit der Großmutter des Schmieds. Diese war begeistert, wie erwachsen Elayne geworden war und wie sehr sie ihrer Mutter ähnelte. Wie alle älteren Menschen sprach sie mit Vorliebe über die Vergangenheit und Elayne hörte ihr gern zu. Dabei trank sie von dem Wein, der ihr immer mehr zu Kopf stieg.

Der ganze Saal sah bald so aus, als wäre er in ein sanftes Leuchten gehüllt. Elayne kicherte über einen Witz, den der

Schmied machte, als er seine Großmutter zu einer der Bänke geleiten wollte. Dabei verschüttete sie einen Teil ihres Weines auf den Mann neben ihr.

»Oh, es tut mir so leid, das war keine Absicht«, murmelte sie verlegen.

»Davon gehe ich aus, Rabenkind.«

Überrascht sah sie auf. »Du bist es. Und jetzt ist dein Hemd voller Wein.« Sie rieb mit der Hand über die Stelle. »Warum bist du so groß und stattlich?«, plapperte sie vor sich hin. »Das ist ungerecht. Ein Barde sollte nicht so aussehen.«

»Was?« Er lachte belustigt auf. »Bist du betrunken?«

Sie hielt ihm den Becher entgegen, in dem kaum noch etwas war. »Der Wein ist köstlich. Probier doch.«

»Ich hatte schon drei Becher.« Er nahm sie am Ellbogen und schob sie in Richtung der Sitzbänke. »Du musst etwas essen und Wasser trinken.«

»Ich möchte lieber tanzen«, widersprach sie und schmollte.

»Wenn du gegessen hast«, entgegnete er sanft.

Sie legte den Kopf in den Nacken und sah ihn selig an. »Tanzt du dann mit mir? Versprichst du es?«

Er lächelte voller Wärme, sodass Elaynes Herz vor Glück pochte. »Ich verspreche es.«

Die Pfeife und die Trommel wurden gespielt.

Sobald Elayne etwas im Magen und sich ein wenig ausgeruht hatte, nahm Galahad ihre Hand. »Bist du bereit?«

»Oh, jetzt schon?«

»Ich habe es doch versprochen. Ich halte meine Versprechen.«

»Ja, ich weiß.«

Sie waren die Ersten, die tanzten. Um dem Feuer nicht zu nahe zu kommen, hielten sie sich außerhalb der Bänke, die darum aufgestellt waren.

Galahads Hand war warm, und dort, wo er sie berührte, toste ein Heer von Schmetterlingen auf. Elayne meinte, jede seiner Berührungen in hundertfacher Intensität spüren zu können.

Die linke Hand legte er ihr auf die Hüfte. Sein Körper war dem ihren nun so nah, dass sie seine Wärme spürte. Sie sah zu ihm auf, seine dunklen Augen waren noch immer voller Zuneigung. Und wie so oft war eine dunkle Haarsträhne in seine Stirn gefallen.

Die Schritte, zu denen er sie führte, waren ihr fremd. Sie versuchte, nicht über ihre eigenen Füße zu stolpern, und sah sicherheitshalber zu Boden.

»Welcher Tanz ist das?«

»So tanzen wir in Camelot«, raunte er ihr zu und ehe sie darüber nachdenken konnte, hatte er sie ein Stück angehoben und drehte sich mit ihr, um sie dann wieder abzusetzen. Dann nahm er ihre Hände, drehte sich im Takt der Musik, schritt zur Seite und hob sie erneut an. Diesmal mit beiden Händen und so hoch, dass sie sich auf seinen starken Schultern abstützen musste.

Elayne holte tief Luft. Als er sie vorsichtig hinabgleiten ließ, spürte sie jeden Muskel seines Körpers.

Überrascht sah sie ihn an. »Bist du auch betrunken?«

»Drei Becher Wein reichen nicht, um mich betrunken zu machen«, meinte er und zwinkerte.

Sie lachten beide und Elayne musste sich an ihn lehnen, um nicht umzufallen. Er roch angenehm nach Seife und etwas, das sie noch nicht ganz begreifen konnte.

Ein kleiner Kreis von Zuschauern hatte sich um sie gebildet, während sie tanzten. Elayne war nicht überrascht, Veneva zu sehen, die ihr fröhlich zuprostete. Doch dann änderte sich die Musik zu einem Tanz, den alle Dorfbewohner liebten. Ned packte die Hand seiner Frau und zog sie mit sich. Ihren Becher drückte sie einem anderen Gast in die Hand.

Elayne hielt Galahads Hand ganz fest und sah herausfordernd zu ihm auf. »Und so tanzen wir in Corbenic.«

Sie zog ihn mit sich und schloss sich der tanzenden Reihe an. Durch die ganze Halle schlängelten sich die Tanzenden. Sie lachten und hüpften zur Musik. Andere, die nicht tanzten, klatschten oder unterhielten sich fröhlich.

Elayne tanzte so lange, bis ihr der Atem wegblieb und sie vor Lachen fast stolperte. Mit Galahad an der Hand löste sie sich aus der Reihe und lehnte sich mit dem Rücken an eine Wand, um nicht zu Boden zu sinken.

Sie fühlte sich, als würde sie wie eine Feder im sanften Frühlingswind durch die Halle schweben. Glücklich sah sie zu ihrem Barden auf.

Galahad hatte sie nicht aus den Augen gelassen und wirkte nicht minder fröhlich. Er stützte sich mit einer Hand neben ihrem Kopf an der Wand ab.

»Du bist wunderschön, wenn du lachst«, flüsterte er dicht neben ihrem Ohr. »Ich wünschte, ich könnte dich immer lachen sehen.«

»Das kannst du doch«, antwortete sie leise.

Seine schwarzen Wimpern senkten sich über seine dunklen Augen, bevor er sie ernst ansah. »Wenn der Frühling kommt, muss ich gehen.«

Sie legte eine Hand in seinen Nacken. Seine Haare kringelten sich verschwitzt in kleine Löckchen. »Noch bist du hier. Und ich will jeden Tag mit dir genießen, als wäre es der letzte.«

Er zögerte, wollte etwas sagen, doch es kam ihm nicht über die Lippen.

»Ihr trinkt zu wenig, Kinder. Und ihr sollt fröhlich sein. Das ist ein Fest, keine Trauerfeier.« Pelles hatte sich zu ihnen durchgekämpft. Er hielt Galahad einen Becher hin. »Das ist der beste Tropfen, den mein Weinkeller hergibt. Und das ist das Mindeste, was ich dem Mann anbieten kann, der mein Königreich … mein Zuhause … meine Leute gerettet hat.«

Galahad nahm Abstand zu Elayne. Sie fühlte eine plötzliche Kälte und wünschte, ihr Vater wäre in diesem Moment nicht aufgetaucht.

Der Barde nickte dem König zu. »Danke.«

Pelles schüttelte den Kopf, dann schloss er Galahad in eine feste Umarmung. »Ich bin es, der dir zu Dank verpflichtet ist.« Rasch löste er sich wieder. »Trinkt und feiert.«

So schnell, wie er zu ihnen gekommen war, verschwand er wieder in der feiernden Menge.

Galahad trank von dem Wein und verzog kurz das Gesicht. »Himmel, der ist süß.« Er reichte Elayne den Becher, die nur daran nippte.

Es war der gleiche Wein, den sie zuvor getrunken hatte, und er ließ sie noch höher schweben.

Sie kicherte. »Da ist mehr drin als nur Wein.«

»Ich glaube auch«, raunte er, sah sie ernst an und leerte den Rest des Bechers, ohne abzusetzen. Dann nahm er sie bei den Händen und zog sie mit sich.

»Was hast du vor?«, lachte sie.

»Wir tanzen, bis wir umfallen.«

»Oh nein, nein.« Sie konnte kaum noch reden vor Lachen. »Ich kann nicht mehr, Galahad. Bitte.«

Er zog sie dennoch mit sich, hob sie in die Höhe und setzte sie vorsichtig wieder ab.

Diesmal war es kein gutes Gefühl.

»Ich glaube, mir wird schlecht.« Elayne presste sich eine Hand vor den Mund und blickte Hilfe suchend zu Galahad auf.

Der Barde bemerkte, dass sie nicht scherzte, ließ sie los und sein Blick wurde besorgt. »Lass uns nach draußen gehen. Frische Luft tut gut.«

»Wir haben keine Mäntel«, erwiderte sie, während sie versuchte, die aufkommende Übelkeit zu unterdrücken.

»Nur für einen Moment.« Er ergriff ihre Hand und zog sie mit sich.

Wie warm und stickig es drinnen war, fiel Elayne erst auf, als ihr die kalte Winterluft entgegenschlug. Tief atmete sie ein. Sie hatten eine Seitentür genommen, nicht das Haupttor durch die große Halle.

Bald fühlte sie sich besser. Die Übelkeit verging allmählich. Zum Schutz gegen die Kälte verschränkte sie die Arme vor der Brust.

»Sieh dir die Sterne an«, staunte Galahad. »Eine klare Nacht.«

Sie legte den Kopf in den Nacken und bewunderte ebenfalls den Glanz der tausend Lichter. »Wie in der Mittwinternacht.«

»Eine friedliche Nacht.« Galahad sah sie strahlend an, dann bildete sich eine nachdenkliche Falte zwischen seinen Brauen. »Ist dir kalt?«

»Nur ein wenig.«

»Komm, ich wärme dich.«

»Das ist nicht ...«

Doch schon fand sie sich in seiner Umarmung wieder. Er war verschwitzt, wie sie selbst auch, und roch angenehm nach Wein und diesem anderen Duft, den Elayne so gern an ihm wahrnahm.

Mit geschlossenen Augen schmiegte sie sich an seine Brust. Sie fühlte sich benommen und seltsam beschwingt. Ihn so zu umarmen, benebelte sie nur noch mehr. Ihr Herz raste und eine kleine Stimme sagte ihr, dass etwas nicht so war, wie es sein sollte. Aber wenn sie daran dachte, schwindelte ihr. Also ließ sie das Denken lieber.

Er gab ihr einen leichten Kuss auf den Scheitel. »Dein Haar ist schwarz wie der Nachthimmel.« Er löste die Umarmung, doch nur, um ihr Gesicht in beide Hände zu nehmen und sie anzusehen. »Ich wünschte, wir wären in einer anderen Zeit, in einem anderen Leben.«

Das hatte er bereits einmal gesagt. In jenem Moment, als die Sonne im Steinkreis aufgegangen war.

Elayne schluckte, da ihr die Stimme zu versagen drohte. »Was ... was würdest du dann tun?«

Er sah sie lange an, bevor er sagte: »Das hier.«

Wie die Berührung eines Schmetterlings im Frühling streiften seine Lippen die ihren und waren genauso rasch wieder fort.

Elaynes Herz setzte für einen Moment aus, bevor es in rasender Schnelle weiterschlug. Ihre Brust fühlte sich an, als hätten sich sämtliche Sterne des Himmels darin versammelt.

Sie schlang die Arme um seine Taille, schmiegte sich noch enger an ihn und sah ihn verzweifelt an. »Hör nicht auf«, hauchte sie.

Mit einer Hand drückte er sie fest an sich, die andere lag in ihren Haaren. Als seine Lippen die ihren erneut trafen, waren sie keine Schmetterlinge mehr. Sie waren fordernd, warm und weich.

Elayne seufzte. Dieses Gefühl war schöner als alles, was sie sich je erträumt hatte.

Sie öffnete die Lippen ein wenig und spürte, wie seine Zunge ihrer entgegenkam. Die Sterne in ihrer Brust bündelten sich zu einem heißen Glühen.

Er beendete den Kuss und hob sie mit einem Ruck auf seine Arme. Mit der Schulter öffnete er rücklings die Tür, die sie nur angelehnt hatten, und trug Elayne hinein.

Sie lehnte ihren Kopf an ihn, schloss die Augen und wünschte, das Gefühl, das sie nun verspürte, würde niemals vergehen.

Niemand begegnete ihnen, als er sie zu seiner Kammer trug. Vorsichtig stellte er sie ab und verschloss die Tür hinter sich. Zwei Feuerschalen spendeten Wärme und dämmriges Licht.

Ihr Barde stand inmitten des Raumes, seine Augen so schwarz, als hätten sie die Tiefe der Welt in sich gefangen.

Elayne trat auf ihn zu. Sie wollte ihn spüren, gewiss sein, dass er hier bei ihr war, kein Traum.

Liebevoll umfasste er ihr Gesicht und küsste sie erneut. Seine Lippen schmeckten noch immer nach dem Wein, heiß und süß.

Sie wollte ihn noch mehr spüren und zog das Hemd aus seinem Hosenbund, das sich schon halb daraus gelöst hatte. Unter dem rauen Stoff fühlte sich seine Haut glatt und warm an. Sie legte ihre Hände auf seinen muskulösen Rücken und drückte ihn fest an sich.

Er stöhnte leise und hörte auf, sie zu küssen. »Ich möchte dich ansehen«, flüsterte er.

Elayne nickte und trat ein wenig zurück. Sie löste ihren schmalen Gürtel um die Hüfte und die Fibeln an ihren Schultern. Die Tunika rutschte an ihr herunter, bis zu den Knien. Sie bückte sich, um den blauen Stoff ganz hinunterzuziehen, und stieg daraus.

Nervös richtete sie sich auf. Sie trug nur noch ihr dünnes Hemd. Ihr Busen hob sich bebend, da sie kaum zu atmen wagte.

Was, wenn ihm nicht gefiel, was er sah?

Doch dieser Gedanke verging, als er zu ihr kam, vor ihr in die Knie ging und den Saum ihres Hemdes anhob. Langsam erhob er sich wieder, zog den dünnen Stoff nach oben und half ihr, ihn über den Kopf zu ziehen.

Jede Berührung seiner Hände verstärkte das Glühen in ihrer Mitte. Sie konnte an nichts anderes mehr denken als daran, mit ihm zusammen zu sein.

Rasch zog er sich selbst sein Hemd über den Kopf, doch bei der Verschnürung seiner Hose zögerte er.

Elayne lächelte. Sie mochte unerfahren sein, doch sie war nicht blind. Vorsichtig öffnete sie die Schnüre selbst. Als sie den Hosenbund nach unten schob, wanderten ihre Hände nach hinten. Seine Pobacken waren fest und rund.

Er stöhnte auf. »Weißt du, was du da gerade anstellst?«

»Nein, aber es gefällt mir«, raunte sie.

Mehr brauchte es nicht. Er hob sie hoch und legte sie vorsichtig auf seine Schlafstätte. Die Felle waren angenehm auf ihrer nackten Haut und sie legte sich so hin, dass sie ihn beobachten konnte, als er die Hose ganz auszog.

Was sie dann sah, ließ sie scharf einatmen. Ihr Herz schlug noch schneller. Damit hatte sie nicht gerechnet. Doch sie wollte auf keinen Fall, dass er aufhörte.

Er kam zu ihr und legte sich neben sie, damit er ihr in die Augen schauen konnte. Sein Blick war vernebelt. Ob vor Lust oder dem Wein, vermochte sie nicht, zu sagen. Vermutlich von beidem.

Galahad küsste sie. Sie schloss die Augen und gab sich ganz dem Gefühl hin, ihm zu gehören.

Als er vorsichtig seine Position änderte, atmete sie tief ein. Sie merkte, wie ihre Hände plötzlich zitterten. Doch es gab kein Zurück mehr. Sie wollte vollenden, was sie begonnen hatte, egal, was daraus wurde, und egal, wie es sich anfühlte. Sie wollte wissen, wie es war, bei ihm zu liegen … bei niemand anderem, nur bei ihm.

Er öffnete ihre Schenkel, hörte dabei nicht auf, ihre Lippen zu liebkosen, die nun ebenfalls zitterten. Mit einer Hand stützte er sich neben ihrem Kopf ab, damit nicht sein ganzes Gewicht auf ihr lag. Mit der anderen hob er ihr Becken an.

Als er in sie eindrang, wollte sie vor Schmerz schreien. Doch er erstickte jedes Geräusch mit seinen Lippen und hielt inne, bis sie aufhörte, zu zittern. Erst dann bewegte er sich wieder.

Elayne spürte den Schwindel und eine drohende Schwärze vor den Lidern. Sie atmete tief ein und er ließ ihr ein wenig mehr Raum zum Luftholen. Die Sterne in ihrem Inneren waren nur noch ein leichtes Flackern.

Langsam bewegte er sich, doch sie merkte, dass er sich kaum mehr beherrschen konnte.

Der Schmerz ließ nicht nach. In diesem Moment wollte sie einfach, dass es vorbei war.

Sie erinnerte sich an etwas, das Veneva ihr erzählt hatte. Versuchsweise hob sie ihr Becken. Er stöhnte auf, stieß noch fester zu, so fest, dass ihr die Tränen kamen. Und dann erzitterte er selbst, sog scharf die Luft ein und hielt inne.

Kurz darauf legte er sich neben sie und zog ihren Kopf an seine Brust. Liebevoll hielt er sie.

Sie wusste, dass er ihr keinen Schmerz hatte zufügen wollen. In seinen Armen fühlte sie sich beschützt und sicher. Mit diesem Gedanken schlief sie lächelnd ein.

14

GWIRIONEDD

Wahrheit

»Großer Gott, was habe ich getan?«

Elayne fand kaum den Weg aus dem Schlaf. Ihr Kopf schmerzte, als hätte jemand ihre Schläfen zwischen zwei Mahlsteine gesteckt. Ihre Lider waren schwer und ein furchtbarer Geschmack lag auf ihrer Zunge. Sie hoffte, sie würde sich nicht übergeben.

Ihr war nicht kalt. Das war gut. Sonst war ihr morgens immer kalt.

Dann wurde ihr bewusst, warum ihr nicht kalt war. Weil jemand sie festhielt. Es war seine Wärme, die sie in diese angenehme Situation versetzte.

Vorsichtig öffnete sie die Augen.

Sein Blick war voll schrecklicher Erkenntnis. Und doch war er liebevoll. Er streichelte ihr eine Strähne aus dem Gesicht und küsste ihre Stirn.

»Elayne. Kleine, unschuldige Elayne. Mein Rabenkind.«

Sie versuchte, sich aufzusetzen, was keine gute Idee war, denn sofort überkam sie eine Welle der Übelkeit. »Der Wein«, brachte sie über die Lippen. »Er hat uns wirklich etwas in den Wein gemischt.«

Er hielt sie fest an sich gedrückt, ihr Kopf ruhte an seiner Brust. Das Gefühl der Sicherheit war noch immer da. Das beruhigte sie. Dann rückte er ein wenig nach unten, damit er sich mit ihr auf Augenhöhe befand. »Wir müssen uns anziehen. Sofort.«

»Sobald ich mich nicht mehr übergeben muss«, brachte sie durch zusammengekniffene Lippen hervor.

»Nein, du verstehst nicht, was hier vor sich geht.« Er fuhr sich aufgebracht durch das wirre Haar.

Sie schloss kurz die Augen, kämpfte gegen den Würgereiz. »Nein, du aber auch nicht«, brachte sie gepresst hervor.

»Elayne … du weißt nicht …« Er schluckte. »Du weißt nicht, wer ich wirklich bin und welches Ausmaß das hier alles annehmen kann.«

»Wasser«, krächzte sie und hatte überhaupt keine Lust, zu verstehen, was er von ihr wollte.

Er nickte und richtete sich auf, um vorsichtig über sie hinweg aus der Schlafstätte zu klettern. Er war nackt und Elayne konnte den Blick nicht abwenden.

Auf dem kleinen Tisch standen ein Krug mit frischem Wasser und zwei Becher.

»Sie wissen es.« Er deutete auf den Tisch. »Das Wasser stand gestern noch nicht hier.«

Er schenkte in beide Becher Wasser ein und gab zuerst ihr einen, bevor er selbst einen großen Schluck trank und sich in seiner Kammer umsah. Kopfschüttelnd bemerkte er: »Die Kohlebecken. Ich hätte es schon gestern Abend bemerken müssen.«

»Was denn?«, knirschte sie, noch immer mehr mit dem Geschmack aufsteigender Galle beschäftigt als mit seinen wirren Worten.

Er sah zu Boden und dann sie an. »Wir sind betrogen worden. Wir beide. Komm, ich helfe dir beim Anziehen.«

Sie drehte sich um. »Lass mich hier liegen. Mir geht es schrecklich.«

»Ich weiß«, seufzte er.

Sie hörte, wie er sich anzog, und als sie sich wieder umdrehte, kniete er mit einem feuchten Tuch vor ihr.

Seine Stimme war heiser. »Du solltest dich waschen.« Er deutete an ihr hinunter.

Sie folgte seinem Blick. An der Innenseite ihrer Oberschenkel klebte trockenes dunkles Blut.

Der Anblick war zu viel für sie. Sie schaffte es gerade noch, den Kopf über den Rand der Schlafstätte zu heben, bevor sie den ganzen Mageninhalt – hauptsächlich flüssiger Natur – von sich gab.

Galahad reichte ihr den Becher, damit sie den Mund mit Wasser ausspülen konnte. Dann half er ihr, die Schenkel zu säubern und das Hemd und die Tunika anzuziehen.

Elayne band sich ihr Haar zu einem Knoten. Sie fühlte sich noch immer schlimm, doch der unmittelbare Würgereiz war nicht mehr da. Sie hoffte, sie würde sich nicht noch einmal übergeben müssen, denn schon jetzt schämte sie sich viel zu sehr.

»Wir werden dir etwas zu essen besorgen«, versprach er sanft. »Mit frischer Luft und etwas Festem im Magen geht es dir schnell besser.«

Er nahm sie an der Hand und ließ sie nicht mehr los, bis sie in der großen Halle angekommen waren. Und auch dann ließ er sie nicht mehr los.

Sie wurden erwartet. Pelles stand am Feuer, gestützt auf seinen Eichenstab. Er trug einen frischen Verband und sah aus, als habe er außerordentlich gut geschlafen. Alle anderen jedoch wirkten genauso elend, wie Elayne sich fühlte.

Großvater saß in seinem Sessel, blass und um Jahre gealtert. Brisen stand neben ihm und stützte sich an der Lehne seines Sessels ab. Ihre Frisur sah unordentlich aus, ihre Augen waren gerötet. Der alte Liam sah betreten zu Boden und saß zusammengesackt auf der Bank. Sein Sohn neben ihm sah traurig in das Feuer. Veneva verweilte in dem Sessel, der eigentlich Pelles' Thron war, und hielt ihren kleinen Dewi im Arm. Sie sah Elayne verzweifelt an. Ned hockte zu ihren Füßen und traute sich nicht, aufzusehen.

»Was habt ihr getan?«, verlangte Galahad mit heiserer Stimme, zu wissen. »Welch dunkle Magie habt ihr angewandt?!«

Pelles lachte. »Keine dunkle Magie. Nur ein paar Kräuter, um euch ein wenig in eurer Leidenschaft zu bestärken.«

»Wieso? Wieso das alles?!« Die freie Hand ballte er zur Faust, der ganze Körper angespannt. »Sie ist noch ein Kind! Bei allen verdammten Göttern und dem einen, der in diesem Moment wohl nicht hinsah: Seid ihr wahnsinnig?!«

»Lass Gott aus dem Spiel«, bat Großvater leise. »Er hat damit nichts zu tun. Es ist allein Pelles' Werk.«

»Nein!« Galahad schüttelte den Kopf. »Nein, ihr seid alle beteiligt. Ich sehe es an euren betretenen Gesichtern. Ihr habt mich reingelegt. Und ihr habt dieses arme Mädchen dafür benutzt.«

Pelles' Lächeln verging. »Wer hat hier wen reingelegt? Wann hattest du vor, uns deinen wahren Namen zu verraten, Lancelot vom See?«

Elayne kämpfte gegen eine neue Welle der Übelkeit.

Nein, das konnte nicht sein. Entsetzt sah sie zu ihrem Barden auf.

»Oh bitte, es war ziemlich offensichtlich, dass du nicht nur ein Barde bist.« Pelles' Stimme klang sarkastisch. »Der Umgang mit den Pferden. Es mochte Zufall sein, doch ich kenne nur einen Mann, der so mit Tieren umgehen kann. Er war noch ein junger Bursche, als ich ihn zuletzt sah. Am Hofe unseres damals frisch gekrönten Hochkönigs. Es dauerte nur eine Weile, bis ich mir sicher war. Und dann der Überfall der Skoten. Wir haben dir zu verdanken, dass wir noch am Leben sind. Wer sonst als der fähigste Krieger Britanniens hätte vermocht, aus Fischern und Bauern eine Verteidigungslinie zu erstellen und gegen Piraten zu bestehen?«

»Das erklärt nicht, warum du deine eigene Tochter in mein Bett gelegt hast!«

»Ich habe sie nicht dort hineingelegt. Das hat sie selbst getan.«

»Wage es nicht, so zu reden, alter König. Nicht über dein eigen Fleisch und Blut«, drohte der Mann, den Elayne bisher nur als ihren Barden gekannt hatte.

Tränen stiegen in ihr auf. Was sollte das alles bedeuten?

»Lancelot?«, flüsterte sie.

Er sah sie an und nickte traurig.

Sie riss sich von seiner Hand los und wich zurück. »Das kann nicht sein. Du bist Galahad, ein Barde aus Dumnonia. Mein Barde.«

»Nur eine Geschichte, die er erfunden hat, um unsere Festung den ganzen Winter lang nach Schätzen zu durchsuchen«, erklärte Pelles bitter.

»Nicht nach Schätzen.« Lancelots Stimme brach. »Nach *einem* Schatz. Dem höchsten Schatz der Christenheit: dem Heiligen Gral.«

Also stimmte es. Er hatte sie ausgenutzt.

Elayne zitterte. Vor Wut, vor Kälte und vor Abscheu.

»Elayne ... Ich wollte nicht ...«

»Sprich nicht mit mir«, befahl sie und die Tränen verschleierten ihr den Blick. »Und ihr!« Sie sah in die Runde ihrer Familie und Freunde. »Ihr habt es alle gewusst?«

Brisen ging einen Schritt auf sie zu. »Mir war nicht bewusst, wer er wirklich ist. Ich wusste nur, dass er nicht derjenige ist, der er vorgab, zu sein.«

»Nein, komm nicht näher!« Elayne hob abwehrend beide Hände. »Es waren doch deine Kräuter, die den Wein verstärkten.«

»Dein Vater hat mir befohlen, es zu tun.« Tränen glänzten in den Augen ihrer Amme. »Für deine Mutter.«

»Halt den Mund!« Elayne konnte nicht glauben, was hier passierte. Sie alle hatten sie betrogen.

»Die anderen haben erst heute früh erfahren, wer er ist«, fuhr Brisen fort. »Pelles hat es beim Frühstück verkündet.«

»Wieso?«, fauchte Elayne ihren Vater an.

»Die Vision deiner Mutter«, erklärte er unbekümmert.

Sie konnte es nicht glauben. »Du bist wirklich wahnsinnig. Du alter sturer Mann! Das werde ich dir nie verzeihen, niemals.«

Elayne drehte sich um und rannte. Sie wusste nicht, wohin, doch als sie die Tür erreichte, durch die sie am Abend zuvor mit *ihm* gekommen war, stürmte sie hinaus in den kalten Wintermorgen.

Sie rannte über den Hof, ließ die Mauern hinter sich und lief, ohne zurückzuschauen. Sie fiel auf die Knie, rappelte sich wieder auf, wischte sich die Tränen mit dem Ärmel aus dem Gesicht und lief weiter.

Bei den römischen Mauern verließen sie ihre Kräfte. Sie schaffte es noch in das alte Haus von Veneva und Ned, zog die Tür hinter sich zu und kauerte sich auf der Schlafstätte zusammen.

Eine alte Decke lag dort, klamm und von Motten zerfressen. Sie wickelte sich darin ein und ließ ihren Tränen und ihrem Schmerz freien Lauf.

Sie musste eingenickt sein. Als sie die Augen wieder öffnete, war es finster. Ihre Kopfschmerzen waren fort, doch die Übelkeit hatte sich in ihrer Mitte manifestiert.

Sie setzte sich auf und dann erst bemerkte sie, was sie geweckt hatte. Die Tür stand offen, das Mondlicht schien hinein und tauchte die kalte Feuerstelle in silbriges Licht.

»Wer ist da?«, rief sie in die Dunkelheit.

»Ich.«

Er saß abseits des Mondscheins auf der Bank. Sie konnte seine Umrisse schemenhaft erkennen.

»Gal…« Sie unterbrach sich. »Lancelot.«

»Ich habe die Festung nach dir abgesucht. Dann den Wald des Einhorns, weil ich dachte, du suchst vielleicht dort Trost.«

»Es gibt keine Einhörner.«

»Für uns schon.«

»Es gibt auch kein *uns*, Lancelot vom See. Es gab ein Mädchen namens Elayne und einen Barden namens Galahad. Doch das Mädchen ist nun kein Mädchen mehr und den Barden hat es nie gegeben.«

Er stand auf, sie erkannte es an den Umrissen.

»Bleib weg. Ich möchte nicht, dass du mich anfasst.« Sie rückte in die hintere Ecke der Bettstatt.

»Ich werde dich nicht anfassen, versprochen. Ich möchte nur dein Gesicht sehen, während ich mit dir rede.«

»Du sollst nicht mit mir reden. Ich will überhaupt nichts hören.«

»Gib mir doch die Gelegenheit, mich zu erklären.«

»Du hattest den ganzen Winter Zeit, mir die Wahrheit zu sagen. Jetzt interessiert sie mich nicht mehr.«

»Das glaube ich dir nicht.« Er setzte sich zu ihr auf die Schlafstätte, jedoch darauf bedacht, sie nicht zu berühren. »Ich habe nicht gelogen. Ich habe nur nicht ... die ganze Wahrheit gesagt.«

Sie lachte bitter auf. »Das klingt für mich nach lügen.«

»Meine Mutter ... Elayne ... Sie ließ mich auf den Namen Galahad taufen. Erst auf Avalon gab man mir den Namen Lancelot. Ich wurde zum Barden ausgebildet. Doch ich wusste, dass hier draußen in der Welt mehr auf mich wartete als die Lieder über die Abenteuer anderer Menschen. Meine eigenen Abenteuer warteten auf mich. Ich fand meinen Vater und meine Halbbrüder. Ich wurde zum Krieger ... und zu Artus' bestem Freund.«

Dann waren die Lieder also wahr. Er hatte sie selbst gesungen. Und wenn dieses Lied zutraf, dann auch die anderen von Lancelot und Gwenhwyfar, dem heimlichen Liebespaar.

»Ich konnte nicht sagen, wer ich bin«, fuhr er traurig fort. »Hätte König Pelles mir erlaubt, die Festung nach dem größten Geheimnis der Christenheit zu durchsuchen? Es hat sich herumgesprochen, dass er sich zurückgezogen hat und eigenartig geworden ist ... und dass er seine Tochter versteckt hält. Wenn er schon sein Kind versteckt, was war dann mit dem Heiligen Gral?«

»Der Heilige Gral«, flüsterte Elayne abschätzig. »Warum wolltest du ihn finden?«

»Du kennst doch die Geschichte, oder?«

Sie runzelte die Stirn und versuchte, sich an das zu erinnern, was Großvater ihr erzählt hatte. »Der Gral ist das Gefäß, in dem das Blut Jesu aufgefangen wurde, als er in Golgatha am Kreuz hing.«

»Und die Macht seines heiligen Blutes blieb im Gral erhalten. Jeder, der daraus trinkt, erhält das ewige Leben.«

Sie schüttelte ungläubig den Kopf. »Das ist nur eine Legende.«

»Und doch besitzt der Heilige Gral eine hohe Symbolkraft. Allein die Würdigen erkennen ihn; jene, die rein sind.«

»Eine weitere Legende.«

»Trotzdem, wer den Gral in seinen Besitz bringt, beweist, dass er rein ist ... und würdig, die Macht des ewigen Lebens in seinen Händen zu halten. Ein Herrscher, der den Gral hält, würde von niemandem je angezweifelt werden. Kein Christ ... und selbst die Anhänger der alten Religion ... würde die Macht des Grals je infrage stellen.«

Er atmete tief ein.

»Elayne, Camelot war einst ein Ort voller Freude und Zuversicht. Wir wussten, die Zukunft lag in unseren Händen. Alle liebten Artus, den jungen König, und den Frieden, den er dem Land gebracht hatte. Doch mit den Jahren kamen die alten Zweifel wieder hervor. Neider mehrten im Geheimen ihre Macht.

Dort, wo sich die Macht konzentriert, gibt es immer Neider. Und Intrigen.

Camelot ist kein goldener Hort der Zukunft mehr. Er hat Flecken bekommen, strahlt nicht mehr im alten Glanz ... Ich dachte, wenn ich den Gral finde und zu Artus bringe, erstrahlt es mehr denn je. Niemand würde je wieder an ihm zweifeln oder gar wagen, Ränke gegen ihn zu schmieden. Britannien wäre wieder geeint wie in jenen ersten Tagen, als wir alle noch jung und voller Hoffnung waren. Seine Könige und Krieger wären wieder vereint. Sie kämpften in einer Linie gegen die Feinde, die unsere Küsten bedrohen. Niemand hätte eine Chance gegen uns.«

Natürlich hatte Lancelot nicht für sich selbst gehandelt, als er nach Corbenic gekommen war. Er handelte, um Artus zu helfen. Um Britannien zu helfen. Doch eines hatte er bei seiner Suche nicht bedacht.

»Wie kann der Gral der Beweis von Artus' Reinheit sein, wenn außer den Reinen niemand den Gral erkennt? Die Unreinen sehen nur einen alten Kelch.«

Hoffnung hellte seine Stimme auf. »Noch sind die Guten in der Überzahl. Es sind ihre Herzen, die es zu überzeugen gilt, bevor auch dort der Zweifel ankommt und sich fortpflanzt.«

Sie setzte sich auf und verschränkte die Arme vor der Brust. Die Wut in ihrem Herzen war noch immer stark wie ein Sturm. Trotzdem wollte sie verstehen, was ihn veranlasst hatte, sie alle zu betrügen.

»Wie kam es dazu, dass du ausgerechnet in Corbenic nach dem Gral suchtest? Was veranlasste dich zu der Annahme, dass er hier sein soll?«

»Es gibt Geschichten davon, dass Joseph von Aramitäa den Gral nach dem Tode Jesu in Obhut nahm. Seine Flucht führte ihn an die Küste Britanniens. Auf Ynis Witrin blüht ein Dornenbusch. Man sagt, es sei der Stab des Joseph, den er in die Erde rammte, als er erkannte, dass genau dies das Land sei, in dem er sicher sei und er den Gral verstecken konnte. Einige Jahre lebte er auf Ynis Witrin. Dann breiteten die Römer ihre Herrschaft über Britannien aus und Joseph zog weiter nach Norden.«

»Der Norden ist groß«, gab sie zu bedenken, zog die Knie an und umschlang ihre Beine mit den Armen. »Falls der Gral überhaupt so weit gekommen ist, könnte er ebenso in Caer Luel oder noch weiter nördlich in Lothian sein.«

Lancelot lachte leise. »Oh glaube mir, hätten Uryen oder gar Lot einen Schatz wie den Gral in ihrem Besitz, hätten sie ihn schon längst genutzt. Beide lassen nichts aus, um ihre Macht zu mehren.«

Elayne schluckte. Sie erinnerte sich an jene Unterhaltung, als Uryen versucht hatte, ihren Vater von einer Heirat mit Ywein zu überzeugen.

Er seufzte und sprach mehr zu sich selbst: »Nein, es musste ein Ort sein, der schon immer bedeutend ist. Einer, der abseits liegt und doch beschützt wird.«

Sie schwiegen. Ein Kauz rief durch die Nacht. Der Wind fuhr durch die Bäume und ließ die Äste rascheln. Elayne erschauderte.

Der Mann, der ihr Barde gewesen war, richtete sich auf. Sie spürte, dass er sie ansah. »Ich mag den Gral nicht gefunden haben, doch ich fand einen anderen Schatz in Corbenic. Dich, Elayne.«

Seine Worte fühlten sich wie das Salz des Meeres in einer offenen Wunde an.

»Ich glaube dir kein Wort von dem, was du zu mir sagst.«

»Ich werde Corbenic verlassen, sobald die Sonne aufgeht«, verkündete er gedämpft. »Ich wünschte, ich könnte dich mit mir nehmen. Doch ich habe kein Zuhause, keine Festung, kein Heim, das ich dir bieten könnte. Nur Camelot. Und dies ist ein Ort, der dich zerstören würde. Du gehörst hierher, Elayne. Zu den wilden Wogen des Meeres, zu dem tiefen Grün der Wälder ... und den Einhörnern.«

Wieder spürte Elayne Tränen in sich aufsteigen. Sie schnürten ihr die Kehle zu.

»Geh doch einfach«, ächzte sie. »Bitte. Ich kann deine Worte nicht mehr ertragen. Denkst du, ich wäre mit dir gekommen? Niemals. Geh und lass mich allein. Sofort!«

»Lass mich dich wenigstens zur Feste bringen. Es ist kalt und du bist geschwächt. Du sollst nicht krank werden.«

»Nein. Geh. Jetzt.«

»Elayne ...« Seine Stimme klang erstickt.

»Geh endlich!«, schrie sie ihn an. »Und solltest du je zurückkehren, werden Corbenics Raben deine Augen aushacken.«

Er stand langsam auf. Seine Gestalt hob sich gegen den silbrigen Schein des Mondes ab, der durch die offene Tür hereinfiel. Noch einmal sah sie sein Profil mit dem wirren Haar, das ihm so gern in die Stirn fiel, und der Nase, die ein wenig lang, doch mit den hohen Wangenknochen so ansehnlich wirkte.

»Leb wohl, Rabenkind.«

Sie antwortete nicht. Also drehte er sich um und verließ sie.

Elayne wollte das Elend ihres Lebens in den Wald hinausschreien. Stattdessen erstickte sie ihren Kummer in dem schimmeligen Kissen der Schlafstätte.

15

FFYNNON

Die Quelle

D as Fleisch an König Pelles' Bein war grünlich und stank nach altem Fisch. Elayne presste fest die Lippen aufeinander und schloss kurz die Augen, bevor sie mit einem sauberen Tuch Brisens Tinktur auftrug. Nur noch durch den Mund atmend, legte sie Moos auf die stinkende Wunde und fixierte es mit mehreren Lagen des frischen Verbandes.

Ihr Vater hatte keinen Laut von sich gegeben. Die Verletzung am Bein verheilte nicht. Immer wieder traten Eiter und Wundsaft aus. Das Gehen fiel dem alten König schwer. In manchen Stunden dachte Elayne, dass dies Gottes Strafe für ihn war. Dafür, dass er sein eigenes Kind verraten hatte.

Brisen wechselte für gewöhnlich den Verband und reinigte die Wunde. Heute war sie in das Dorf gegangen, um bei einer Geburt zu helfen, und hatte Elayne die Aufgaben in der Festung übertragen.

So war es an ihr, ihren Vater zu pflegen. Pelles selbst sagte kein Wort, bis sie seine Kammer verließ.

Sie beeilte sich, das schmutzige Wasser und die Tücher an die frische Luft zu bringen. Auf dem Hof atmete sie tief durch und schloss die Augen, da der helle Sonnenschein blendete.

Sie war selbst krank gewesen. Ned und der junge Liam hatten sie in den alten römischen Mauern gefunden. Sie hatte gefiebert und war so schwach gewesen, dass die beiden Männer sie in Decken wickelten und auf einem Karren liegend zurück zur Festung brachten.

Drei Tage hatte sie im Fieber gelegen, bevor sie wieder zu sich gekommen war. Doch seither gab es immer wieder Momente, in denen sie sich schwach fühlte oder ihr schwindelte.

Schon bei dem Gedanken, zurück in die kalten, finsteren Mauern zu gehen, wurde ihr wieder übel. Die Mauern, von denen sie sich früher beschützt gefühlt hatte, die jedes Übel von ihr fernhielten, kamen ihr nun wie ein Verlies vor. Deswegen verbrachte sie so viel Zeit wie möglich draußen.

Sie wusste, dass ihr Großvater beim Fischen war, also verließ sie den Hof und ging zum Ufer des Flusses, um dort entlangzugehen und Ausschau nach ihm zu halten.

Er hatte es sich unter einer Pappel gemütlich gemacht. Seine Angelrute lag neben ihm. Einen Fisch hatte er noch nicht gefangen.

Elayne setzte sich neben ihn und erst dann schien er sie zu bemerken.

Er lächelte sie sanft an. »Oh, du bist es, Kind. Braucht man mich in der Festung?«

»Nein«, seufzte Elayne. »Ich wollte nur etwas an die frische Luft.«

»Sehr vernünftig«, nickte er. »Du siehst so blass aus. Die Sonne und der Westwind werden deine Wangen erfrischen.«

Gemeinsam saßen sie da, blickten auf das fröhliche Plätschern des Flusses, der hier schmaler war und über Steine seinen Weg suchte.

Wie gern wäre Elayne jetzt wieder ein kleines Mädchen gewesen. Dann hätte sie ihren Großvater nach einer der vielen Geschichten gefragt, die er zu erzählen wusste. Heute jedoch glaubte sie, dass seine Worte ihr wenig Trost spenden konnten.

Sie ließ den Blick schweifen. Sie hatte den Fluss immer geliebt, die Wälder und Heiden und alle Tiere, die sie dort zu entdecken vermochte. Jetzt wünschte sie sich an einen anderen Ort, fern von allem. Sie konnte sich noch nicht einmal vorstellen, an welchem sie gern wäre, nur weit weg sollte er sein.

Vielleicht sollte sie nach Rom reisen. Ihr Großvater erhielt manchmal Briefe von dort. Vielleicht kannte er jemanden, bei dem sie leben konnte. Sie wollte keine Almosen. Sie würde für ihren Lebensunterhalt arbeiten, wenn man es von ihr verlangte.

Eine Wolke schob sich vor die Sonne und der Wind frischte auf. Elayne schlang die Arme um ihren Körper.

»Sollen wir besser zurück in die Feste?«, erkundigte sich der Großvater.

»Nein, es ist in Ordnung. Sobald die Sonne wieder scheint, wird mir warm.«

Großvater legte einen knochigen Arm um sie. »Dann spende ich dir ein wenig meiner Wärme, wenn es dir nichts ausmacht.«

Elayne spürte, wie sich ihre Kehle zuschnürte.

Nein, sie wollte nicht weinen. Sie hatte in den vergangenen Wochen so viele Tränen vergossen, dass sie sich selbst schon nicht mehr leiden konnte. Sie änderten nichts daran, dass sie sich hier nicht mehr zu Hause fühlte und nicht wusste, wie sie von hier wegkommen sollte.

Eine Bewegung zwischen den Bäumen am anderen Ufer zog ihre Aufmerksamkeit auf sich. Ein Reiter suchte sich seinen Weg, gehüllt in einen dunkelblauen Umhang.

Elaynes Herz schlug schneller. Fremde verirrten sich selten hierher. Für einen Moment glaubte sie, das dunkle wirre Haar jenes Mannes zu sehen, den sie so sehr vergessen wollte.

War das nicht ein edles Ross, auf dem der Reiter kam? Und der blaue Umhang sprach ebenso von einem gewissen Wohlstand.

»Was ist? Kommt da jemand?« Großvaters Augen waren nicht mehr sehr gut.

»Ja«, antwortete Elayne voller Hoffnung.

Dann kam die Sonne hinter der Wolke hervor und das Haar des Reiters erstrahlte in hellem Braun. Auch war die Gestalt nicht so groß gewachsen, wie Elayne es zunächst gedacht hatte.

»Ein Fremder«, fügte sie etwas nüchterner hinzu.

»Schon wieder? Das nimmt langsam Überhand. In meinen alten Tagen hatte ich mir etwas mehr Ruhe erhofft.« Er rappelte sich umständlich auf. »Hilf mir beim Aufstehen, Kind, sei so gut.«

Sie warteten am Ufer, bis der Reisende besser zu sehen war.

»Sag ihm, dass er hier nicht über den Fluss kann«, bat Großvater. »Das arme Pferd rutscht auf den Steinen aus.«

»Hallo«, rief Elayne. »Die Brücke ist flussaufwärts. Hier kannst du nicht rüber.«

Der Reiter winkte ihnen zu und lenkte sein braunes Pferd in diese Richtung. Elayne und Großvater liefen am Flussufer entlang, bis sie ebenfalls zur Brücke kamen.

»Bei meinem Herrn Jesus«, flüsterte Großvater, als der Reisende sein Pferd über die römische Brücke lenkte. »Das ist kein Fremder.«

»Nein?« Elayne suchte nach Merkmalen, die ihr bekannt vorkamen.

Der Reiter war älter als sie, dennoch jung. Seine Wangen waren von einem leichten Schatten bedeckt, als habe er sich ein paar Tage nicht rasiert. Seine Nase war etwas breiter als die ihre, doch als er den Blick auf sie richtete, erkannte sie ihre eigenen hellen Augen in seinem Gesicht.

»Das ist Percival«, raunte Großvater ihr zu. »Dein Vetter.«

Von diesem hatte Elayne recht widersprüchliche Geschichten gehört.

Ihr Großvater trat dem Reisenden in den Weg. »Welch Überraschung, dich hier wiederzusehen, Junge.«

Percival ließ sein Pferd anhalten und stieg freudestrahlend ab. Vor dem Großvater verbeugte er sich tief. »Es ist mir eine Ehre, wieder hier zu sein, Fischerkönig.«

Seine Stimme klang nasal und Elayne fragte sich, ob er erkältet war.

Großvater gab einen missbilligenden Laut von sich, doch da galt Percivals Aufmerksamkeit auch schon Elayne. Freundlich nickte er ihr zu und musterte sie aufmerksam, ohne ein Wort des Grußes.

»Das ist deine Base Elayne«, erklärte Großvater rasch. »Was führt dich nach Corbenic?«

Rasch löste der junge Mann den Blick von ihr. »Ich bin auf der Durchreise und benötige eine Unterkunft für die Nacht«, erklärte er sachlich.

»Hm«, grummelte der Großvater. »Gut, dann kann man dich wohl nicht abweisen. Komm. Dein Onkel wird sich freuen.« Er ging voran, wobei er erstaunlich raschen Schrittes lief.

Percival führte sein Pferd am Zügel und Elayne ging neben ihm. »Er war ja schon immer griesgrämig«, flüsterte er. »Aber irgendwie scheint es noch schlimmer geworden zu sein.«

»Zu mir ist er immer sehr liebenswürdig«, entgegnete Elayne etwas spitz, was dazu führte, dass Percival kein Wort mehr sprach, bis sie die Festung erreicht hatten.

Elayne hatte sich vorgenommen, niemals einen Menschen zu verurteilen, bevor sie ihn persönlich kennengelernt hatte. Der

Sohn ihrer Tante jedoch machte einen so weltfernen Eindruck, dass sie ihn nur merkwürdig finden konnte.

Natürlich wurde ihm angeboten, so lange in Corbenic zu verweilen, wie es ihm beliebte. Und Brisen bereitete mit Venevas Hilfe einen wahren Festschmaus zu. Eine gebratene Gans wurde aufgetischt, dazu ein Sud aus Kräutern und frisches Fladenbrot.

Dennoch schien sich niemand wirklich über den Besuch des jungen Mannes zu freuen.

Das Abendessen verlief in eigentümlicher Weise. Großvater, der sonst immer eine Geschichte zu erzählen hatte, aß schweigend und ignorierte den jungen Gast. Pelles bot seinem Neffen einen Sessel neben dem seinen an, worauf der junge Mann Platz nahm.

Immer wieder musterte Percival seinen Onkel und vor allem dessen Bein, doch er wagte es kaum, das Wort an ihn zu richten.

Elayne hätte sich am liebsten zu Veneva, Ned und Dewi gesellt, doch es gehörte sich, dass sie neben Percival saß.

Das Essen war köstlich, nur redete niemand. Es hätte ebenso gut eine Trauerfeier sein können.

Dann plötzlich erhob der Gast das Wort. »Meine Mutter ist tot.« Die Gesichter der Anwesenden richteten sich auf ihn. »Ich habe es erst vor einer Woche erfahren. Aber sie ist schon seit zwei Jahren tot.« Er räusperte sich dezent und trank von dem Kräuterbier, das Pelles ihm angeboten hatte. Dann sah er in die Runde. »Ich finde, das solltet ihr wissen. Dass sie tot ist, meine ich. Ihr seid ihre nächsten Blutsverwandten. Außer mir natürlich. Und ich wollte es nicht in einem Brief schreiben oder einem Boten anvertrauen.«

Pelles nickte langsam. Er schien ein wenig erleichtert, dass dies der Grund des Besuchs war. »Ich danke dir, Percival. Das ist wirklich eine traurige Nachricht. Möge Gott über ihre Seele wachen.«

Percival schlug eilig mit dem Zeigefinger ein Kreuz auf seiner Stirn. »Amen.«

»Amen«, pflichtete Pelles ihm bei.

Der Rest der Runde stimmte etwas zögerlicher ein.

Nach der Abendmahlzeit zogen sich alle schnell zurück. Niemand hatte das Bedürfnis, sich wie sonst üblich um das Feuer zu versammeln und bei Wein oder Bier zu erzählen, wie der jeweilige Tag gewesen war. Selbst Brisen verschwand rasch in der Küche.

Also war es an Elayne, den jungen Gast zu seinem Gemach zu bringen. »Es ... es tut mir sehr leid, dass du deine Mutter verloren hast«, sprach sie leise.

Ihr Vetter tat ihr leid. Man hatte ihm hier keinen warmen Empfang bereitet, wie es ihm eigentlich gebührt hätte.

Er mied ihren Blick. »Mir auch. Vor allem ... weil es meine Schuld ist.«

Elayne stoppte und hob den Kienspan, mit dem sie den Weg geleuchtet hatte, um Percivals Gesicht anzusehen. »Wenn du erst jetzt von ihrem Tod erfahren hast, wie kann es deine Schuld sein?«

Betreten sah er auf seine Fußspitzen. »Sie ist vor Kummer gestorben. Weil ich sie verließ.«

»Das glaube ich nicht«, raunte sie.

»Doch. Man berichtete mir, dass sie – nachdem ich wegging – viele Tage weinte und sich grämte. Dann wurde sie krank und ist einfach nicht mehr gesund geworden.«

Elayne wurde flau im Magen. Vor Kummer sterben. Das ging also doch. Tröstend legte sie ihrem Vetter eine Hand auf den Oberarm. »Es ist trotzdem nicht deine Schuld.«

Er schüttelte unwirsch ihre Hand ab. »Du weißt doch gar nichts über mich, wie kannst du da so sicher sein?«

»Ich sehe es in deinen Augen«, sprach sie sanft. »Du würdest nie mit Absicht Leid zufügen.«

»Ich habe sie verlassen!«, brach es aus ihm heraus. »Sie wollte nie …« Er schluckte. »Sie wollte nie, dass ich fortgehe, so wie mein Vater. Sie wollte, dass ich bei ihr bleibe und ein friedliches Leben in der Abgeschiedenheit führe. Doch mir war das nicht genug. Ich wollte hinaus in die Welt und Abenteuer erleben. Ich wollte nach Camelot und mich der Tafelrunde anschließen. Ich war so selbstsüchtig, dass ich nicht sah, welches Leid ich ihr damit zufügte.«

Im Schein des Kienspans sah sie Tränen in seinen Augen. »Wollen nicht alle jungen Leute eines Tages das Elternhaus verlassen? Das liegt in unserer Natur, Percival.«

»Percy … meine Freunde nennen mich Percy.« Er schluckte und betrachtete erneut seine Fußspitzen. »Und du bist meine Base. Da ist es nur recht, dass du mich auch so nennst.«

Ihr Herz wurde ganz schwer, ihn so reden zu hören. Er wirkte so kindlich und unbedarft, obwohl er älter als sie war. Und doch konnte sie sich selbst in ihm sehen. Sie beide hatten mehr gemeinsam, als ihnen bewusst war.

»Ja, Percy. Wollen wir uns morgen weiter unterhalten? Ich glaube, wir haben uns viel zu erzählen.«

Ein kleines Lächeln huschte über sein Gesicht und er wischte sich mit dem Ärmel über die Augen. »Ja, das wäre schön. Ich habe mich schon lange nicht mehr unterhalten.«

»Ich auch nicht.«

»Gute Nacht, Base.«

»Schlaf gut. Und möge Gott über deine Träume wachen.«

»Er muss gehen. Ich erlaube nicht, dass er einen Tag länger unter meinem Dach verbleibt.«

»Ich mag selten mit dir einer Meinung sein, Pelles, doch ich gebe dir recht. Percival muss gehen.«

Elayne hörte die aufgebrachten Stimmen, noch bevor sie die Halle betrat. Ihr war übel gewesen, weshalb sie später als sonst aufgestanden war. Und sie konnte nur hoffen, dass ihr Vetter noch länger schlief, damit er die boshaften Worte ihres Vaters und ihres Großvaters nicht hörte.

Ihre Wut brach harsch aus ihr heraus. »Wie könnt ihr so etwas sagen?!«, rief sie.

»Halte dich raus, Kind, du hast keine Ahnung«, entgegnete Pelles und trank seine morgendliche Medizin aus dem Becher.

Sie stemmte die Hände in die Hüften und stellte sich vor ihrem Vater auf. »Natürlich habe ich keine Ahnung. In deinen Augen hat das niemand. Ich habe aber sehr wohl Ahnung, nämlich davon, wie man sich gegenüber Gästen verhält. Percy ist der Sohn deiner Schwester! Dein eigen Fleisch und Blut! Und nicht einmal ihn erträgst du unter deinem Dach?!«

Er erwiderte seufzend ihren Blick. »Er mag deine Augen haben, doch er hat nicht deinen Verstand, Elayne. Meine Schwester war wahnsinnig. Sie verkroch sich mit ihrem kleinen Sohn in einem Haus in der Wildnis, mit nur wenigen Bediensteten. Sie wollte, dass niemand sie besucht. Der Junge ist ohne richtige Bildung aufgewachsen.« Er trank den letzten Tropfen seiner Medizin und stellte den Becher auf der Lehne seines Sessels ab, dann rieb er sich das schmerzende Bein und murmelte: »Vermutlich kann er nicht einmal lesen. Vom Umgang mit anderen Menschen hat er jedenfalls kaum Ahnung, und von der Welt schon gar nicht.«

Elayne ließ die Arme sinken. »Lass ihn hier bei uns wohnen und lernen. Wir haben genug Schriften, um ihm alles beizubringen, was ein Mann seines Standes zu wissen hat.«

»Nein«, war die knappe Antwort ihres Vaters.

»Warum nicht?«

»Er ist eine Gefahr.«

Sie musste lachen. »Er ist keine Gefahr! Siehst du nicht, dass er gebrochen ist? Er braucht Menschen, die sich um ihn kümmern.«

Der Blick ihres Vaters wurde eindringlicher. »Das sind nicht wir. Und abgesehen davon ist er erwachsen. Er kann sich um sich selbst kümmern.«

»Elayne, mein Kind«, versuchte ihr Großvater es beschwichtigend. »Ich muss deinem Vater beipflichten – wenn auch aus anderen Gründen. Percival muss Corbenic verlassen. Er hat kein … Recht, hier zu sein.«

»Ihr hättet mich auch einfach bitten können, zu gehen.«

Erschrocken wandten sich die Blicke ihrem Gast zu, der im Zugang des Flurs zur Halle stand.

»Ich hatte ohnehin nicht vor, lange zu bleiben. Lebt wohl, Onkel und … Großvater.« Percival wandte sich ab und eilte in den Gang.

Elayne funkelte die beiden alten Männer vorwurfsvoll an, bevor sie ihrem Vetter nacheilte. »Percy! Warte doch!«

Er hielt erst an, als er vor seiner Kammer stand. Er sah betreten und wütend zugleich aus, genau so, wie sie sich selbst fühlte.

»Bitte geh nicht«, bat sie sanft. »Die beiden wissen nicht, wovon sie reden. Mein Vater ist herzlos geworden und mein Großvater, ich meine, *unser* Großvater, ist normalerweise ein herzensguter Mensch.«

»Nein, Elayne, ist schon gut. Ich gehe lieber. Ich möchte nirgendwo sein, wo ich nicht erwünscht bin.«

Jetzt war sie es, die Tränen in den Augen hatte. »Kann ich dich nicht umstimmen? Wir hatten überhaupt keine Gelegenheit, uns zu unterhalten.«

»Ich packe nur meine Sachen, dann gehe ich meiner Wege. Du kannst auf dem Weg zum Stall mit mir reden.«

»Du könntest hier sehr viel lernen«, versuchte sie weiter, ihn umzustimmen. »Ich könnte dir alles beibringen, was man mich lehrte. Wir haben Bücher, Schriftrollen … alte Aufzeichnungen der Römer.«

Er lächelte milde. »Das ist ganz wunderbar. Und entgegen der Meinung deines Vaters bin ich sehr wohl des Lesens mächtig. Dennoch kann ich nicht hierbleiben.«

Sie verschränkte die Arme vor der Brust. »Doch, kannst du. Du hast ein Recht darauf.«

Sein Hab und Gut war recht übersichtlich. Rasch hatte er es eingepackt und schnürte sein Bündel. »Wo geht es noch gleich zum Stall?«

»Nein, du bleibst. Setz dich.« Sie schubste ihn auf die Bettstatt und holte tief Luft.

Ihre Gedanken flogen wirr durcheinander. Sie war so wütend und so verzweifelt, dass sie sie kaum ordnen konnte. Trotzdem musste sie es versuchen. Sie wollte, dass er blieb.

Nervös ging sie auf und ab. »Du … bist von königlichem Geblüt. Es waren unser beider Vorfahren, die auf diesem Hügel ihr Fort errichteten und über die Stämme regierten.«

»Du redest von den Heiden. Wir sind aber Christen«, wandte er ein, während er ihre Bewegungen beobachtete.

»Das ändert nichts. Mein Vater ist ein christlicher König, wir sind seit Generationen Christen. Wir leben genauso nach den neuen Gesetzen wie nach den alten.« Sie holte erneut tief Luft und sah ihn prüfend an.

Sein braunes Haar stand etwas wirr vom Kopf ab. Er hatte ein durchaus hübsches Gesicht und die Augen waren so blau wie das Meer im Sommer. Ebenso wie ihre.

Dann musste sie plötzlich lachen, weil sie begriff, warum ihr Vater eine Gefahr in ihm sah.

»Du bist der Erbe!« Sie blieb vor ihm stehen und packte ihn an den Schultern. »Nach dem römischen Gesetz bist du der Erbe von Corbenic.«

Er runzelte die Stirn. Darüber hatte er wohl noch nie nachgedacht. »Wirklich?«

»Natürlich.« Erneut schritt sie in der Kammer umher. »Sieh doch: Mein Vater hat keinen Sohn, er hat nur mich, seine Tochter. Nach römischem Recht steht mir zwar ein Anteil seines Erbes zu, doch Erbin seiner Krone kann ich nicht sein. Wenn wir das alte Recht unserer Vorfahren hinzuziehen, könnte ich sehr wohl Königin werden. Doch in Britannien hat es schon lange keine herrschende Königin mehr gegeben. Mein Vater hatte einen Bruder, der jung verstarb. Zu jung, um einen Nachkommen zu zeugen. Und er hatte eine ältere Schwester, deine Mutter. Du bist der einzige männliche Nachkomme unserer Königslinie.«

Er sah sehr verwirrt aus.

»Verstehst du nicht? Mein Vater will seine Krone nicht aus der Hand geben. Er hofft auf einen männlichen Erben durch mich. Doch davon sind wir weit entfernt.« Sie atmete tief durch. »Ergo bist du sein Erbe und das gefällt ihm ganz und gar nicht. Du könntest all seine Träume vernichten.« Sie lachte erneut auf. Die Krone Corbenics bedeutete ihr nichts. Mochte ein anderer sie tragen. Umso besser, wenn es jemand war, den ihr Vater nicht leiden konnte. »Du musst bleiben. Bitte.«

Er schüttelte den Kopf. »Er würde es nie erlauben.«

»Du hast das Gesetz auf deiner Seite. Auch ein König muss sich daran halten.«

Nun war es an ihm, tief durchzuatmen, dann erhob er sich und nahm sein Bündel. »Ich muss dennoch gehen.« Diesmal berührte er sie an den Schultern, damit sie ihn ansehen musste. »Ich bin nicht bereit, Erbe von irgendetwas zu werden. Ich weiß ja nicht einmal … was ich kann, wer ich bin. Ich weiß nur eines: Ich möchte die Welt sehen. Und ich möchte ein Krieger an König Artus' Tafelrunde werden. Genau darauf habe ich in den letzten Jahren hingearbeitet. Ich habe das Kämpfen und Reiten gelernt und an der Seite guter Männer gekämpft. All das darf nicht umsonst gewesen sein. Ich muss nach Camelot gehen.«

Verzweifelt sah Elayne ihn an und legte ihre Hände um sein Gesicht. »Dann nimm mich mit. Ich bin es so leid, hier oben festzusitzen. Ich möchte auch die Welt sehen. Und Camelot.«

Er löste sich von ihr. »Wie soll das gehen? Ich kann kein Mädchen einfach so mit mir nehmen.«

»Dann heirate mich.« Sie hatte erst in diesem Moment daran gedacht, doch es konnte wahrlich all ihre Probleme lösen.

»Wie bitte?!«, entfuhr es ihm schrill.

»Heirate mich, nimm mich zur Frau. Dann kannst du mich überallhin mitnehmen. Und dein Anspruch auf den Thron von Corbenic wäre gesichert. Niemand könnte uns nehmen, was uns beiden gehört.«

Traurig schüttelte er den Kopf. »Ich sehe nun, wie sehr du dir wünschst, deine Situation zu ändern. Du möchtest fort von hier, um jeden Preis. Das verstehe ich so gut wie kein anderer. Aber das ist nicht der richtige Weg. Ich kann nicht für dein Leben verantwortlich sein, ich kann ja kaum für mich selbst sorgen. Du musst deinen eigenen Weg finden.« Er drängte sich an ihr vorbei aus der Kammer.

Elayne fühlte sich leer. Wenn selbst diese Tür sich nicht öffnen ließ, wie sollte es ihr dann jemals gelingen, ihren Vater zu verlassen?

Sie lief hinaus auf den Hof und wartete dort, bis Percy sein Pferd aus dem Stall geholt hatte. Etwas umständlich sattelte er es selbst. Elayne ging zu ihm und half ihm, den Gürtel unter dem Bauch des Pferdes straff zu ziehen.

»Ich wünsche dir viel Glück auf der Suche nach deinem Weg, Elayne von Corbenic«, sagte er aufrichtig, bevor er aufsaß.

»Leb wohl, Percival. Viel Glück in Camelot.« Sie meinte es ebenfalls aufrichtig.

Elayne blieb inmitten des Hofes stehen, bis ihr Gast nicht mehr zu sehen war. Doch selbst dann wollte sie nicht hinein in die Festung gehen. Sie hatte mit Percy einen Lichtstrahl am Horizont erkannt. Doch der war verschwunden, noch ehe sie wirklich auf den Tag hatte hoffen können. Nun war die Nacht finsterer denn je.

Verzweifelt lief sie zu dem Stall, den Lancelot einst hergerichtet hatte, um ihr Einhorn unterzubringen. Vielleicht kam sie dort wieder zur Ruhe.

Die Stute begrüßte sie mit einem freundlichen Schnauben. Elayne schritt seufzend zu ihr und streichelte über ihre weichen

Nüstern. »Meine Schöne. Wenigstens du freust dich, mich zu sehen.« Sie lehnte ihre Stirn an die des Pferdes und schloss die Augen. »Was soll ich nur tun?«, murmelte sie.

Sie fühlte sich so einsam. Und nicht nur das. Der Drang, einfach fortzulaufen, fort von ihrem Vater und den Mauern Corbenics, wurde immer größer. Sie hätte alles dafür gegeben, sich nun auf ihre Stute zu setzen und die Mauern hinter sich zu lassen, hinter denen sie sich wie eine Gefangene fühlte.

Sie hatte nie gewagt, auf dem Einhorn zu reiten, obwohl sie daran gedacht hatte, es eines Tages zu versuchen. Doch war es recht, ein stolzes Tier wie dieses an die Zügel zu nehmen und menschlichem Willen zu beugen?

Und wohin hätte sie reiten sollen? Sie hatte Corbenic noch nie verlassen. Caer Luel war nur zwei Tagesreisen entfernt und doch kam ihr der Weg so weit vor wie der nach Rom. Außerdem wagte Elayne nicht, sich vorzustellen, wie es wäre, König Uryen und Morgaine aufzusuchen. Nicht nach dem, was ihr Vater getan hatte. Nicht nach dem, was sie selbst getan hatte. König Uryen würde sie sicher mit Abscheu betrachten, da sie für ihn nun an Wert verloren hatte. Und Morgaine? Elayne schaffte es nicht, der Freundin ihrer Mutter unter die Augen zu treten oder ihr gar zu erläutern, weshalb sie von zu Hause fortgegangen war. Noch nicht.

Das Ross hob den Kopf und schnaubte erneut, mit einem Huf im frischen Heu scharrend. Liam musste erst vor Kurzem hier gewesen sein, um den Stall auszumisten und das Tier zu füttern.

Nun trat sie zurück und bewunderte die Schönheit ihrer Stute, die feinen Linien ihrer Muskeln. Unruhig trat das Pferd auf und wieherte, als wollte es Elayne etwas mitteilen.

»Was ist mit dir? Fühlst du dich unwohl?« Sie wich noch weiter zurück und setzte sich auf einen Heuballen, um ihr Einhorn zu beobachten. Es wurde immer unruhiger, trat sogar aus und seine Hufe knallten gegen die Holzwand.

Elayne erschrak und stand auf. Plötzlich wurde sie von einem Lichtstrahl geblendet, der durch eine der Ritzen zwischen den Holzleisten der Stallwand fiel. Die Sonne schien an diesem ersten warmen Frühlingstag, als wollte sie die Dunkelheit des Winters schon am ersten Tag vertreiben.

Elayne schloss die Augen. Sie erkannte nun, warum das Tier so unruhig war. Die Stute spürte den Frühling und wollte hinaus. Sicher vermisste sie die Waldlichtung und die Freiheit, dahin zu galoppieren, wo auch immer sie hinwollte. Das reichliche Futter und die Wärme im Winter hatte die Stute sehr genossen, doch nun wollte sie ihre Freiheit zurückhaben.

Elaynes Herz wurde schwer. Sie konnte ihr diese Freiheit nicht verwehren.

»Ein weiterer Abschied«, flüsterte sie.

Die Stute schnaubte. Elayne streckte ein letztes Mal die Hand nach ihr aus, doch das Tier wich zurück.

»Also gut, wenigstens du sollst diesen Mauern entkommen«, sprach Elayne, doch ihre Stimme war belegt von der Traurigkeit. Sie zögerte nicht länger, schritt zu dem Tor, das auf den Hof hinausführte, und stieß beide Flügel weit auf. Dann ging sie zurück zur Stute, um den Balken zu deren Box zu öffnen.

»Hinaus mit dir«, sagte sie sanft. »Genieße deine Freiheit.«

Zunächst zögerlich schritt das Pferd nach vorn. Es schnupperte, ob auch ja keine Gefahr drohte. Dann schien ihm der Duft des Frühlings in die Nüstern zu steigen, denn es schnaubte, wieherte laut und trabte hinaus.

Elayne folgte schmunzelnd. Auch wenn es ihr schwerfiel, die Stute gehen zu lassen, freute sie sich doch, dem Tier die Freiheit schenken zu können. Sie hätte es schon viel früher tun sollen.

Inmitten des Hofes blieb sie stehen und beobachtete, wie das Ross in Galopp fiel, sobald es die Mauern der Feste hinter sich ließ. Kein Blick zurück, keine Reue. Nur Freiheit.

Elayne wischte mit dem Ärmel eine Träne aus ihrem Augenwinkel und rief dem Tier hinterher: »Pass auf dich auf, mein Einhorn! Wir sehen uns auf der Lichtung!«

Schritte näherten sich ihr über den steinigen Boden. Elayne hatte keine Lust auf Gesellschaft und drehte sich deshalb nicht um. Erst als neben ihr ein Korb abgestellt wurde, gefüllt mit Brot, einem Krug, Käse und etwas Schinken, sah sie auf.

»Hast du Lust auf einen Ausflug? Mir ist danach, dieses finstere Gemäuer ein wenig hinter mir zu lassen.« Veneva stemmte die Hände in den Rücken und streckte ihr Gesicht der Sonne entgegen. »Dewi raubt mir jeden Lebenssaft. Ich brauche unbedingt frische Luft.«

Elayne lächelte. Veneva war die einzige Person, die sie nun ertragen konnte. »Ja, gern. Wo wollen wir hingehen?«

»Zum kleinen Wasserfall. Die Sonne scheint so herrlich und ich habe Lust, ein wenig zu baden.«

Sie hatten schon als Mädchen dort gespielt. Zunächst nur in Begleitung einer oder mehrerer von Venevas Schwestern, später allein.

Elayne nahm den Korb und schritt voran. »Dann los, bevor die Sonne es sich anders überlegt.«

Der Weg führte über Hügel und Wiesen sowie durch einen kleinen Wald. Dahinter verborgen lag eine Felswand und genau hier stürzte sich ein kleiner Bach in die Tiefe und bildete zu ihren Füßen einen Teich mit klarem Wasser. Nur das Moos der am Ufer liegenden Steine färbte es ein wenig grünlich.

Veneva breitete eine Decke aus und darauf die Köstlichkeiten, die sie mitgebracht hatte. »Es tut so gut, einmal nicht das Weinen eines Säuglings zu hören oder den Gestank voller Windeln um sich zu haben.« Sie zwinkerte ihrer Freundin zu und biss herzhaft in ein Stück Käse.

Elaynes Magen knurrte und sie nahm sich etwas Brot. Der Marsch über die Hügel hatte ihr gutgetan. Sie fühlte sich herrlich verschwitzt und verausgabt. Und die schweren Gedanken wogen nun etwas leichter.

»Ich war schon seit Ewigkeiten nicht mehr hier«, bemerkte sie und sah sich verwundert um. Es war einer der schönsten Orte in Marschweite der Festung.

»Wirklich? Auch nicht mit deinem Barden?«, hakte Veneva verwundert nach.

Elaynes Wangen färbten sich rötlich. »Ich möchte nicht über ihn reden.«

Veneva lächelte wissend. »Ich war einmal mit Ned hier«, vertraute sie ihr an. »Kurz nach unserer Hochzeit. Es war einer der schönen letzten Sommertage. Wir verbrachten den ganzen Tag hier. Lagen in der Sonne ... schwammen im Teich ... und liebten uns.«

Elaynes Wangen färbten sich noch rötlicher. »Veneva, ich glaube nicht, dass ich Ned noch ansehen kann, wenn du mir Geschichten aus eurem Ehebett erzählst.«

»Es war ja nicht in unserem Ehebett«, meinte ihre Freundin verschwörerisch. Dann griff sie zu der Flasche und schenkte die honigfarbene Flüssigkeit in zwei Becher.

»Met?«, vergewisserte sich Elayne.

»Besser als Bier.« Veneva gab ihr einen der beiden. »Ich habe ihn mit etwas Wasser verdünnt. Mutter schwört auf Bier, damit die Milch besser fließt.« Sie streckte sich und lockerte die verspannten Muskeln. »Aber mir schmeckt Met besser. Und Milch habe ich wirklich genug.« Sie hob ihre Brüste etwas und sofort erschienen zwei dunkle Flecken auf ihrem Kleid.

Fasziniert bemerkte Elayne, dass ihre eigenen Brüste bei diesem Anblick ebenfalls kribbelten. Rasch wandte sie den Blick ab.

»Elayne, was ist nur aus dir geworden?«, meinte ihre Freundin belustigt. »Früher haben wir uns alles erzählt. Erinnerst du dich?

Der erste Kuss mit dem Sohn des Händlers, in jenem Sommer, als wir dreizehn wurden?«

Nun musste Elayne kichern. Sie hatten ihn beide geküsst. Erst Veneva, dann sie. »Wir haben uns damals überlegt, wie es sich wohl anfühlt, bei einem Mann zu liegen.«

Veneva hob vielsagend die Brauen. »Meine älteren Schwestern hatten uns die wildesten Geschichten erzählt.«

»Und keine davon ist wahr«, seufzte Elayne.

»Die meisten nicht. Aber sie wollten uns sowieso nur aufziehen.« Veneva legte den Kopf schief und sah sie forschend an. »Es tut mir sehr leid, dass ich nicht verhindern konnte, was meine Mutter …«

»Unsinn«, unterbrach Elayne sie. »Du kannst am wenigsten dafür.«

»Hat es …«, begann Veneva und zerrupfte etwas Brot in den Händen. »Hat es dir denn wenigstens mit ihm gefallen?«

»Oh Veneva, mein Kopf leuchtet schon wie eine Fackel«, lachte Elayne.

»Na los, sag schon.« Ihre Ziehschwester stupste ihr freundschaftlich gegen die Schulter. »Er war so ein hübscher Kerl. So groß und stattlich. Und diese schwarzen Augen … wie aus der Anderswelt. Bitte sag mir, dass er im Bett keine Enttäuschung war.«

Elayne nahm einen herzhaften Schluck von dem Met und spürte, wie gut die Wärme ihrem Magen tat. »Am Anfang war es wunderschön. Ich konnte kaum atmen, so schön war es, und alles in mir sehnte sich danach, mit ihm zusammen zu sein.«

Veneva nickte wissend und grinste sie an. »Und dann?«

»Er ... Ich ...« Elayne stotterte. »Ich hatte noch nie einen nackten Mann aus dieser Nähe gesehen. Und schon gar nicht mit ...«

»Oh, verstehe. Du wurdest nervös.«

»Ich wusste ja gar nicht, was wirklich passieren würde. Und dann, als er sich auf mich legte ... Seine Hände und seine Lippen fühlten sich an wie ... wie das Paradies sich anfühlen muss. Aber das, was er zwischen meinen Beinen tat, war einfach nur schrecklich. Es tat weh ... als würde es mich zerreißen.«

»Weil es dein erstes Mal war.« Veneva lächelte sie verschwörerisch an. »Danach wird es besser. Zumindest, wenn man einen guten Liebhaber hat. Einen, der nicht nur auf sich selbst achtet.«

»Du redest, als hättest du schon Hunderte gehabt«, neckte Elayne ihre Freundin.

»Nein, Ned ist der Einzige«, bekannte sie ernst und hob dann erneut die Augenbrauen. »Ich habe es mir nur aus dem zusammengereimt, was meine Schwestern erzählt haben. Und Ned ... Nun, er *ist* ein sehr einfühlsamer Mann.« Nun war es an Veneva, zu erröten, und sie senkte den Blick. Dann stand sie auf. »Komm, mir wird allmählich zu warm. Ich brauche ein kaltes Bad.«

Sie halfen sich gegenseitig, die Bänder ihrer Tuniken zu lösen. Damit ihr Hemd nicht nass wurde, streifte Veneva auch das ab. Es konnte sie hier schließlich niemand sehen.

Nackt eilte sie zum Ufer des Teiches, setzte sich auf einen der großen Steine und ließ sich langsam in das kalte Nass gleiten.

»Aaaah, das ist wirklich ... kalt!«, japste Veneva vergnügt und tat ein paar kräftige Schwimmzüge. Dann wandte sie sich um. »Komm schon, nach zwei, drei Zügen ist es einfach herrlich!«

Elayne tapste mit nackten Füßen an das Ufer des Teiches und zog langsam das Hemd über den Kopf. Als sie den Stoff endlich auch über ihr langes schwarzes Haar gezogen und wieder freien Blick auf den Teich hatte, sah sie das entsetzte Gesicht ihrer Freundin.

»Veneva? Was ist? Ist etwas passiert?«

Vielleicht eine Schlange? Ängstlich hielt Elayne Ausschau in dem klaren Wasser, bereit, ihre Freundin sofort herauszuziehen, falls nötig.

Doch Venevas Blick galt ihr. »Elayne ... du ... du weißt es nicht, oder?«

Elayne sah an sich hinunter. Alles war wie immer. Sie hatte etwas an Leibesfülle zugenommen und auch ihre kleinen Brüste waren schwerer geworden. Sie hatte gedacht, das wäre normal, nachdem sie ihre Jungfräulichkeit verloren hatte.

Veneva schwamm ans Ufer und zog sich hinaus. Sie holte die Decke und schlang sie um ihren nassen Körper. Dann sah sie ihre Freundin ernst an und legte ihr vorsichtig eine kühle Hand auf den Bauch. »Du erwartest ein Kind, Elayne.«

16
AEQUINOCTIUM

Tagundnachtgleiche

Sie hatte einen solchen Appetit auf Flusskrebse. Sie stellte sich vor, wie das zarte Fleisch in der heißen Butter brutzelte und zusammen mit den Pilzen den Geschmack entwickelte, den Elayne so liebte.

Sie hatten aber keine Flusskrebse. Ned hatte sich Mühe gegeben, sie zu fangen, doch die Krebse hatten sich in diesem stürmischen Spätsommer zurückgezogen. Der Fluss war über seine Ufer getreten und es wäre zu gefährlich, noch einmal auf Krebsfang zu gehen.

Lustlos löffelte Elayne den Eintopf leer. Die Rüben waren gut ... aber nicht so gut wie Krebse.

Nachdem sie begriffen hatte, dass sie tatsächlich ein Kind erwartete, hatte sie all ihre kleinen Leiden besser zuordnen können. Veneva hatte ihr den Tipp gegeben, morgens im Bett etwas zu essen und heißes Wasser zu trinken. Das minderte die Übelkeit.

Jeden Tag unternahm sie einen Spaziergang und jeden Abend cremte sie ihren Leib mit einer wohlduftenden Salbe ein. Sie hatte Veneva gebeten, niemandem zu sagen, dass sie schwanger war. Das hatte sie selbst tun wollen. Und sie hatte lange damit gewartet.

Erst als Brisen jeden Morgen prüfende Blicke auf sie gerichtet hatte, ohne sie jedoch anzusprechen, und Elayne die erste Bewegung ihres Kindes gespürt hatte, hatte sie es kundgetan.

Es war nach einem Abendessen gewesen. Sie hatte ihren Teller zur Seite gestellt, war aufgestanden und hatte in die Runde geblickt.

»Eure Ränkeschmiede waren fruchtbar«, hatte sie ohne jegliche Emotionen gesagt. »Ich erwarte ein Kind. Von Lancelot.«

Dann hatte sie sich umgedreht und war in ihr Gemach gegangen, ohne die Reaktion der anderen abzuwarten. Mochten sie feiern oder in Trauer ausbrechen, es hatte sie nicht interessiert.

Was allein zählte, war dieses kleine Glühen, das sie verspürte, seit sie die erste Bewegung wahrgenommen hatte. Sie war nicht mehr allein. Da war jemand, der alles mit ihr teilte. Jede Träne, jede Wut, jede Freude.

Von da an hatte sie beschlossen, nicht mehr wütend zu sein. Sie konnte ihrem Vater niemals verzeihen, doch sie konnte ihm aus dem Weg gehen.

Abends, bevor sie einschlief, sang sie ein leises Lied für ihr ungeborenes Kind, eines der wenigen, an das sie sich von ihrer Mutter erinnerte.

Jeden Tag erfreute sie sich an der zunehmenden Kraft ihres Kindes, das wie durch ein Wunder all den Kummer und ihre Krankheit überstanden hatte.

War das der Kampfgeist des Vaters?

Manchmal stellte sie sich vor, wie das kleine Wesen wohl aussehen würde, wenn es zur Welt kam. Hatte es ihre blauen Augen oder die schwarzen des Vaters? Das Haar mochte dunkel oder ganz schwarz werden. Die kecke Nase des Vaters oder ihre runden Wangen?

Mittlerweile war ihr Bauch so groß, dass sie ihre Füße nicht mehr sehen konnte, und das Gehen fiel ihr schwerer. Das kleine Wesen in ihr hatte ein beachtliches Gewicht und ihr schmerzte in den letzten Tagen oft der Rücken, sodass sie sich hinsetzen und ruhen musste.

All das machte ihr jedoch nichts aus. Denn sie wusste, dass es nur bedeuten konnte, dass ihr Kind sich bald auf den Weg machen würde.

Die Tagundnachtgleiche nahte. Im Dorf wurde ein Fest zu Ehren des Maponos gefeiert. Doch niemand aus der Feste ging hin. Jeden plagte Unruhe. Sie spürten, dass Elaynes Niederkunft nahte.

Pelles wurde durch Schmerzen in seinem Bein gepeinigt. Er hatte ohnehin seit Jahren kein Fest im Dorf mehr besucht.

Großvater war müde und zog sich früh zurück. Er wollte beten, dass die Geister und die Toten in dieser Nacht nicht unbedingt hier ihr Unwesen trieben.

Und während Großvater sich um die christliche Seite ihrer Seelen sorgte, ließ Brisen das Feuer in der Halle besonders hell entfachen. Mit dem kleinen Dolch, den sie stets an ihrem Gürtel trug, schnitt sie quer über ihre Handfläche und ballte die Hand zur Faust. Blut tropfte in das Feuer und ließ es zischen. Sie sprach leise jene Worte vor sich hin, welche den Tod und böse Geister fernhalten sollten.

Elayne fühlte sich nach dem Essen ebenfalls müde und zog sich in ihre Kammer zurück. Veneva kam, um ihr beim Auskleiden zu helfen, und brachte ihr einen Trank, den ihre Mutter zubereitet hatte.

»Nur etwas Kräutersud«, meinte sie zwinkernd. »Das soll dir eine ruhige Nacht bescheren.«

Elayne verzog das Gesicht und kostete von dem dampfenden Getränk. Sie erinnerte sich daran, dass Brisen ihr einen ähnlichen Trank zubereitet hatte, wenn sie als Kind krank gewesen war. »Danke, das tut gut«, murmelte sie.

»Ich werde es meiner Mutter ausrichten«, sagte ihre Freundin sanft und verließ leise das Gemach.

Elayne fand schnell in den Schlaf, doch ihr Traum war unruhig.

Sie sah einen Raben, der flügelschlagend auf der höchsten Mauer der Festung saß. Sein Krächzen hallte über das ganze Tal bis hin zum Meer.

Elayne war wieder ein kleines Mädchen. Und obwohl es Nacht war und sie nur ein dünnes Hemdchen trug, stand sie barfuß draußen im Hof.

»Mama!«, rief sie. »Mama, wo bist du?«

Keine Mutter antwortete, sondern der Rabe. Er krächzte ein letztes Mal und erhob sich in die Luft, schwebte dem Meer entgegen.

»Nein, warte, Mutter! Lass mich nicht allein!«

Elayne lief über den Hof, Steine pikten in ihre nackten Fußsohlen. Es war so kalt. Sie fröstelte und lief dennoch weiter. Kurz bevor sie das Dorf erreichte, stolperte sie und fiel der Länge nach hin. Etwas hatte sich tief in ihren Bauch gebohrt.

Sie drehte sich auf den Rücken und erkannte mit Verwunderung ein Schwert, dessen silbrige Klinge im Mondschein glänzte. Daran klebte Blut, ihr eigenes heißes Blut. Sie weinte vor Schmerz und als ihre Tränen auf die Klinge fielen, verwandelte sie sich in eine Schlange.

Elayne schrie auf und wollte sich aufrappeln, doch die Wunde in ihrem Bauch schmerzte so sehr, dass sie nicht aufstehen konnte. Die Schlange kroch auf ihren Bauch, umfing ihren Leib und drückte zu.

Elayne erwachte keuchend. Ihre Kammer war dunkel und kalt. Sie zog die Felle bis unter das Kinn und kauerte sich zusammen, soweit es möglich war.

Es war nur ein Traum, beruhigte sie sich. Doch ihr Herz raste. Und der Schmerz war da.

Elayne richtete sich langsam auf und versuchte, gleichmäßig zu atmen. Doch das half auch nichts. Der Schmerz nahm zu, ließ sie keuchen und ebbte dann langsam ab.

Erleichtert atmete sie aus.

An Schlaf war nicht mehr zu denken. Ihr war kalt.

Sie wickelte sich in eine Decke, stieg in ihre Stiefel und ging zur großen Halle. Das Feuer dort würde ihr sicher ausreichend Wärme spenden.

Sie war nicht überrascht, noch jemanden dort vorzufinden. Das Feuer war so hell, dass es bewacht werden musste. Sie war jedoch überrascht, dass es Brisen war, die auf dem mit Fellen ausgelegten Sessel ihres Vaters saß und versonnen in die Flammen sah.

Elayne wollte sich umdrehen und zurück in ihre Kammer gehen, doch man hatte sie bemerkt.

»Kannst du nicht schlafen? Komm, setz dich zu mir.«

»Ich hatte nur einen Albtraum. Es ist schon gut. Ich gehe einfach zurück.«

»Komm doch bitte zu mir.«

Die Sanftheit in Brisens Stimme ließ Elayne weich werden. Das Feuer war wirklich angenehm und sie wollte sich noch einen Moment aufwärmen.

Also begab sie sich zu dem Sessel, der neben Brisen stand und für gewöhnlich vom Großvater benutzt wurde. Sie seufzte zufrieden, als sie sich niederließ und die Wärme des Feuers an ihren Füßen und auf ihrem Gesicht spürte.

Beschützend hatte sie die Hände auf ihren Bauch gelegt. Jetzt öffnete sie die Decke etwas und ließ die Wärme auch auf ihren Leib strahlen.

»Die Schwangerschaft steht dir sehr gut, Elayne. Du wirkst zufrieden«, merkte Brisen sanft an.

Elayne gab einen rüden Laut von sich. »Zufrieden? Die Umstände, die zu meiner Schwangerschaft führten, hätten wirklich erfreulicher sein können.«

Brisen ergriff ihre Hand. Elayne war erschrocken, wie dünn und knochig sie sich anfühlte. War ihre Amme wirklich schon so alt geworden?

»Ich wollte dir niemals Schaden zufügen«, hauchte ihre Ziehmutter. »Das Gebräu, das Pelles von mir verlangte ... ich dachte, es wäre nur für den Barden bestimmt.«

»Das macht es nicht besser.«

»Versteh doch: Er hat uns getäuscht. Er hat nicht die Wahrheit darüber gesagt, wer er wirklich ist, hat sich in unserer Festung eingenistet und heimlich jeden Winkel durchsucht.«

»Es geschah nicht heimlich. Ich habe ihm jeden Raum gezeigt, ihm jedes Geheimnis preisgegeben.« Elayne entzog Brisen ihre Hand.

Diese ließ jedoch nicht nach, ihre Rolle in dem Spiel zu rechtfertigen. »Er hat dich ausgenutzt. Er wusste, dass du fast noch ein Kind warst. Ein Liedchen hier, ein Lächeln da. Das reichte, um dich um den Finger zu wickeln.«

»Hör auf, Brisen. Rede nicht so über ihn.«

»Es mag dir nicht gefallen, doch es ist die Wahrheit. Und ich spürte von Anfang an, dass etwas nicht mit ihm stimmte. Ich wollte sein wahres Ich hervorlocken und herausfinden, was er wirklich hier zu suchen hatte. Deshalb half ich Pelles und bereitete den Trank zu. Ich konnte nicht ahnen, dass er dir ebenfalls davon geben würde.«

Die Schlange lag noch immer um ihren Leib. Elayne spürte, wie sie sich wieder enger um sie rankte. »Wenn du zu mir gestanden hättest, hätten wir beide zusammen herausfinden können, wer Lancelot wirklich war. Aber du hast dich lieber mit meinem Vater …« Elayne konnte nicht weitersprechen. Die Schlange quetschte ihren Leib und sie ächzte vor Schmerz. Mit den Händen packte sie die Armlehnen und bohrte die Fingernägel in das Holz.

Sofort kniete Brisen vor ihr nieder und hielt ihre Hände. »Atme, halte nicht die Luft an. Atme ruhig weiter … ein … und aus.«

Elayne versuchte, ihrem Rhythmus zu folgen, und obwohl es ihr am Anfang schwerfiel, spürte sie doch, wie sie nun wieder besser atmen konnte und der Schmerz allmählich verging. Erleichtert ließ sie sich zurückfallen. Nun war ihr ganz und gar nicht mehr kalt.

»Sind das Wehen?«, fragte sie erschöpft.

»Ja, dein Kind macht sich auf den Weg. Hattest du diese Schmerzen schon zuvor?«

»Nur einmal, sie haben mich aus dem Schlaf gerissen.«

Tröstend streichelte ihre Amme über ihre Hände. »Ich fürchte, es wird noch eine Weile dauern, bis du deinen kleinen Säugling tatsächlich in den Armen hältst. Darf ich dich untersuchen?«

Elayne nickte und so ging Brisen zunächst in die Küche, um jene rituelle Reinigung zu vollziehen, die man sie auf Avalon gelehrt hatte. Elayne hatte sie das schon oft tun sehen, wenn eine der Frauen aus dem Dorf in den Wehen lag.

Als sie zurückkehrte, betastete Brisen zunächst Elaynes Bauch, der sich ungewöhnlich hart anfühlte, dann schlug sie ihr vorsichtig das Hemd hoch, drückte ihre Knie ein wenig auseinander und befühlte, wie weit die Geburt schon fortgeschritten war.

Sie seufzte. »Wir sind noch am Anfang. Das wird eine lange Nacht.«

Elayne versuchte, es sich ein wenig gemütlicher zu machen, und rutschte auf dem Sessel herum.

»Wenn du etwas herumläufst, hilfst du deinem Kind, den richtigen Weg schneller zu finden«, erklärte Brisen, während sie ihre Hände säuberte.

Elayne nickte und ihre Amme half ihr beim Aufstehen. Gemeinsam schlenderten sie durch die Halle, als hätten sie nur einen Spaziergang am Strand im Sinn. Dann zog die Schlange sich wieder zusammen und Elayne musste sich an ihrer Amme abstützen.

»Bei Gott, diese Schmerzen sind kaum auszuhalten«, keuchte sie.

»Ich weiß ... Komm, ruh dich aus und trink etwas.«

Elayne verlor jedes Zeitgefühl. Runde um Runde schritt sie in der Halle ab.

Die Wehen kamen und gingen. Manchmal war der Abstand groß und sie hatte Zeit, sich auszuruhen. Und manchmal war er kurz, sodass sie kaum zu Atem kam. Brisen war an ihrer Seite, doch Elayne konnte ihre Anwesenheit kaum noch ertragen.

»Ich möchte mich hinlegen«, sagte sie bald erschöpft. »Ich möchte schlafen.«

»Ist gut, ich werde dir deine Kammer vorbereiten.«

An Schlaf war nicht zu denken, die Wehen kamen immer häufiger und immer stärker. Bei einigen musste Elayne sich übergeben. Jeden Schluck Wasser, den sie zu sich nahm, gab sie wieder von sich. Sie wurde immer schwächer.

Elayne geriet in einen Strudel aus Schlaf und Schmerz. Sie wusste selbst nicht mehr, wann sie träumte oder wann sie wach war. Die Schlange kam immer wieder und hielt sie unnachgiebig umschlungen.

Sie nahm nichts mehr um sich herum wahr. Die Stimmen drangen gedämpft zu ihr. Sie wollte nur noch schlafen und nie wieder erwachen. Jemand hielt ihr eine Schale an die Lippen, das Gebräu schmeckte schrecklich und sie spuckte es wieder aus.

»Du musst trinken, Kind. Das ist Brühe. Sie wird dich stärken«, hörte sie Brisens Stimme.

»Ich kann nicht«, stöhnte Elayne.

Die Stimme entfernte sich, doch verließ nicht den Raum. »Sie ist kaum noch bei Kräften.«

»Die Wehen dauern schon zu lange. Wenn das Kind nicht bald kommt, verlieren wir beide.«

»Sie wird es schaffen.«

»Mama, bist du das?«, ächzte Elayne hoffnungsvoll.

Aber es war nicht ihre Mutter, die sich nun zu ihr setzte. Sie erkannte die schemenhaften Umrisse und das rote Haar ihrer Freundin Veneva. »Elayne, halte durch.«

»Ich kann nicht mehr. Ich will sterben.«

»Nein, das willst du nicht.« Ihre Ziehschwester klang bestimmend und hielt fest ihre Hand, doch Elayne schüttelte sie ab.

»Dann geh fort. Ich möchte allein sein.«

»Nein, ich werde dich nicht allein lassen. Erinnerst du dich an die Nacht, in der ich meine Zwillinge gebar? Du bist nicht von meiner Seite gewichen. Ich werde dich nun auch nicht allein lassen.«

Elayne ließ sich in ihre Kissen sinken und schloss die Augen. Sie wollte nichts mehr hören.

Dann kam der nächste Schmerz. Nicht die Schlange, sondern eine unbändige Macht, die alles in ihr von innen zu zerreißen drohte.

Sie schrie auf und presste.

Die Stimmen um sie herum wurden aufgeregter. Sie konnte nicht ausmachen, wie viele Menschen es waren. Es war ihr egal.

Sie bäumte sich auf. Der Schmerz erfasste ihren ganzen Körper, überrollte sie und sie schrie erneut, lenkte den Schmerz in ihre Mitte und presste wieder.

Sie zerriss. Was auch immer da war, es bahnte sich den Weg aus ihr hinaus. Elayne sank kraftlos zurück und schloss die Augen. Noch immer spürte sie die Aufregung und hörte die Stimmen.

»Es weint nicht. Es ist ganz blau.«

»Gib es mir, Veneva. Wir müssen es dazu bringen, zu atmen. Komm schon, Kleiner, du bist ein kräftiger Kerl. Na los ... atme. Veneva, kümmere du dich um die Nachgeburt.«

Hände fassten nach ihr, doch sie grämte sich. Konnte nicht einfach endlich alles vorbei sein?

Und als der Schmerz noch einmal durch sie hindurchfuhr und etwas aus ihr hinausglitt, umfing sie endlich die erlösende Schwärze des Schlafes.

Nach der Schwärze folgte das Fieber. In bitterem Krampf schüttelte es sie; ihr war kalt, so kalt. Immer wieder wurde ihr der Becher mit Flüssigkeit an die Lippen gelegt, sie wehrte sich. Wenn sie trank, kam die Flüssigkeit sofort wieder heraus und sie krampfte vor Würgereiz.

Gedämpfte Stimmen drangen noch immer an ihr Ohr.

»Wir werden beide verlieren. Sie trinkt nichts und der Kleine ist zu schwach dazu.«

»Er muss getauft werden, bevor er von uns geht.«

»Ich hole den Großvater.«

Das Haar der Frau, die sich zu ihr setzte, leuchtete rot in den Flammen des Feuers, das ihre Kammer wärmen sollte.

Elayne lächelte. »Veneva.«

»Halte meine Hand, Liebes. Ich lasse dich nicht allein.«

Doch ihre Finger wollten ihr nicht gehorchen. Veneva tupfte ihre Stirn mit einem feuchten Tuch ab.

»Dein Sohn ist sehr schwach.« Ihre liebste Freundin schluckte. »Er wird die nächste Nacht nicht überleben.« Weinte sie? »Wir wollen ihn taufen. Welchen Namen soll er tragen?«

Es dauerte eine Weile, bis Elayne begriff, was man von ihr forderte. Einen Namen. »Galahad.«

»Dein Kind soll Galahad heißen?«

»Ja.« Elaynes Stimme war nur mehr ein Krächzen. Das Sprechen strengte sie zu sehr an und sie schloss die Augen, hoffte, dass die erlösende Schwärze sie wieder von der Kälte und dem Schütteln erlöste.

Tatsächlich musste sie eingeschlafen sein. Eine andere Stimme war nun bei ihr.

»Elayne, ich werde deinen Sohn nun taufen. Er soll Galahad heißen?«

Sie öffnete die Augen, sah nur verschwommen die Gestalt an ihrem Bett. Doch sie erkannte die Hand, die nach ihrer griff.

»Ja, Großvater.«

Viele Stimmen waren in ihrem Zimmer und es war zu anstrengend, sie auseinanderzuhalten. Dann übertönte Großvaters Stimme sie alle.

»Geht hinaus. Ich möchte für die beiden beten. Gib mir das Kind, Veneva.«

Endlich entfernten sich die Stimmen. Etwas wurde an Elaynes Seite gedrückt. Klein und zart.

Sie öffnete die Augen und erkannte ein kleines Bündel, das sich nicht rührte. Dann bemerkte sie eine Bewegung am Ende des Bettes. Ein Mann mit brauner Kapuze stand dort, seine Umrisse leuchteten zartgolden.

»Bist du gekommen, um uns zu holen? Bist du der Tod?«, krächzte sie.

Der Tod begann, zu sprechen, die Worte waren ihr fremd. Eine alte Sprache, deren Klang ihr bekannt vorkam. Ein Gebet.

Der Tod betete für sie?

Elayne lächelte und schloss erneut die Augen. Dann wurde ihr wieder ein Becher an die Lippen gehalten.

»Trink, mein Kind. Das ist das Blut unseres Herrn.«

Gehorsam öffnete sie die Lippen ein wenig. Die Flüssigkeit war warm und klebrig, leicht salzig. Sie erfüllte sie mit Abscheu, dennoch konnte sie nicht aufhören, zu trinken. Drei Schlucke schaffte sie, bevor sie erschöpft zurücksank.

Der Tod hob den Kelch gen Himmel und murmelte erneut die Worte in fremder Sprache. Das Leuchten, das den Todesboten umgab, umfing ebenso den Kelch. Dabei hatte sie kein Gold an ihrer Lippe gespürt, nur einen gewöhnlichen Holzbecher.

Der Mann nahm das Bündel an ihrer Seite und hielt auch ihm den Kelch an die Lippen. »Trink, mein Kleiner, das ist das Blut unseres Herrn.«

Das Bündel gab ein Wimmern von sich und wurde wieder an Elaynes Seite gedrückt. Der Mann sprach noch einmal in fremder Sprache, dann zog er die Kapuze zurück.

Elayne versuchte, sein Antlitz zu erkennen. »Großvater?«

Er lächelte und legte den Zeigefinger an seine Lippen. »Pscht, du musst jetzt schlafen.« Den Kelch verbarg er unter seinem Umhang.

Sie wollte etwas sagen, doch ihre Sinne versagten. Die erlösende Schwärze begrüßte sie mit sanfter Umarmung.

17

CYNHESRWYDD

YR HAUL

Die Wärme der Sonne

Elayne fühlte sich warm und geborgen. Sie schwebte in einem gedämpften Lichtbett. Kein Schmerz störte ihren Schlaf.

Sie hätte ewig so dahingleiten können. Nur in der Ferne nahm sie ein leises Wimmern wahr, das die selige Ruhe störte. Das warme Licht um sie herum pulsierte in gleichmäßigem Rhythmus.

Schwerelos breitete sie die Arme aus und genoss die Wärme. Das zarte Wimmern wurde ein wenig lauter und das Pulsieren des Lichts stoppte.

»Wo bist du?«, rief sie.

Das Wimmern verstummte.

»Komm doch zu mir«, bat sie. »Hier wird es dir gut gehen.«

Als das Wimmern wie zur Antwort erneut erklang, war es genau neben ihr.

Elayne öffnete die Augen. Ein warmes Bündel lag an ihrer Seite. Es bewegte sich. Und genau von hier kam das Wimmern. Das unwirkliche Leuchten um sie herum verglomm allmählich. Die Wärme blieb.

Sie richtete sich vorsichtig auf und griff nach dem Bündel. Sie zog es auf ihren Schoß und entdeckte hellblaue Augen, die groß und verwirrt zu ihr aufsahen.

Elayne lächelte. Das Licht und die Wärme hatten ihr Herz vollkommen ausgefüllt.

»Da bist du ja«, sagte sie leise und eine Träne stahl sich aus ihrem Augenwinkel. Vorsichtig drückte sie das Bündel an ihre Brust und nahm den angenehmen Duft wahr, den es verströmte. »Galahad. Mein kleiner Galahad.«

»Ich habe ihn gestillt.«

Veneva löste sich aus der Ecke der Kammer. Sie hatte auf einem Stuhl gesessen, auf dem Schoß Nadelwerk, das sie nun zur Seite legte, um an Elaynes Schlafstätte zu treten. Sie lächelte und das Rot ihrer Haare leuchtete im Sonnenlicht, das durch das offene Fenster fiel.

»Wir glaubten, wir hätten euch beide verloren. Der Kleine war so schwach, er konnte nicht trinken, und du hattest hohes Fieber.« Veneva seufzte und setzte sich auf die Kante der Bettstatt. Ihr verwunderter Blick lag auf dem Bündel, als könne sie immer noch nicht glauben, was passiert war. »Doch dann ... trank er auf einmal und dein Fieber sank.«

»Die Sonne scheint«, stellte Elayne fest.

»Ja, ein ungewöhnlich warmer Tag. Ich dachte, es tut euch beiden gut, wenn etwas frische Luft in die Kammer kommt.«

Elayne richtete ihre Aufmerksamkeit wieder auf das kleine Wesen, das in ihren Armen lag. Sie zog die Decke ein wenig zurück, in die es eingewickelt war, um es genauer zu betrachten.

Goldener Flaum bedeckte das Köpfchen und die Nase war winzig. Die Wangen waren rosa und die Lippen so zart. Das kleine Gesichtchen verzog sich etwas und das Wimmern erklang erneut.

Rasch wickelte sie ihren Säugling wieder in die Decke und drückte ihn an sich. Beim nächsten Wimmern zog es plötzlich schmerzhaft in ihren Brüsten.

»Er hat schon wieder Hunger«, stellte Veneva lächelnd fest.

Elayne sah sie irritiert an. »Was soll ich jetzt machen?«

»Ich könnte ihn nehmen. Meine Milch reicht auch noch für den Kleinen. Aber wenn du möchtest, kannst du ihn selbst anlegen.«

Elayne nickte. Sie wollte ihn selbst stillen. Vermutlich hätte man in den höheren Kreisen die Nase über sie gerümpft. Aber da sie sich nicht in diesen bewegte, wollte sie es selbst versuchen.

Veneva zeigte ihr, wie sie den Kleinen am besten positionierte, und rollte eine Decke zusammen, die sie ihr so umschlang, dass sowohl das Gewicht des Säuglings als auch ihre Ellbogen abgestützt waren.

Als der Kleine schließlich saugte, spürte sie einen tiefen Schmerz in der Brust. »Autsch.«

»Am Anfang kommt noch wenig Milch. Das wird immer mehr, glaub mir. Und der Schmerz geht auch vorüber.«

Elayne spürte schon wieder eine Träne, die sich aus dem Augenwinkel löste und ihre Wange hinablief. Glücklich sah sie ihre Freundin an. »Danke.«

Veneva umarmte sie vorsichtig. »Alles wird gut. Jetzt wird alles gut.«

Und es schien ganz so, als musste sie sich das genau so selbst sagen.

Nach weiteren drei Tagen im Bett hielt Elayne es dort nicht mehr aus. Ihr ging es gut, dem Kleinen genauso. Deswegen begab sie sich zum Abendessen in die große Halle.

Veneva und Ned freuten sich, sie zu sehen, und stellten einen der Sessel in die Nähe des Feuers neben den, in dem Großvater saß.

Brisen brachte ihr eine Schüssel mit Eintopf und wollte den Säugling nehmen, doch Elayne schüttelte den Kopf. »Ich möchte, dass Großvater ihn hält.«

»Ich? Ich glaube nicht, dass ich mit so etwas umgehen kann«, meinte dieser amüsiert und lachte heiser.

Elayne hielt ihm das Bündel hin. »Er ist gut eingewickelt. Du kannst ihn nicht kaputt machen.«

Zaghaft nahm der Großvater den Kleinen und als dieser ein wenig weinte, summte er sogleich eine leise Melodie und das Wimmern verstummte.

Elayne genoss den Eintopf, der aus Gersten, Linsen und Speck gekocht war, und nahm ein Stück Brot dazu, um die Schüssel auszuwischen. Sie trank verdünntes Bier und betrachtete den alten Mann, der den Enkel mit so viel Liebe bewunderte.

»Wir verdanken dir unser Leben«, flüsterte sie ihm zu, als alle anderen in ihre abendlichen Gespräche vertieft waren.

Er neigte bescheiden das Haupt. »Nein, nein, ich habe damit nichts zu tun. Allein Gott entscheidet über Leben und Tod.«

»Ich mag im Fieber gelegen haben, aber ich kann mich an den Kelch erinnern.«

Großvater zwinkerte ihr verschwörerisch zu. »Gott entscheidet. Ich war nur das Werkzeug.«

Sie nickte. »Danke, Großvater. Und danke, dass du ihn getauft hast.«

Pelles erschien humpelnd in der Halle. Er hatte das Abendessen verpasst und man konnte erkennen, dass er betrunken war. Da kein Sessel mehr frei war, setzte er sich schwerfällig auf eine Bank.

Veneva wollte ihm eine Schüssel mit Eintopf reichen, doch er lehnte ab. Dann fiel sein Blick auf Elayne und das Bündel in Großvaters Armen.

»Aaaah, da ist ja mein Enkelsohn.« Er wollte sich erheben.

»Nein!«, befahl Elayne. »Du wirst meinem Kind nicht näher kommen.«

Die Gespräche in der Halle verstummten.

»Es ist mein gutes Recht, ihn anzusehen, Mädchen«, knurrte ihr Vater. »Das ist mein Enkel. Mein Erbe.«

Sie schüttelte den Kopf. »Ich erlaube es nicht. Du hast mein Leben zerstört. Du wirst nicht das Leben meines Kindes zerstören.«

Er lachte sarkastisch. »Ohne mich wäre das Kind überhaupt nicht gezeugt worden.«

Elayne sprang auf und ballte die Fäuste an ihren Seiten. »Halt den Mund, du alter Mann.«

Nun erhob er sich doch und sah sie drohend über das Feuer zwischen ihnen an. »Du bist in meiner Halle. Unter meinem Dach. So redest du nicht mit mir.«

Laut und selbstbewusst erklangen ihre Worte nun durch die königliche Halle. »Du hast jedes Recht auf Respekt verwirkt, Pelles von Corbenic. Und glaube mir, mein Sohn wird nicht unter deinem Wahnsinn leiden. Ich werde die Festung verlassen. Du wirst deinen Enkel nicht aufwachsen sehen.«

Im Augenwinkel nahm sie wahr, wie Brisen traurig eine Hand vor den Mund legte und Veneva sich an Ned schmiegte. Dewi saß zu ihren Füßen und begann zu weinen. Veneva nahm ihn auf den Schoß und versuchte, ihn zu beruhigen.

Pelles sah Elayne an, als wäre sie ein kleines, unnützes Tier. »Wie stellst du dir das vor, Mädchen? Du hast keine Mittel, keine Beziehungen. Du kannst hier nicht weg. Niemals.«

Sie hielt seinem Blick stand. »Doch. Denn es ist alles, was ich mir wünsche: von hier wegzugehen. Und wenn ich einen Händler zum Mann nehme oder mich nach Norden zu meinem Großvater nach Lothian durchschlage. Vielleicht gehe ich auch nach Caer Luel zu König Uryen. Ywein ist noch nicht verheiratet.«

Pelles humpelte um das Feuer herum, schwer gestützt auf seinen Holzstab. »Du wirst es nicht wagen.«

»Genau das werde ich tun.«

Pelles holte aus und schlug seine Wut mit der Handfläche in ihr Gesicht.

Die Ohrfeige brannte, doch Elayne schloss nur für einen kurzen Moment die Augen. Dann sah sie ihn wütender an als je zuvor. »Du hast es soeben besiegelt. Ich werde gehen.« Sie wandte sich dem Großvater zu und nahm vorsichtig ihren Säugling.

»Du musst dich beruhigen«, sprach er ihr leise zu.

»Ich bin ganz ruhig«, erwiderte sie. »Jetzt bin ich es.«

Mit Galahad in ihren Armen ließ sie die große Halle und das Schweigen des Entsetzens hinter sich.

Sie eilte nach draußen, ungewiss, wohin sie gehen sollte. Da es dunkelte, würde sie heute nicht sehr weit kommen.

Der kleine Galahad wimmerte in ihren Armen, als sie die Wärme der Festung verließ. Auf dem Hof blieb sie kurz stehen und atmete tief durch. Ihr Herz raste noch immer vor Zorn und Empörung. Ihre Mutter hätte niemals zugelassen, wie ihr Vater sie behandelte. Überhaupt ... Alles wäre anders gekommen, wenn Cundrie noch am Leben wäre.

Heiße Tränen rannen über Elaynes Wangen. Sie schloss die Augen und ließ ihrem Kummer freien Lauf, schluchzte und hielt das warme Bündel ihres wimmernden Kindes fest an sich gedrückt.

Sie bemerkte nicht, dass sie plötzlich nicht mehr allein war. Erst als er sprach, öffnete sie erschrocken die Augen und sah in das bekümmerte Gesicht des jungen Liam.

»Herrin, wie kann ich dir helfen?«

Sie wischte mit einem Ärmel über ihr nasses Gesicht. »Ich ... ich weiß nicht«, schluchzte sie. »Ich will einfach nur noch fort.«

Er nickte und sah sich um. »Es wird dunkel. Du hast kein Gepäck dabei.«

Sie musste lachen, da seine Worte so ernst klangen. Gleichzeitig rannen neue Tränen über ihr Gesicht. »Ich weiß, dass ich nicht einfach fortlaufen kann, ich muss jeden Schritt planen. Ich habe ja nun auch für den kleinen Galahad zu sorgen.«

Sie sah ihren Sohn lächelnd an. Er war so unschuldig, so winzig klein. Er konnte nichts für die Misere, die ihn umgab. Und doch schien er zu spüren, dass etwas nicht stimmte. Er verzog grimmig das Gesicht und schrie aus vollem Hals.

Liam kam näher und betrachtete den Winzling besorgt. »Was stimmt nicht mit ihm? Ist er krank?«

Elayne schüttelte den Kopf. »Ich glaube, er hat schon wieder Hunger und vermutlich muss ich ihn auch wickeln.« Sie warf einen zögernden Blick über die Schulter zur Feste, die sich finster hinter ihnen erhob, wie der schwarze Schatten einer albtraumhaften Bedrohung. »Aber ich möchte nicht zurückgehen.«

Liam berührte sie sacht am Ellbogen und lächelte sie aufmunternd an. »Komm, meine Herrin. Im Stall ist es warm. Ich habe die Tiere gerade gefüttert und werde es uns gemütlich machen.«

Ihr Herz erwärmte sich bei diesen Worten und sie wischte eine letzte Träne aus dem Augenwinkel. »Ja, warum nicht. Wenn ein Stall für unseren Herrn Jesus Christus gut genug war, ist es für den kleinen Galahad mehr als ausreichend.«

Liam hatte recht, es war warm und gemütlich im Stall und roch nach frischem Heu. Der junge Diener breitete eine Decke über einem Heuballen aus, damit Elayne sich setzen konnte. Während er die Öllampen entzündete, legte sie ihren Säugling an die Brust.

Ihr Kind trank mit großem Durst und sie zog scharf die Luft ein, bis der erste Schmerz verging und die Milch floss. Sie hatte ihre Blöße mit ihrem Schultertuch bedeckt, trotzdem schien es Liam nicht zu wagen, sie anzusehen. Er lehnte sich gegen einen Holzbalken und beobachtete Centenarius, der in seiner Box schnaubte und sich das Heu schmecken ließ.

»Wie geht es unserem stolzen Hengst?«, begann Elayne ein unverbindliches Gespräch.

»Es geht ihm sehr gut. Er frisst, genießt die täglichen Ausläufe und lässt sich sogar reiten«, erklärte Liam nicht ohne Stolz.

»Wirklich? Das ist sehr gut. Schade, dass er kaum noch eine Aufgabe übernimmt. Vater behält ihn sicher nur aus Prinzip. Ein König ohne Schlachtross ist wohl kein echter König. Aber ein

König, der seine Feste nie verlässt, benötigt eigentlich auch kein Schlachtross.«

Liam warf ihr einen überraschten Blick zu, sah dann aber schnell wieder weg. »Das ... das kann ich nicht beurteilen«, stotterte er verlegen.

Sie seufzte und ein einvernehmliches Schweigen trat ein. Die Trinkzüge ihres Kleinen wurden sanfter. Er würde bald einschlafen und sie überlegte, ob sie ihn hätte wickeln sollen.

Die Tiere schnauften hin und wieder, fraßen und eine Kuh schnarchte. Es war so warm und friedlich in diesem Stall, dass Elaynes innere Unruhe bald verging und sie selbst fast einnickte.

Rasch richtete sie sich auf. Ihr Sohn schlummerte, sodass sie den Ausschnitt ihrer Tunika zurechtzog und den Kleinen fest in seine Decke wickelte.

Sie sah hinüber zu Liam. Im schummrigen Licht der Öllampen wirkte er ebenso groß wie ... Sie wagte kaum, seinen Namen zu denken. Er war so lange Galahad, der Barde, für sie gewesen. Wann immer sie an ihn dachte, musste sie sich in Erinnerung rufen, dass er das nicht war. Er war Lancelot vom See. Und er hatte sie getäuscht.

Sie räusperte sich, wollte an die Zukunft denken, nicht an die Vergangenheit. »Und wie geht es dir, Liam?«

Er wandte sich um, erkannte, dass ihr Anblick nun schicklicher war, und richtete sich auf. »Wie meinst du das, Herrin?«

»Nun, so wie ich es fragte. Wie geht es dir? Bist du zufrieden mit deiner Arbeit?« Sie lächelte ihn aufmunternd an.

Er kam zu ihr und setzte sich neben sie auf den Heuballen, den Blick neugierig auf das Bündel in ihren Armen gerichtet. »Mir geht es ganz gut. Und ich übernehme immer mehr Verantwortung von meinem Vater. Ich habe viel von Gal...« Liam faltete verlegen die Hände im Schoß.

Elayne legte ihm beruhigend eine Hand auf die Schulter. »Es ist in Ordnung. Für mich ist er auch noch oft Galahad. In Gedanken, meine ich.«

»Ich ... ich wollte eigentlich in deiner Gegenwart nicht von ihm reden. Er hat dir unrecht getan.« Er rieb sich den Nacken und sah sie entschuldigend an. »*Alle* haben dir unrecht getan.«

»Du kannst nichts dafür«, seufzte Elayne. Wenigstens er war nicht an der Verschwörung beteiligt gewesen.

»Trotzdem war es unrecht. Hätte ich doch nur etwas dagegen tun können ... verhindern können, dass dir und ... Lancelot ... so übel mitgespielt wird«, gestand er und knotete verlegen einen Heuhalm.

»Wäre das alles nicht passiert, hätte ich diesen kleinen Jungen nicht bekommen«, flüsterte Elayne. »Ich werde meinem Vater nie verzeihen. Aber der kleine Galahad ist das Kostbarste in meinem Leben. Ich wünschte nur ...« Sie schüttelte traurig den Kopf und küsste ihren Sohn sacht auf die Stirn. »Ich wünschte, ich könnte ihn an einem anderen Ort großziehen.«

Liam sah das kleine Bündel an, als wäre es ein fremdes kostbares Schmuckstück. »Er sieht so winzig aus. Ist er nicht sehr zerbrechlich?«

Elayne schmunzelte. »Das dachte ich auch zuerst. Aber er ist robuster, als er aussieht.« Sie legte den Kopf schief und musterte Liam aufmerksam. »Möchtest du ihn mal halten? Keine Angst, er geht nicht kaputt.«

Ein kleines Strahlen erschien auf Liams Gesicht und er nickte. Also überreichte sie ihm vorsichtig den schlafenden Säugling.

»Du musst sein Köpfchen halten ... ja, genau so. Und mit dem anderen Arm stützt du den Rücken und den Popo.«

Der junge Liam, der sonst so ernst und zurückhaltend wirkte, sah den kleinen Galahad voller Bewunderung an. »Hallo, kleiner Krieger«, flüsterte er. »Mein Name ist Liam. Ich diene deiner Mama.«

Seine Worte ließen Elayne erneut Tränen in die Augen steigen. Sie waren gemeinsam aufgewachsen, doch stets hatte er sie respektvoll behandelt. Sie hatte nicht gedacht, dass er sich so verbunden zu ihr und ihrem Kind fühlen würde. War es die gemeinsame Kindheit? Oder die Zeit mit Lancelot, die dieses Band geschmiedet hatte?

»Was ... was hast du nun vor?«, fragte er und sah sie mit seinen graublauen Augen aufmerksam an.

Sie zog die Beine an und umschlang ihre Knie. »Ich weiß es nicht. Ich weiß nur, dass ich Corbenic verlassen möchte.«

»Das kann ich verstehen«, antwortete er seufzend. »Ich wünschte auch, ich könnte einfach fortgehen.«

»Wirklich?« Sie musterte ihn erneut. Vor einem Jahr hatte er noch anders gesprochen. Viel war in dieser Zeit geschehen. Sie hatten sich alle verändert, offensichtlich auch der junge Liam.

Er nickte. »Ja. Ich wünsche mir, ein eigenes Heim zu finden, meine eigene Arbeit zu verrichten, für mich und meine Familie.«

»Möchtest du einem Herrn dienen oder dein eigenes Stück Land bestellen?« Es interessierte sie, welche Träume er hegte.

»Ich weiß nicht. Beides kann ich mir vorstellen.« Er wich ihrem Blick aus und betrachtete den kleinen Galahad, der friedlich in seinen Armen schlummerte.

»Und deine Familie …« Sie lächelte, da sie sich an jenen Moment erinnerte, als Liam Lancelot von seiner heimlichen Liebe erzählt hatte. »Möchtest du sie mit dem Mädchen aus Caer Luel gründen?«

Er wich weiter ihrem Blick aus. »Wir sehen uns zu selten. Caer Luel ist nur zwei Tagesmärsche entfernt, doch Teagan steht in den Diensten der Königin. Und ich … ich habe hier mehr als genug zu tun. Ich bringe es nicht übers Herz, meinen Vater mit der Arbeit allein zu lassen.« Liam sah sie schüchtern an. »Und bisher haben auch ihre Eltern sich nicht damit einverstanden erklärt, dass wir heiraten. Sie denken, ich sei nicht gut genug für sie, weil ich ein einfacher Stallbursche bin. Sie wünschen sich einen Handwerker für sie, besser noch einen Schmied, wie ihr Vater einer ist.«

»Oh …« Elayne runzelte die Stirn. Eine der Öllampen war ausgegangen. Das Licht wurde noch schummriger. »Ihre Eltern haben unrecht«, sagte sie sanft. »Es ist egal, ob man ein Stallbursche oder ein Schmied … oder gar ein Krieger an der Tafel des Königs ist. Was zählt, ist das Herz. Und dein Herz, mein lieber Liam, ist ehrlicher als das aller anderen.«

Erneut senkte er den Blick und seine Wangen färbten sich rötlich. Das hatte sie noch nie bei ihm gesehen.

Sie hatte ihn nicht in Verlegenheit bringen wollen, daher fuhr sie rasch fort: »Ich werde dir helfen, Liam. Ich weiß zwar noch nicht, wie, aber ich finde, du hast dein Glück mit Teagan verdient. Und wenn ich die letzten Juwelen meiner Mutter dafür aufbringen muss, verspreche ich dir, dass ich alles dafür tun werde, dass du dein Glück erhältst.«

Er sah sie beinahe entsetzt an. »Nein, das kann ich niemals annehmen. Du brauchst deine Juwelen selbst, meine Herrin. Wie willst du sonst eines Tages Corbenic verlassen? Das geht nicht ohne Geld. Oder willst du als Dienerin für andere arbeiten?«

Sie strich einen Heuhalm von ihrem Knie und streckte die Beine wieder aus. »Wenn ich muss.«

»Nein, das geht nicht«, sagte er bestimmend.

Der kleine Galahad wimmerte im Schlaf. Vorsichtig reichte Liam das Bündel zurück an Elayne. In ihren Armen schlief der Säugling friedlich weiter.

»Wenn du Corbenic verlässt, musst du deinen Weg genau planen«, sprach Liam nun bedachtsam. »Du musst wissen, wohin du gehst und was dich dort erwartet.«

»Ich könnte nach Caer Luel zu Königin Morgaine gehen. Sie war eine Freundin meiner Mutter und wird mir helfen«, wandte Elayne leise ein, um Galahad nicht zu wecken.

»Das mag sein. Doch es ist die Feste von König Uryen. So ungern ich deinem Vater zustimme, Herrin, doch der Herrscher von Rheged verfolgt seine eigenen Pläne. Du darfst dich ihm nicht ausliefern. Nicht einfach so.« Er atmete tief ein und erhob sich. Nachdenklich starrte er zu der Box, in der Centenarius stand und mit einem Huf im frischen Stroh scharrte. »Gal ist noch klein. Zu schnell könnte ihm etwas zustoßen. Und der Winter steht bevor.«

Sie wusste nicht, ob sie über seine Worte schmunzeln oder weinen sollte. Schmunzeln, weil seine Ernsthaftigkeit sie amüsierte. Weinen, weil er mit einigen seiner Worte tatsächlich recht hatte.

Und dann ...

Sie schmunzelte. »Gal?«

Liam hob beschwichtigend die Hände. »Der kleine Galahad. Verzeih mir meine Anmaßung.«

»Nein«, schüttelte sie sacht den Kopf. »Gal gefällt mir.« Sie drückte ihren Sohn etwas fester an sich, um seinen kindlichen Duft einzuatmen. »Gal klingt sehr passend.« Und sie mussten dann nicht mehr an den großen Galahad denken, wenn sie den Kleinen riefen.

»Außerdem sollte eine Frau nicht allein reisen«, gab Liam nun zu bedenken. »Egal, welchen Standes. Die Welt ist nicht nur von guten Menschen bevölkert.«

Ihr sank der Mut. »Was soll ich dann tun? Warten, bis mich ein holder Retter aus Corbenic befreit?« Sie hatte es im Scherz gesagt, doch sie konnte sehen, wie Liam darüber nachdachte.

Er scharrte mit dem Fuß im Heu, so ähnlich wie das Ross ihres Vaters es tat. Dann schüttelte er den Kopf, als habe er gerade einige Möglichkeiten durchdacht, hob den Blick und sah sie geradewegs an. Er räusperte sich und kam auf sie zu.

Instinktiv rutschte sie etwas zurück. »Was hast du vor?«

Mit festem Blick sank er auf ein Knie. Seine Kieferknochen waren angespannt. Dann griff er nach dem Heft des Dolches, den er nun wie ein gewisser Krieger stets im Stiefel trug, und zog ihn heraus. Liam hielt die Waffe an sein Herz.

»Meine Herrin«, sprach er feierlich.

Ihr setzte kurz der Atem aus. Sie hatte keine Ahnung, was er vorhatte. Wollte sie es überhaupt wissen?

»Liam, bitte …«, wollte sie ihn abhalten, von was auch immer.

Doch er blieb unerbittlich bei seinem Entschluss. »Meine Herrin«, wiederholte er. »Ich weiß weder, welche Worte die römischen Soldaten zu ihren Feldherren sprachen, noch war ich jemals bei einem Treueeid der Stammeskrieger zugegen. Doch ich bitte dich von ganzem Herzen, lass mich dein Diener sein. Mehr als das, lass mich dein Krieger, dein Verteidiger sein. Ich schwöre bei unserem Herrn Jesu Christus, dass ich all meine Kraft und meinen Willen in deine Dienste stelle, Herrin Elayne. Und sollte ich meinen Eid jemals brechen, so möge sich die Klinge dieses Dolches durch mein Herz bohren.« Er neigte respektvoll den Kopf und küsste die Schneide.

Elayne hatte während seiner Worte nicht zu atmen gewagt. Nun schnappte sie nach Luft. Er wartete mit gebeugtem Haupt auf ihre Reaktion. Er versprach *ihr* die Treue, nicht ihrem Vater, dem König. Es war ein Geschenk, eines, das sie sich nicht leisten konnte, abzulehnen.

Sie rutschte von dem Heuballen und neigte ihrerseits das Haupt. »Erhebe dich, Liam. Ich nehme deine Dienste an.«

Lächelnd stand er auf und überragte sie um einiges. »Egal, wohin dein Weg dich und den kleinen Gal führt, ich werde euch begleiten und beschützen.«

Sie erwiderte sein Lächeln. »Spätestens wenn der Winter vorüber ist, werden wir Corbenic verlassen. Wir haben also noch viel Zeit, Pläne zu schmieden.«

Sie war nicht allein. Der Gedanke erleichterte sie unendlich. Wohin auch immer ihr Weg sie führte, er würde nun etwas ungefährlicher werden.

NACHWORT

Die Geschichte von Lancelot und Elayne hat ihren Ursprung in den französischen Ritterromanen des hohen Mittelalters. Lancelot ist hier der perfekte Krieger, keiner ist besser als er, was Kampfgeschick und die Treue zum König betrifft. Der einzige dunkle Fleck auf seiner reinweißen Weste ist seine Liebe zu Gwenhwyfar, eine Liebe, die nicht sein darf, da sie die Ehefrau seines Königs ist.

Lancelot selbst spielte in früheren Versionen der Artussage keine große Rolle. Dort waren stets Kay und Bedivere die engsten Vertrauten von König Artus. Die ›Karriere‹ des ersten Ritters beginnt erst durch eine Frau. Hier meine ich nicht Gwenhwyfar, sondern eine tatsächliche historische Persönlichkeit: Marie de Champagne, älteste Tochter der Eleonore von Aquitanien und Halbschwester des berühmten Königs Richard Löwenherz.

Waren bisher in den fürstlichen Hallen Europas eher Heldenepen und endlose Rezitationen angesagt, entstand in den

Privatgemächern der edlen Herrschaften im 12. Jahrhundert ein ganz neues Genre im Ritterroman, in dem zwar die Abenteuer und Heldentaten der Ritter weiter eine wichtige Rolle spielten, jedoch ein bisher nebensächlicher Aspekt über alles gestellt wurde: die Liebe. So wurde auch die tragische Liebesgeschichte von Tristan und Isolde in jenen Tagen entwickelt und verbreitete sich rasch über ganz Europa. Marie de Champagne wünschte sich von ihrem Hofdichter Chretien de Troyes, dass er eine Geschichte über Lancelot schreibe, mehr noch, eine Liebesgeschichte zu Königin Gwenhwyfar hinzudichte.

Fortan war es diese Liebesgeschichte, die immer wieder in den Artusdichtungen einen zentralen Aspekt spielte und sogar für den Untergang der Tafelrunde verantwortlich gemacht wurde.

König Artus und seine Ritter der Tafelrunde wurden im 12. Jahrhundert als Menschen jener Zeit dargestellt. Die Regeln der höfischen Liebe, christliche Normen und Moralvorstellungen, die an König Artus' Hof galten, waren die dieser Zeit.

Auch der Heilige Gral wird erst ab dem 12. und 13. Jahrhundert mit den Rittern der Tafelrunde in Verbindung gebracht. Mag er auch in verschiedenen Gestaltungen auftauchen, ist allen Geschichten eines gemein, nämlich dass nur der reinste aller Ritter würdig genug ist, den Gral zu finden, gar zu erkennen und in den Händen zu halten.

Lancelot, der beste Ritter der Tafelrunde, disqualifiziert sich durch seine Liebe zu Königin Gwenhwyfar. So hoffnungslos romantisch diese Liebe zwar erscheint, ist sie in Anbetracht christlicher Moralvorstellungen ein Makel. Durch diesen ist

Lancelot unwürdig, den Gral zu entdecken, jenes Objekt, das als eines der höchsten Symbole der Christenheit gilt. Es beinhaltete einst das Blut Christi und ist nun selbst mit übernatürlichen Attributen versehen.

Wenn aber schon der beste aller Ritter nicht würdig ist, den Gral zu finden, wer dann?

Nun, für die Dichter des hohen Mittelalters ist es klar: Lancelots Sohn. Er wird in den ritterlichen Fähigkeiten seinem Vater nicht nachstehen, darüber hinaus aber über jene Reinheit verfügen, die es als Christ zu erstreben gilt. Noch viel mehr: Man könnte sagen, es ist Elaynes Reinheit, die auf ihn übergeht.

Denn auch ihre Geschichte erblüht erst im hohen Mittelalter. Sie, die Gralsjungfer, opfert ihre Unschuld, um eine Prophezeiung zu erfüllen, demnach für den ›höheren Zweck‹.

Da jedoch Lancelot natürlich niemals seine Liebe zu Gwenhwyfar verraten würde, braucht es einen Zauber, die Vereinigung der beiden herbeizuführen …

Im 14. und 15. Jahrhundert erlebte die Artusdichtung einen weiteren Höhepunkt. Die englischen Könige, allen voran die Tudors, ließen ihre Abstammung gern mit dem legendären walisischen König in Verbindung bringen, um ihre Regentschaft zu untermauern.

Bis heute lebt die Legende von König Artus fort, wird an jede Zeit angepasst, ohne ihren Kerninhalt ganz zu verlieren. Stets ist Artus ein Anführer, der Britannien vor kämpferischen Eindringlingen bewahrt. Es ist, als sei diese Geschichte so universell, dass jede Epoche sich darin wiederfinden kann. Wäre es nicht wunderbar, wenn es diesen Mann wirklich gegeben hätte und er eines Tages zurückkehren würde, um Frieden und ein goldenes Zeitalter mit sich zu bringen? Und so haben sich Generationen von Geschichtswissenschaftlern, Literaturwissenschaftlern und Archäologen auf die Suche nach dem Ursprung der Legende begeben.

Geschichtswissenschaftler sind sich mehr oder weniger einig, dass es in der britischen Geschichte einen solchen Mann wie Artus gegeben haben *kann*. Womöglich war er kein König, denn ein solcher wäre öfter in schriftlichen Chroniken anzutreffen gewesen. Doch ein Anführer war er, der über die fähigsten Krieger Britanniens befehligte.

Britannien war viele Jahrhunderte von den Römern besetzt. Es hatte sich eine romano-britische Gesellschaft entwickelt, die jedoch immer wieder von Eindringlingen bedroht wurde, sei es von den Pikten aus dem Norden, den Iren aus dem Westen oder den germanischen Stämmen vom Festland.

Rom verteidigte Britannien, bildete Wälle und Warnanlagen. Über die gut ausgebauten römischen Straßen waren die gut ausgebildeten Truppen relativ schnell zur Stelle, wenn wieder ein Angriff erfolgte. Der Unterhalt der Schutzanlagen und der Armee war gewiss sehr kostenintensiv. Außerdem waren auch immer wieder Rivalitäten unter den Anführern der römisch-britischen Bevölkerung selbst auszumachen.

Als Rom unter dem Druck der Völkerwanderung schließlich selbst in Gefahr geriet, konnte es sich es nicht mehr leisten, entfernt liegende Gebiete zu verteidigen. Truppen wurden abgezogen, Geld gab es auch keines mehr.

Im Jahr 410 n. Chr. riet der weströmische Kaiser Honorius den britischen Anführern, sie mögen sich doch bitte selbst um ihre Angelegenheiten kümmern, bis es Rom wieder möglich sei, sie zu unterstützen.

Und das taten sie. So lange es ging, wurden römische Strukturen beibehalten, Steuern eingezogen, Armeen bereitgehalten. Die britischen Anführer und Edelleute waren sich aber nicht immer einig, wer wie viele Soldaten und Naturalien beizusteuern hatte. Warum sollte ein Fürst aus dem Süden Britanniens Männer abstellen, um zum Beispiel die Nordgrenze zu verteidigen?

Es brauchte einen charismatischen, fähigen Mann, um eine gemeinsame Armee zu befehligen und die Launen der Fürsten in Schach zu halten. Männer wie Vortigern und Ambrosius traten auf die Bühne der britischen Geschichte.

Ende des 5. Jahrhunderts und bis tief ins 6. Jahrhundert hinein aber verwischen die historischen Spuren. Tatsache ist, dass es eine große Schlacht gegeben haben muss, etwa um 500 nach Christus, die als Schlacht vom Berg Badon bekannt wurde. Danach waren zumindest die angelsächsischen Stämme fast ein halbes Jahrhundert ›still‹, mag es an einem Friedenspakt oder der Schwäche durch große Verluste gelegen haben.

Während Britannien einige mehr oder weniger friedliche Jahrzehnte erlebte, zerfielen die römischen Strukturen. Einzelne Herrscher konzentrierten sich auf ihre Gebiete. Sie respektierten jenen Mann, der einst ihre Armeen angeführt hatte. Er übernahm weiter die Rolle des Schlichters und Anführers, obwohl er wohl nie selbst König war. Artus aber starb der Legende nach in der Schlacht von Camlann. Seinen Platz konnte niemand einnehmen.

In der Mitte des 6. Jahrhunderts waren die angelsächsischen Stämme nicht mehr zurückzuhalten. Sie breiteten sich von der Ostküste Britanniens nach Westen aus. Die britische Bevölkerung wurde in Gebiete ganz im Westen und in den Norden bis zur Grenze nach Schottland abgedrängt, einige flohen auch nach Aremorica, das heute als die Bretagne bekannt ist.

In diesen Gebieten überlebten die Erzählungen von dem legendären Anführer, der ihnen so lange die Barbaren vom Hals gehalten hatte. Die historische (vermutlich christliche) Person vermischte sich im Laufe der Zeit mit keltischer Mythologie, die besonders in jenen Teilen Britanniens noch lebendig war.

Die nun herrschende angelsächsische Gesellschaft hatte kein Interesse daran, Geschichten von ihm zu erzählen. Er hatte sie einst bezwungen, nun waren sie selbst die Sieger und schrieben ihre eigene Geschichte.

Britannien wurde zu England.

Im 11. Jahrhundert überrollte die letzte Einwanderungswelle England. Die Normannen übernahmen nun das Ruder. Die angelsächsische Bevölkerung musste sich den neuen Herren beugen. Die neue Generation der Geschichtsschreiber griff zurück auf die Legende von jenem Anführer, der einst die Angelsachsen besiegt hatte. Die Legende wurde wiederbelebt, die Geschichte neu erzählt.

Mögen die historischen Fakten über Artus rar sein, seine Legende lebt fort. Wissenschaftler suchen nach dem Beweis seiner Existenz und Geschichtenerzähler erzählen die Sage immer weiter.

Artus ist unsterblich geworden. In unseren Geschichten. Und mit ihm seine Helden der Tafelrunde und die Frauen, die in jenen Geschichten leben und lieben.

So entstand die Geschichte von ›Elayne – Rabenkind‹

Die Suche nach *meinem* Artus ging mit der Suche nach *meinem* Lancelot einher. Wer war dieser Krieger, der Artus stets treu zur Seite stand? Der kämpfte wie kein anderer und doch nie versuchte, selbst Macht zu erlangen? Dem nur ein Fehler anhaftete, und der lag in seinem Herzen verborgen?

Lancelot kann man jedoch nicht ohne Gwenhwyfar oder Elayne betrachten. Seine Geschichte ist mittlerweile untrennbar mit diesen beiden Frauen verwoben. In meinen Teenagerjahren konnte ich weder Gwen noch Elayne sonderlich leiden. Die eine setzte das Wohl ihres eigenen Herzens über das eines ganzen Königreiches, die andere glänzte in ihrer Opferrolle. Also erschuf ich meine eigene Heldin. Ich nannte sie Slawotia, sie hatte langes rabenschwarzes Haar und strahlend blaue Augen. Sie sollte in meiner Welt die wahre Gefährtin Lancelots werden.

Einige Jahre später – ich studierte bereits Anglistik und Germanistik und hatte somit Zugriff auf eine große Zahl literarischer Quellen – konnte ich über meinen Entwurf nur schmunzeln. Mittlerweile hatte ich mich auch mit der Figur der Elayne von Corbenic weiter auseinandergesetzt. Mochte sie zwar als ›Opfer‹ in vielen Geschichten daherkommen, sie war die einzige Frau, die es schaffte, dass Lancelot sich (kurzfristig) von Gwenhwyfar abwandte. In meinen frühen Zwanzigern also wurde meine Slawotia zu Elayne, es blieben ihr das schwarze Haar und die blauen Augen.

Immer wieder setzte ich mich an die Geschichte, sammelte Recherchematerial, träumte davon, meinen eigenen Artusroman zu vollenden.

In meinen Dreißigern begann ich, geschriebene Werke von mir zu veröffentlichen. Gelesen zu werden und Feedback zu erhalten, brachte mich in meinem Schreiben unglaublich viel weiter. Ich hatte mich mittlerweile auf Fantasy-Geschichten konzentriert, da ich dieses Genre schon immer am liebsten auch selbst gelesen habe. In meinen Vorstellungen hätte Elayne ein historischer Roman werden sollen, eine Geschichte, die fernab der glänzenden Rüstungen edler Ritter und holder Damen spielte, im frühen Mittelalter, als die Römer Britannien den Rücken kehrten und seinem Schicksal überließen. In jenem historischen Vakuum, in dem scheinbar Frieden herrschte, obwohl die Bedrohung durch Angelsachsen, Pikten und Iren allgegenwärtig war.

Immer wieder schob ich meine Entwürfe hierzu von mir. Ich brauchte mehr Zeit. Ich musste tiefer in die Historie eintauchen, noch mehr recherchieren. Irgendwann mal würde ich hoffentlich die Zeit dazu haben …

Im Sommer 2016 – ich steckte nun in drei Schreibprojekten gleichzeitig – machte ich mir ernsthaft Gedanken darum, was wäre, wenn ich es nicht schaffte, alle Geschichten aufs Papier zu bringen. Um welche Geschichte wäre es besonders schade?

Ich dachte sofort an meine Elayne.

Ich holte mein ganzes über Jahrzehnte gesammeltes Material hervor, das ich sorgfältig in einem Ordner abgeheftet hatte. Blätterte in den ebenso lange gesammelten Fachbüchern. Und ich erkannte: Ich würde nie einen historischen Roman über Artus schreiben können. Denn einen Roman zu schreiben, der sich ganz den historischen Fakten hingibt, hätte bedeutet, Lancelot und Elayne aufzugeben, da sich ihre Geschichte doch erst im 12. Jahrhundert entwickelt hatte. Abgesehen davon liebte ich die Fantasy zu sehr. Meine Artusgeschichte konnte nur beide Genres miteinander vereinen.

Diese Erkenntnis war wie ein Befreiungsschlag. Monate verbrachte ich nur noch mit Elaynes Geschichte. Mögen mir die

Leser von ›Alantua‹, ›Blutsucht‹ und ›Hadestochter‹ verzeihen, dass ich Elayne plötzlich vorzog. Aber sie hat schon soooo lange auf ihren Moment gewartet! Und der ist nun gekommen.

›Elayne‹ handelt von der romano-britischen Gesellschaft, die sich gegen die Einfälle aus Norden, Westen und Osten erwehren und gleichzeitig innere politische Spannungen ertragen muss. Es ist aber auch die Geschichte einer noch sehr jungen Frau, die ihren Weg sucht, die erste Liebe erfährt und in deren Welt die Magie noch nicht ganz verschwunden ist ...

Ich hoffe, meine Leser leiden und lieben ebenso wie ich mit Elayne. Und wenn sie im zweiten Band Corbenic verlässt, werden wir mit ihr *unserem* König Artus begegnen, so viel kann ich schon verraten.

Wer sich ebenfalls auf die Suche nach Artus, Lancelot, Elayne, Gwenhwyfar, Camelot, dem Gral und der Tafelrunde begeben möchte, dem seien von der Vielzahl der literarischen Werke folgende ganz besonders ans Herz gelegt, um sich einen ersten Überblick zu verschaffen:

The Camelot Project, A Robbins Library Digital Project, University of Rochester

http://d.lib.rochester.edu/camelot-project

König Artus und seine Welt
von Fran & Geoff Doel und Terry Lloyd

Und wer sich musikalisch hinfort träumen möchte nach Avalon und Camelot, dem empfehle ich die Musik der Kanadierin Heather Dale, welche mich beim Schreiben oft begleitet hat:

http://heatherdale.com/

DANK

Mein erster Dank gilt meiner Mama. Sie hat mir bereits in meiner Kindheit die alten Legenden nahegebracht und mich später Bücher wie ›Die Nebel von Avalon‹ lesen lassen. Sie wiederum hat die Liebe zu Büchern durch ihren eigenen Vater vermittelt bekommen. Mein Großvater kannte soooo viele Geschichten, ob es jene aus Büchern oder seine eigenen Erlebnisse waren. Er war ein grandioser Geschichtenerzähler. Ich bin unendlich dankbar und glücklich, dass diese Liebe zu Geschichten an meine beiden Kinder weitergegeben wurde und dass ich einen Teil von meinem Opa in Elaynes Großvater weiterleben lassen kann.

Meiner Schwester Désirée und meiner liebsten Freundin Mariza danke ich für die Abenteuer und Geheimnisse unserer Jugend. In Veneva hat Elayne eine Schwester gefunden, so wie ich in euch.

Außerdem danke ich meiner Verlegerin Corinne, die sich sofort in meine Artus-Interpretation verliebt hat und mir mit dem Sternensand Verlag ein schriftstellerisches Zuhause geboten hat. Ich danke dir für dein Vertrauen und all den Zuspruch.

Martina danke ich dafür, dass sie mit detektivischem Spürsinn nicht nur Schreibfehler, sondern auch meine verheerenden Wortverwechsler aufzuspüren vermag. ;-)

Und zuletzt danke ich meinem Mann und meinen Kindern, die jede Verrücktheit ihrer Ehefrau und Mama mitmachen. Und wenn das auch bedeuten mag, an einem stürmischen Tag den Arthur's Seat zu besteigen oder durch den Regen von Schottland nach England zu fahren.

Mein Herz gehört euch.

Bonusmaterial

Jessica Bernett

Kontakt:

Facebook: www.facebook.com/jessbernett

Homepage: https://jessbernett.jimdo.com

Blogger fragen – Jessica Bernett antwortet

JASMIN

BLOG: BÜCHERLESER

Interessierst du dich generell für Geschichte und Legenden oder hat dich speziell die Artus-Sage angesprochen?
Ich habe mich schon als Kind für Legenden interessiert, ob es nun die Artus-Sage, die Nibelungensage oder auch die Geschichten von Robin Hood waren. Später kam dann auch das Interesse für Geschichte hinzu. Bei uns zu Hause gab es immer Bücher über Historie, weil sich auch meine Eltern dafür interessieren. Am meisten fasziniert mich das Mittelalter, aber auch die Antike und die Zeit des amerikanischen Unabhängigkeitskrieges finde ich sehr spannend.

Gibt es Charaktereigenschaften, die Elayne und du teilen? Verrätst du uns welche, wenn es welche gibt?
Elayne und mich vereint die Liebe zur Natur und zu Geschichten. Leider habe ich nicht mehr so oft Zeit, durch Wälder zu

spazieren und Abenteuer zu suchen, aber als Kind habe ich das oft mit meiner jüngeren Schwester getan.

Ansonsten glaube ich, dass Elayne viel mutiger ist als ich es in diesem Alter war. Hier steckt viel von meiner Tochter in ihr.

Was macht Dich glücklich? Worüber kannst du dich ärgern?

Es gibt viele Dinge, die mich glücklich machen: Ein Abend auf dem Sofa mit meinem Mann und einem guten Film. Ein Spaziergang mit meinen Kindern und die Welt mit ihren Augen zu entdecken. Meine Katze, die morgens zu mir ins Bett springt und mit ihrer Nase gegen meine Hand stubst. Ein toller Tag mit Freunden auf einer Convention, auf der wir uns über alles Mögliche unterhalten können …

Was mich richtig ärgert sind Menschen, die glauben, sie wären besser als andere und das auch noch raushängen lassen. Arroganz finde ich echt voll daneben.

YVONNE

BLOG: YVI'S KLEINE WUNDERWELT

Elayne wird im Buch auch Rabenkind genannt und Raben spielen auch eine wiederkehrende Rolle. Warum hast du dir ausgerechnet Raben ausgesucht und was fasziniert dich an ihnen?

Raben spielen besonders in den nordeuropäischen Legenden und Sagen eine wichtige Rolle. Hugin und Munin z. B. sind die Begleiter des Gottes Odin. Sie fliegen aus und beobachten die Welt für ihn.

Den Kelten zufolge haben Raben die Fähigkeit, zwischen unserer Welt und der Anders- bzw. Totenwelt zu wandern und demnach auch Botschaften von der einen in die andere Welt zu transportieren. Das hat mich total fasziniert.

Außerdem mag ich das Federkleid der Raben, weil ich generell dunkle Farben mag. Ein Schwan mag für viele hübscher anzusehen sein, doch mir gefallen Raben einfach besser. Mal abgesehen davon haben Wissenschaftler herausgefunden, dass Raben und Krähen die Vögel mit der größten Intelligenz sind. Das ist schon faszinierend.

Die Bewohner von Corbenic feiern unter anderem Samhain. Feierst du selbst auch Halloween?
Ja, ich liebe Halloween und zwei meiner Kurzgeschichten spielen zu Halloween. Ich liebe generell den Herbst mit seinem Nebel, den bunten Blättern und dem Regen. Die ganze Welt sieht dann so mystisch aus. Man kann sich gut vorstellen, dass Kobolde oder Geister in unsere Welt kommen und Streiche spielen. :-)

Elaynes Mutter hatte Vorahnungen, die in der Geschichte eine zentrale Rolle spielen. Bist du selbst ein abergläubischer Mensch?
Hm, manchmal bin ich sehr abergläubisch. Ich bekam z. B. mal einen Ring geschenkt. Immer wenn ich ihn trug, hatte ich ein merkwürdiges Gefühl, als würde alles schiefgehen. Also habe ich ihn nicht mehr getragen. Eines Tages wurde bei uns Zuhause eingebrochen und ausgerechnet dieser Ring wurde gestohlen.
Wenn es aber um diese typischen »Schwarze Katze von Links = Pech«-Dinge geht, bin ich nicht sonderlich abergläubisch.

JENS

DER LESEFUCHS

Die Saga um Camelot und ein Einhorn – wie bist du auf die Idee gekommen, diese beiden völlig unterschiedlichen Geschichten bzw. Wesen in einem Buch zu vereinen?
Zum einen kam ich bei der Recherche über Galahad dazu. Das Einhorn ist sein Symboltier, da es Reinheit und Unschuld verkörpert. Zum anderen konnte ich mit dem Einhorn verdeutlichen, wie Elayne die Welt sieht. Sie weiß, dass es kein wirkliches Einhorn ist. Doch für sie ist es eines. Genauso wie der Baum in Kapitel 1 für sie lächelt.

Für viele ist Schreiben ein Beruf, für andere eine Berufung und für wieder andere einfach ein toller Zeitvertreib. Wie steht es bei dir?
Berufung. Ich habe mir schon als kleines Kind Geschichten ausgedacht. Sehr zum Leidwesen meiner Familie, die sich dann die selbsterfundenen Theaterstücke, Musicals und Comics zu Gemüte führen durfte. Ohne das Schreiben würde ich mich nicht vollständig fühlen. Mal abgesehen davon habe ich so viele Ge-

schichten in meinem Kopf, die einfach rauswollen. Mein Kopf wäre irgendwann überfüllt, wenn ich die Geschichten nicht mit anderen teilen würde.

Die jungen Frauen in Romanen, die im Mittelalter spielen, sind meist sehr unterwürfig und tun genau das, was von Ihnen verlangt wird (sei es von Ihren Männern, ihren Vätern oder ihrem König). Elayne nimmt diese Rolle auch ein. Kam dir einmal in den Sinn, eine junge Frau zu beschreiben, die aus dieser Welt ausbrechen möchte, die ihren eigenen Kopf hat und nicht auf die »Anweisungen« der Männer hört?

Danke, dass du diese Frage stellst. :-) Elayne ist noch sehr jung und zudem sehr behütet aufgewachsen. Im Rahmen ihrer Möglichkeiten versucht sie, ihrem eigenen Willen zu folgen, was in jener Zeit und Gesellschaft für Mädchen nicht so einfach war. Mir war wichtig, hier eine authentische Figur zu beschreiben, keine »Superwoman« des Mittelalters. Wir werden Elaynes Selbstbewusstsein in den folgenden beiden Bänden wachsen sehen. Sie wird nicht mehr unbedingt das tun, was man von ihr erwartet.

In allen anderen meiner Geschichten findest du auf jeden Fall diese starken Frauen, die sich nichts sagen lassen. Denn ich bin ein absoluter Fan von selbstsicheren Frauen und finde es wichtig, dass Leserinnen und Leser Vorbilder in Geschichten finden und inspiriert werden, für sich selbst einzustehen.

MANJA

BLOG: MANJAS BUCHREGAL

Mit welchem deiner Charaktere würdest du gerne mal einen Kaffee / Tee trinken gehen?
Ich würde zu gerne mit allen eine große Party feiern und mich mit jedem von ihnen unterhalten. Aber wenn ich nur einen Charakter wählen darf, würde ich Elaynes Großvater wählen. Ich würde ihn über alle geschichtlichen Ereignisse seines langen Lebens ausfragen und bestimmt die ein oder andere Überraschung erleben. ;-)

Liebe und Macht, verträgt sich das deiner Meinung nach?
Es ist schwierig, beides zu vereinen. Strebt man nach Macht, z.B. nach einer Königskrone, wird man Opfer bringen müssen. Die Frage ist dann, was ist einem wichtiger? Und wenn man sich für die Liebe entscheidet, was ist, wenn äußere Faktoren dagegen kämpfen? Genau diese Fragen machten aber die herrschenden Frauen der Geschichte aus. Elisabeth I., Cleopatra, Eleonore von Aquitanien ... sie alle mussten erfahren, dass Liebe und Macht sich kaum vereinen lassen.

Es gibt ja auch heutzutage immer wieder Prophezeiungen. Glaubst du selbst auch daran?

Meistens glaube ich nicht daran, besonders nicht, wenn es um den Untergang der Welt oder ähnliches geht. Aber ich glaube, dass nicht alles im Leben nur zufällig geschieht, sondern dass vieles einen tieferen Sinn hat.

ANNA

BLOG: FUCHSIAS WELTENECHO

Gibt es Dinge, die dich beim Schreiben ärgern oder nerven?
Ja, mich nervt es total, wenn ich beim Schreiben im Plot hängen bleibe. Ich plotte meist nur grob vor und lasse die Geschichte und die Figuren sich selbst entwickeln. Wenn ich dann aber hängen bleibe, ärgere ich mich, dass ich mir nicht vorher überlegt habe, wie Figur A am besten zu Ziel B kommt. Meistens stelle ich dann hinterher fest, dass meine Figur gar nicht B will, sondern doch lieber C und dann klappt das Schreiben wieder. :-)

Bist du jemand, der selber an das Übernatürliche glaubt und wenn ja, in welcher Form?
Ich glaube schon, dass es übernatürliche Kräfte gibt, die unser Leben irgendwie beeinflussen. Ich glaube aber auch, dass sich diese nicht erfassen lassen. Es wäre schön, einem übernatürlichen Wesen zu begegnen, vorausgesetzt, es ist nett zu mir. ;-) Die übernatürlichen Dinge sind in meiner Vorstellung sehr zart und durchscheinbar und man sieht sie nur, wenn man genau hinschaut. Wie z. B. wenn man im Wald spazieren geht. Der dort

sichtbare Lebenskreis ist doch wirklich bemerkenswert. Alles passt zusammen, sofern der Mensch keine Störfaktoren einbringt.

Ohne welchen Gegenstand könntest du beim Schreiben nicht leben (abgesehen von dem Computer)?
Beim Schreiben von »Elayne« hätte ich ohne mein Notizbuch nicht leben können. Hier habe ich die wichtigsten Stichpunkte zur Story, zum geschichtlichen Hintergrund und zu den Figuren notiert. Außerdem liebe ich es, beim Schreiben Musik zu hören. Zu jedem Buch erstelle ich eine Playlist, mit der ich in die passende Stimmung komme und mit der ich den Alltag ausblenden kann.

LIZA

BLOG: LIZAS BÜCHERWELT

Dein Nachwort gleicht ein wenig einer Geschichtsstunde, ich habe es gerne gelesen! Nun frage ich mich: wie viele Jahre hat die Geschichte dich begleitet, bis du den ersten Band beendet hast?
Die erste Idee dazu hatte ich vor 27 Jahren, da war ich selbst etwas jünger als Elayne. Seitdem hat sich die Geschichte sehr verändert. Ich habe mich ja auch in dieser Zeit ein wenig verändert. ;-) Abgeschlossen hatte ich die Geschichte erst letztes Jahr. Jetzt ist meine Tochter in Elaynes Alter. Es ist ein schönes Gefühl, dass mich die Geschichte schon so lange begleitet.

Wie viele Bände soll die Geschichte am Ende haben? Gibt es schon eine kleine Vorschau, wie umfangreich es noch wird? Ich hätte ewig weiterlesen können ...
Oh, das freut mich sehr. Geplant sind noch zwei weitere Bände. Wir werden Elayne noch lange begleiten. Und momentan habe ich noch keine Lust, Abschied von ihr zu nehmen. Zum Glück habe ich dazu noch viele Seiten Zeit.

Gibt es einen Charakter, mit dem du dich am meisten selbst identifizieren kannst? Hat einer deiner Protagonisten eine Eigenschaft von dir erhalten, die vorher so nicht vorhergesehen war?

Hm, ich glaube, in jeder Figur steckt ein Teil von mir. Selbst in Pelles. Er möchte seine Tochter beschützen, das kann ich sehr gut nachempfinden. Am besten identifizieren kann ich mich mit Elayne selbst, obwohl sie viel mutiger und eigenständiger ist, als ich es in diesem Alter war.

Veneva hat mich ein wenig überrascht mit der Szene am Teich und wie sie über ihren Ehemann gesprochen hat. DAS hat sie von mir. *lach*

JENNY

BLOG: SEDUCTIVE BOOKS

Wenn du nur einmal in der Zeit reisen könntest für einen Tag, wie würdest du den Tag verbringen? Würdest du dich auf die Suche nach König Artus begeben oder ganz woanders hinreisen?

Das wäre ein Traum! Ja, mich interessieren zwar viele historische Ereignisse, doch König Artus begleitet mich schon so lange, dass ich liebend gerne ein paar Worte mit ihm wechseln würde. Allerdings müsste ich dann vorher mein Latein aufpolieren. Oder mein Töchterle als Dolmetscherin mitnehmen. ;-)

Normalerweise findet man in Büchern eher die Entstehungsgeschichte von König Artus, wie er Excalibur findet und König wird. Wieso hast du deinen Fokus auf seine Herrscherzeit gelegt?

Ich finde, dass die Geschichte von Excalibur und Artus schon so oft erzählt wurde, dass ich kaum noch neue Aspekte hätte hinzufügen können. Elayne von Corbenic aber ist meist nur eine

Nebenrolle in der Geschichte von König Artus, Lancelot und Gwenhwyfar. Ich fragte mich, wie kann es sein, dass ein junges Mädchen Lancelot von seiner großen Liebe abwenden konnte? War es nur der eine magische Trank? Außerdem finde ich, dass ihr in allen Geschichten Unrecht getan wird. Sie wird auf der einen Seite selbstbewusster dargestellt, als Elayne von Astolat, andererseits ist sie nur das Mittel zum Zweck, um Galahad auf die Welt zu bringen. Danach wird sie für die Legende »nutzlos«. Das möchte ich ändern, denn ich glaube, dass ihre Geschichte viel mehr zu bieten hat, gerade in der heutigen Zeit, in der Liebe nicht so definiert wird, wie sie es in vergangenen Jahrhunderten wurde.

Elayne ist in der Geschichte sehr jung, steht aber schon mitten im Leben und wünscht sich auch zu heiraten. Wie ist es, einen solchen Charakter zu entwickeln und entstehen zu lassen, umgeben von den heutigen Wert- und Moralvorstellungen, die sich ja doch gänzlich unterscheiden?
Elaynes Wunsch zu heiraten basiert darauf, dass all ihre Freundinnen ja auch schon verheiratet sind und sie dadurch endlich »ihr eigenes Leben« führen könnte, statt einfach nur Tochter zu sein. Es war nicht einfach, sie so denken zu lassen. Ehe als Erfüllung der Pflicht einer Frau ist so gar nicht das, was ich mir für meine Tochter wünsche. Und doch glaube ich, dass nicht die Ehe sondern der Wunsch, erwachsen zu sein, im Vordergrund steht. Dies ist ein Anliegen, das die Teenager durch die meisten Jahr-

hunderte hindurch gewiss teilen. Sie möchten mehr Verantwortung übernehmen, mehr selbst bestimmen dürfen. Sie können es kaum erwarten, endlich ihr eigenes Leben zu führen. Für Frauen in Elaynes Welt ging das fast nur durch Heirat. Und wenn sie Glück hatten, bekamen sie einen verständnisvollen und lieben Ehemann.

Andere Titel aus unserem Fantasy-Programm

Maya Shepherd
Die Grimm-Chroniken (Band 1): Die Apfelprinzessin
2. Februar 2018, Sternensand Verlag
146 Seiten, broschiert
€ 8,95 [D]

Urban Fantasy
Als Taschenbuch

C. M. Spoerri
Leon: Glück trägt einen roten Pony
Januar 2018, Sternensand Verlag
252 Seiten, broschiert
€ 12,95 [D]

Urban Fantasy
Als Taschenbuch, Hardcover und E-Book

Fanny Bechert
Elesztrah (Band 1): Feuer und Eis
3. November 2016, Sternensand Verlag
468 Seiten, broschiert
€ 12,95 [D]

High Fantasy
Als Taschenbuch und E-Book

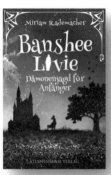

Miriam Rademacher
Banshee Livie (Band 1): Dämonenjagd für Anfänger
13. Oktober 2017, Sternensand Verlag
370 Seiten, broschiert
€ 12,95 [D]

Urban Fantasy
Als Taschenbuch und E-Book

Hrsg. C. M. Spoerri
Winterstern (Anthologie)
12. Februar 2017, Sternensand Verlag
362 Seiten, broschiert
€ 12,95 [D]

Fantasy-Kurzgeschichtensammlung
Als Taschenbuch und E-Book

Jasmin Romana Welsch
Krieger des Lichts (Band 1): Nihil fit sine causa
20. Oktober 2017, Sternensand Verlag
616 Seiten, broschiert
€ 16,95 [D]

Urban Fantasy
Als Taschenbuch

Besucht uns im Netz:

www.sternensand-verlag.ch

www.facebook.com/sternensandverlag